図説 日本の辞書 100 冊

沖森卓也 編

執筆　木村　一　　木村義之
　　　陳　力衛　　山本真吾

凡　例

1　本書は日本の辞書およびその歴史を概説し，その上で，主要な辞書について簡潔に解説し，その図版を掲出した（所蔵先を明記していない資料は編著者蔵）。

2　角書などは，資料名を見出しとして掲げた場合にのみ原表記に従って細字双行で示した。

3　文中の＊印は，その辞書が本書において個別に解説されていることを示す。

4　原則として西暦年を用い，必要に応じて元号を括弧内に記した。また，刊行年や，歴史的な出来事が発生した年を括弧内に示す場合には「年」を省き，数字のみ記した。

5　研究者名は敬称を省略した。また，複製・影印の情報は［　　］に記し，シリーズ名・刊行年のみを付記した場合がある（詳しくは巻末の参考文献参照）。

6　書名，人名などの漢字表記については，原則として現行の通用字体に改めた。

7　各執筆者の担当箇所は以下の通りである。

　　沖森卓也（おきもり　たくや）

　　　序章　第1章　第2章　第3章および第1節　第4章および第4節

　　　2～5　8　9　11　12　26　78　83～89

　　木村　一（きむら　はじめ）

　　　第4章第2節

　　　16～18　20　23　25　40　45　47　53　55～57・59～66

　　木村義之（きむら　よしゆき）

　　　第3章第2節　第4章第4節・第5節

　　　22　27～33　35　82　90　92　93　95　97～104

　　陳　力衛（ちん　りきえい）

　　　第3章第3節・第4節　第4章第1節

　　　15　19　21　34　36～39　41～44　46　48～52　54　58　77　79～81
　　　94　96　105

　　山本真吾（やまもと　しんご）

　　　第4章第3節

　　　1　6　7　10　13　14　24　67～76　91

8　本書は『図説 日本の辞書』（おうふう，2008）と『図説 近代日本の辞書』（おうふう，2017）を合冊改編し，増補訂正を加えて，新たに『図説 日本の辞書100冊』と題したものである。

目　次

序章　辞書の定義と分類

1　辞書の定義とその範囲

　辞書とは，ある基準によって選ばれた語彙について説明を加え，引きやすいように一定の順序に配列した書物のことをいう。改まって呼ぶ場合は「辞典」とも言い，また，俗に「字引」と呼ばれることもある。

　辞書は，①誰が，②どのような時に，③どのような目的で使用するかによって，その性格が異なる。

　①は辞書の規模や構成などにかかわるもので，辞書の使用者が一般社会人か研究者か，年少者か高齢者か，外国人かなど，職業や年齢，母語か否かなどによって要請される辞書はさまざまである。

　②は主に辞書の規模にかかわるもので，図書館などで調べるとき，学校や家庭で学習するとき，戸外に携帯して引くとき，コンピュータで使用するときなど，辞書を使用する場面も多様である。

　③は主として解説する対象やその構成にかかわるもので，どのようなことを知るために引くかという点からみると，次のような事項が挙げられる。

〈表記に関して〉漢字表記　字形　仮名遣い　送り仮名　外国語の綴り

〈発音に関して〉発音　アクセント

〈意味に関して〉意味　類義語　反義語（対照語）　語誌（語史）　語源
　　　　　　　　語の位相　語感

〈文法に関して〉品詞　活用の種類　動詞の自他　語の用法　語の呼応

〈そ　の　他〉語構成　用例　出典　故事成句　ことわざ　慣用句
　　　　　　　　熟語　表現のしかた（詩文や手紙作成のため）

また，意味を知りたい語がどのような性格のものか，たとえば

　　　　普通語（日常普通に用いる語）　専門用語（学術用語）　外来語　新語

　　　俗語　流行語　略語　女性語　隠語　方言　古語　枕詞　人名　地名

上記のような語彙をすべて見出しとして収録するか，ある特定の語彙だけに限定するかなどによって，意味記述の繁簡や解説の構成も異なってくる。

　このように，辞書はさまざまな要請によって編集されるもので，今日では書物の形態をとらない，WEB辞書・電子辞書なども作られている。デジタ

ル化・ボーダレスの時代に即応して，今後もさまざまな辞書が作られるであ
ろうが，知りたいことを簡便に知ることができるものを「辞書」という名で
総称する性格に変わりはなかろう。その意味で，索引・年鑑・年表・名簿や
便覧・ハンドブック・歳時記のほか，データベースなど広く情報を整理・統
合したものも辞書の一種と見なすこともできる。

2　辞書の分類

　辞書の分類として，「辞典」「事典」「字典」という内容による 3 分類は，
一般的通念として馴染んでいるものである。「辞典」はコトバ典ともいい，
語句の意味内容や用法を記述したもので，国語辞典や対訳辞典がその代表的
なものである。「事典」はコト典ともいい，事物や事柄を表す語について解
説したもので，百科事典がその代表的なものである。「字典」はモジ典とも
いい，漢字に関するものでは漢和辞典がその代表的なものである。ただ，現
代の国語辞典にはこれらの内容を 1 冊に盛り込もうとする傾向があり，この
ような分類基準は相対的なものに過ぎなくなっている。

　このほかにも，辞書の分類にはさまざまな基準が設定できるが，大きくは，
内容によるものと外形によるものとに分けられる。前者については，たとえ
ば，上田万年・橋本進吉『古本節用集の研究』(1916) では，辞書を引く目
的から次のように分類している。

　1.　読むための辞書
　　　甲類　文字からその読みと意義とをもとめるもの
　　　乙類　文字の読み（すなわち，語）から，その意義をもとめるもの
　2.　書くための辞書
　　　丙類　意義から語および文字をもとめるもの
　　　丁類　語（文字から言えば，読み）からこれに宛てるべき文字をもとめ
　　　　　　るもの

　これらは，主として甲類は漢和辞典，乙類は国語辞典，丙類は表現辞典，
丁類は表記辞典または国語辞典などに相当するものとなる。

　後者のような，組織・配列から分類したものに，たとえば，山田忠雄の次
のような 4 分類がある。

(1) 単字を抜き出して，見出しに掲げるもの

(2) 単字・熟字をそのまま見出しとしたもの

(3) 仮名を見出しとし，下に漢字を注したもの

(4) ローマ字を見出しとし，漢字を注したもの

　　　　　　　　　（『国語学大辞典』（東京堂出版，1980）「辞書」の項）

　他方，見出しとするものの性格によって次のように4つにも大別される。

(1) 漢字を見出しとするもの

(2) 仮名（すなわち音節）を見出しとするもの

(3) ローマ字を見出しとするもの

(4) 外国語を見出し語とするもの

(1) は漢和辞典など，(2) は国語辞典など，(3) は和英辞典など，(4) は英和辞典などに相当する。

　また，配列に関しては，文字，もしくは意義を基準とするものに分けられる。まず，文字体系ごとでは，次のような配列があげられる。

　A　漢字の場合

　　画数順　部首順　四角号碼　韻　音（漢字音）の五十音順など

　B　仮名（音節）の場合

　　五十音順　イロハ順　ＡＢＣ順　など

　C　ローマ字の場合

　　ＡＢＣ順　五十音順　など

　また，記号としての言語を見出しとする辞典を言語辞書と称すると，それには，一言語を対象とするもの（一言語辞書）と，多言語を対象とするもの（多言語辞書）とに大別される。この場合，日本語を対象にしたものを日本語辞書と呼び，英和辞典・和英辞典，三カ国対照辞典などの類を対訳辞典（外国語辞書とも）と呼ぶことがある。

　次に，意義分類では，類語辞典・表現辞典のほか，『現代用語の基礎知識』に典型的なように意味の領域や専門分野などを基準にして掲出語を配列するものもある。この場合，意味の近い語が並んでいることから，関連させて参照できる点で実用的ともなる。シソーラスには意味分類コードを付与することがよく行われる。

3　日本語辞書の分類

　日本語辞書は，一言語辞書のうち，日本語を見出し語として，日本語で解説したものを指す。これには種々のものがあるが，内容上およそ次のように分類される。

〈語彙の性格による〉
　　　普通語辞典……国語辞典
　　　専門語辞典……仏教辞典・歴史辞典・医学辞典・文学辞典・書道辞典
　　　　　　　　　　など（内容上，「事典」と称するものも多い）
　　　特殊辞典………新語辞典・隠語辞典・類語辞典・反対語辞典・慣用句
　　　　　　　　　　辞典・四字熟語辞典・擬声語擬態語辞典・ことわざ辞
　　　　　　　　　　典・語源辞典など
〈語種に関して〉
　　　漢語辞典・外来語辞典（カタカナ語辞典）
〈漢字にかかわる〉
　　　漢和辞典・難訓辞典
〈使用の時代に関して〉
　　　現代語辞典・古語辞典・時代語辞典
〈地理的な位相に関して〉
　　　方言辞典
〈表記に関して〉
　　　表記辞典・用字辞典・筆順辞典・くずし字辞典
〈発音に関して〉
　　　アクセント辞典・発音辞典
〈表現に関して〉
　　　表現辞典・文例辞典
〈事典的性格のもの〉
　　　百科事典・学習事典・人名辞典・地名辞典

　これらを図示すると，次のようになる。

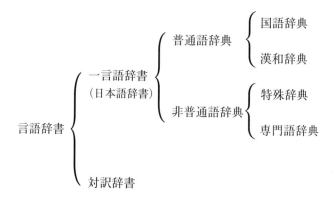

さらに特殊辞典を再分類すると，下図のようになろう。このうち，図示は
しなかったが，古語辞典・時代別辞典にも，アクセント辞典や方言辞典など，
現代語辞典と同じ下位分類が設定できる。

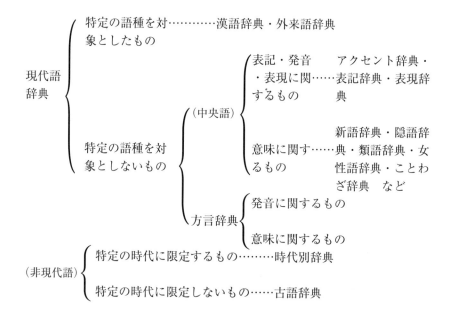

［参考］　国語辞書の見出し語数など

〈国語辞書の見出し語数〉

大辞典（平凡社 1936）……………………………………… 750,000 語

日本国語大辞典 第 2 版（小学館 2000）…………… 500,000 語

広辞苑 第 7 版（岩波書店 2018）…………………… 250,000 語

大辞林 第 4 版（三省堂 2019）……………………… 251,000 語

大辞泉 第 2 版（小学館 2012）……………………… 250,000 語

新選国語辞典 第 10 版（小学館 2021）……………… 93,910 語

旺文社国語辞典 第 11 版（旺文社 2013）…………… 83,500 語

三省堂国語辞典 第 8 版（三省堂 2021）…………… 84,000 語

新明解国語辞典 第 8 版（三省堂 2020）…………… 79,000 語

明鏡国語辞典 第 3 版（大修館書店 2020）………… 73,000 語

〈『新選国語辞典』第 10 版（2022）の収録語の品詞別・語種別内訳〉

総語数		
一般語	79,655	84.8%
固有名詞	1,588	1.7%
慣用句	4,050	4.3%
古語	4,899	5.2%
漢字字母	3,602	3.9%
その他	116	0.1%
計	93,910	100.0%

一般語の品詞別内訳		
名詞	64,670	81.2%
動詞	6,829	8.6%
形容詞	807	1.0%
形容動詞	1,551	1.9%
副詞	2,036	2.6%
造語成分	2,452	3.1%
その他	1,310	1.6%
計	79,655	100.0%

その他の内訳		
代名詞	122	9.3%
連体詞	70	5.3%
接続詞	99	7.6%
感動詞	132	10.1%
助動詞	35	2.7%
助詞	106	8.1%
接頭語	63	4.8%
接尾語	183	14.0%
あいさつ語	68	5.2%
連語	432	33.0%
計	1,310	100.0%

一般語の語種別内訳		
和語	24,883	31.2%
漢語	39,764	49.9%
外来語	8,555	10.8%
混種語	6,453	8.1%
計	79,655	100.0%

混種語の内訳		
和＋漢	5,659	87.7%
漢＋外	622	9.6%
和＋外	166	2.6%
和＋漢＋外	6	0.1%
計	6,453	100.0%

第1章　古代の辞書

1　8世紀まで（奈良時代以前）

　日本における辞書発達の歴史は古代中国における辞書の影響を大きく被っている。

　中国の辞書はその性格によって，上田万年・橋本進吉『古本節用集の研究』（1916）では次のように分類している（それぞれの末尾にその代表的な辞書を示しておく）。

1. 文字の形によって類別したもの（字形引辞書）『説文解字』『玉篇』
2. 文字の意義によって類別したもの（分類体辞書）『爾雅』『釈名』
3. 文字の音によって類別したもの（音引辞書）『切韻』『広韻』

1は字書，2は義書，3は韻書と呼ぶことがあり，このほか，類書・音義というジャンルもある。類書は多くの書物から類似の表現を収集して分類したもので，『芸文類聚』『初学記』『太平御覧』がその代表的なものである。音義は特定の書物の中から難解な字句を抜き出してその発音・意味を注記したもので，『経典釈文』『一切経音義』（玄応，慧琳）などがある。このような中国の字書が日本に伝来し，漢字漢文の学習において利用されるとともに，やがて日本で独自に編集されるようになった。

　日本最古の辞書は『新字』（境部連石積ら，682，『日本書紀』による）と言われるが，現存せず，その内容は不明である（漢字の字体に関する字書とする説などがある）。ただ，7世紀後半の北大津遺跡木簡に音義のようなものが見え，また，観音寺遺跡木簡にも植物名を記した字書らしい記載が見えることから，おそらく7世紀後半には音義や字書のようなものも編集されるようになっていたと推測される。

　奈良時代の辞書には，和訓や漢文注などから成る『楊氏漢語抄』『弁色立成』があったらしいが，『＊和名類聚抄』に一部が引用として伝わるのみである。これに対して，音義では『法華経音義』（信行，平備，いずれも佚書），『大般若経音義』（信行。3巻，中巻のみ現存），『＊新訳華厳経音義私記』（784写）など仏教関係のものが多く著された。このうち，『＊新訳華厳経音義私記』には万葉仮名による和訓が約170見える。

2 9世紀から12世紀まで（平安時代）

平安時代の主要な辞書を分類して示すと，次の通りである。

(1) 部首分類体字書……『* 新撰字鏡』（昌住，898 〜 901 頃），『* 類聚名義抄』（編者未詳，1100 前後），『世尊字本字鏡』（12 世紀〜 13 世紀前半成立）

(2) 意義分類体辞書……『* 本草和名』（深根輔仁，901 〜 923），『* 和名類聚抄』（源順，931 〜 938）

(3) 韻書……『東宮切韻』（菅原是善，847 〜 850）

(4) 類書……『秘府略』（滋野貞主ら撰，831，1000 巻，2 巻のみ現存）

(5) 音義……『金剛頂一字頂輪王儀軌音義』（空海，9 世紀前半），『法華経釈文』（仲算，976），『* 大般若経字抄』（藤原公任，1032 頃），『金光明最勝王経音義』（1079 写），『* 法華経単字』（1136 写），『法華経音』（12 世紀写）

(6) イロハ順の仮名引き辞書……『* 色葉字類抄』（橘忠兼，1144 〜 1180）

字書としては，現在最古の『篆隷万象名義』（空海，830 〜 835 頃）が成立した。これは『玉篇』に依拠したもので，部首配列した漢字を篆書・隷書で掲出し，発音と意味を漢字で注記したもので，和訓の記入は見えない。和訓を付した字書，すなわち漢和辞典の体裁を持つ最も古いものは『* 新撰字鏡』で，万葉仮名で和訓のほかに和音（呉音）をも記す。原撰本の『* 類聚名義抄』は単字の漢字，もしくは二字以上の熟語を見出しとして，類音や反切で音注を示し，漢文での解説を付した後に，万葉仮名または片仮名で和訓を記す。その和訓には，アクセントを表示する声点を付すものも多い。これに対して，単字を見出しとして，漢文による解説を省略して，片仮名による和訓・和音を大幅に増補し改編した『* 類聚名義抄』が 12 世紀ごろに成立した。これを増補本（広益本）と称するが，その一つの観智院本（13 世紀後半写）は完本で，約 34,000 語の和訓を収載する。また，『世尊字本字鏡』は上記の『* 新撰字鏡』『* 類聚名義抄』に影響を受けて成立したもので，単字本位の見出し字に片仮名による和訓を数多く記す。

意義分類体辞書では，その代表的なものとして広く知られる『* 和名類聚抄』が成立した。事物名の漢語を，意義によって「天部・地部・水部……」などのように部で分け，さらに「景宿類・雲雨類・風雪類……」などのよう

に分類して掲出し，漢文で出典・発音・語義を記し，あわせて万葉仮名で和訓を付す。一種の百科事典的体裁をもつ，古代の代表的な辞書である。また，薬物の名を集め，万葉仮名で和名を付したものに『* 本草和名』(深根輔仁，901～923) がある。本草書には『香字抄』(編者未詳，11 世紀末)，『香要抄』『薬種抄』(いずれも，兼意，12 世紀)，『香薬抄』(心覚か，12 世紀後半。興然，1185 年。覚禅，13 世紀前半頃) などもあった。

韻書では，中国成立の陸法言以下 13 家の切韻を集成した『東宮切韻』は佚書であるが，『* 和名類聚抄』，図書寮本『* 類聚名義抄』などに引用が見え，30 巻であったらしい。このほか『季綱切韻』(藤原季綱，11 世紀後半。佚書)，『童蒙頌韻』(三善為康，1109)，『詩苑韻集』(11～12 世紀，零本 7 帖) などが編集された。

類書の『秘府略』は『芸文類聚』『初学記』『翰苑』などの中国の類書をもとにして，さらに『説文』『爾雅』『広雅』を始めとする漢籍などから抄出したものと見られる。1,000 巻という規模は極めて膨大であり，巻 864・868 の2 巻しか現存しないものの，類書編纂史上画期的なものである。

音義では，10 世紀ごろまでは漢文による注が中心で，掲出の語句も多く二字の熟語であった。また，『法華経釈文』(仲算，976) のように，和訓を含むことも原則としてなかった (ただし，見出しは単字中心である)。これに対して，『四分律音義』(9 世紀写) には和訓 4 語，『孔雀経音義』(観静，956) には和訓 1 語，また『金剛頂一字経頂輪王儀軌音義』には和訓および字音注を多く万葉仮名で示しているのが注目される。一方，11 世紀以降の音義は単字中心の掲出となる。『* 大般若経字抄』は同音注を主とする簡略な音注を示し，片仮名で和訓を記す。『金光明最勝王経音義』は類音や反切による音注の後に，万葉仮名で和訓を記す。『* 法華経単字』は特異な反切注を示し，片仮名で訓を施す。これらが本文の出現順に語句を掲出する「巻音義」という体裁であったのに対して，韻によって分類を施した「韻分類音義」も出現するに至った。それが『法華経音』である。独自の韻分類に基づくもので，『* 法華経単字』のような巻音義をもとに編集された。

イロハ順の仮名引き辞書が登場するのは平安時代末である。12 世紀中頃になり，仮名 (音節) を配列の基準とする，いわゆる国語辞書の体裁をもつも

のが成立する。『＊色葉字類抄』は，語（漢語を含む）を
第 1 音節でイロハ順に分けて 47 部をたて，その中を天
象・地儀・植物・動物・人倫など 21 部門に意義分類し
て，その漢字表記を記したものである。これを 10 巻本
に増補改編したものは『伊呂波字類抄』と記されるほか，
『＊色葉字類抄』と同じ系統のものに『世俗字類抄』『節
用文字』があった。

伊呂波字類抄 学習院
大学蔵（『古辞書音義集
成 14　伊呂波字類抄』
汲古書院）

　音引き辞書として，このようなイロハ引きの辞書が出現
するまでは，漢字・漢語を見出しとし，それに対応する
和語（和名）を示すという方式が主流であった。それは，
字形で引くか，意義で引くか，いずれにしても和語に一定の配列基準が存在し
なかったため，和語を見出しとすることが技術的に困難であったからである。
11 世紀半ばごろに「いろは歌」が成立し，その後すみやかに流布し始めたこと
によって，仮名の配列基準が確立され，ここに音引き辞書が出現するに至る。
ただ，その仮名の配列は語頭，すなわち語の第 1 音節のみのイロハ順であって，
第 2 音節以降もイロハ順で配列しようとはしなかった。むしろ，それまで行わ
れていた意義分類をも併用することで，検索の利便性を図ろうとしたのである。
今日のように徹底した音引きに馴れれば，それが引きやすいと感じるかもしれ
ないが，表現辞典としての使用法を考えると，同じような意味を持つ語がまと
まっている方が便利であるとも言える。語頭の音引きと，その内部の意義分類
の折衷方式は，前代からの流れの中で，実用的な配列基準として採用されたの
であり，その便利さゆえに江戸時代に至るまで国語辞書の主流を占めていく。
ちなみに，「五十音図」は 11 世紀初めには出現しており，古く「五音」などと
呼ばれた。ただし，段がアイウエオ順に固定するのは 12 世紀初めごろで，他
方，行がアカサタナハマヤラワ順になるのは 13 世紀後半から次第に多くな
り，ほぼ固定するのは 17 世紀以降のことである。このように，五十音図の
固定と普及が遅れたために，古くはイロハ順配列が広く用いられたのである。
　このほか，辞書に準ずるものとして，歌語・歌句などを掲出した『能因歌
枕』『綺語抄』（藤原仲実），『奥義抄』（藤原清輔），『袖中抄』（顕昭）などが
あった。

1 新訳華厳経音義私記　しんやくけごんきょうおんぎしき

【概観】唐の実叉難陀の訳した八十巻の『新訳華厳経』の巻音義。我が国で編纂された音義としては現存最古。

【成立】編者は未詳であるが，東大寺関係の学僧か。2巻。下巻に794（延暦13）年の擦消された奥書を有するが，本文はこれより古く奈良時代後期の書写と見られ，これ以前に成立したと考えられている。

【内容】『新訳華厳経』本文の漢字，熟語また句の中で難解なものを出現順に抜き出し，注記を加えている。その注記の内容は，中国字書の体裁に従い被注字句の下に小書きの双行で漢文の音や意味を示すが，中には，文字・訳語・本文・品名などについて旧訳華厳経と比較した注も見え，多くは「倭言」「倭云」「訓」を冠して，万葉仮名の音仮名および準仮名の和訓を添える。唐の慧苑撰『新訳華厳経音義』2巻と，玄応撰『六十巻華厳経音義』の流れを引く大治本『新華厳経音義』（祖本）に基づき，これを加筆増補して成ったものである。音義の内容の前に，則天武后製作経序の音義が置かれるが，そこには則天文字の見られることが注意される。本書独自の注文も見え，それは「音…訓…」の形式や「合」「又」「或」の用語にうかがわれ，準仮名漢字の2字以上で表記された和訓が日本語の語順によっている箇所も独自のものである。

　音仮名表記による160余の和訓は上代特殊仮名遣いの区別がおおむね保たれ，さらに清濁も多く区別されている。また，ア行・ヤ行のエについても，ア行のエに該当する例は見えないものの，ヤ行のエは古用に従っている。『万葉集』に見える語と共通するものもあり，上代語彙の資料として貴重であるばかりでなく，漢字音研究や漢文訓読の遡源的研究にも有用である。

【諸本】小川雅人氏蔵本（小川広巳氏旧蔵）が唯一の古鈔本で，上下2巻より成る巻子本［貴重図書影印本刊行会 1939（再刊 1978）］［古辞書音義集成 1 汲古書院 1978］。

【図版解説】『華厳経』の十迴向品第二十五之一の箇所。本文「瞋很頑毒，憍慢自大，其心盲瞽，…又復不以乾闥婆城，阿脩羅手，閻浮提樹，崇巌邃谷，塵霧煙雲，但以菩薩，大願甲冑，…無有玷缺，…不捨不避，…決欲荷負一切

衆生，…喪諸善法，…入苦籠檻」の下線部の順に字句を摘記し，割注で音や
字体，和訓を施している。たとえば，「霧煙」の条の「上音牟川奇利」は，
上字「霧」の音が「牟（ム）」字と同音で，「川」（＝訓）は「奇利（キリ）」
であると注する。続いて「下烟字同気夫利」は，下字「煙」が「烟」と同字
で，和訓「気夫利（ケフリ）」を示す。上代特殊仮名遣いで「奇」は乙類，
「気」は乙類であって，古用に合致している。

新訳華厳経音義私記　小川雅人蔵
（『古辞書音義集成1　新訳華厳経音義私記』汲古書院）

2　新撰字鏡　しんせんじきょう

【概観】部首分類体字書。和訓を有するものとしては現存最古。「字鏡」は慧琳『一切経音義』，希麟『一切経音義』などに見える名称という。

【成立】昌住（伝未詳，南都古宗の僧か）編。12 巻。序文に，玄応『一切経音義』が検索に不便で難解でもあるため，892（寛平 4）年にこれを基にして 3 巻に編集し『新撰字鏡』と名づけたが，昌泰年間（898 ～ 901）に『玉篇』『切韻』などを得ることができ，12 巻に増補改編したと記す。

【内容】掲出字は原則として単字で，それに反切・直音注・声調などの音注，漢文による義注，万葉仮名表記による和訓が加えられている。巻 2「親族部」，巻 12「重点」「連字」「臨時雑要文」などには熟語も掲出されている。序文によると，掲出字数は 20,940 余（「小学篇字」400 余，「連字」「重点字」などを除く）。部首は，天治本では 160（享和本では 107）が立てられ，その配列は「天部・日部・月部・肉部……」（巻 1），「父部・親族部・身部……」のように意義分類体辞書の体裁をとっている。このような意義分類による標目は，巻 7「小学篇字及本草木異名」「小学篇字及本草異名」，巻 12「臨時雑要文」の「舎宅章・農業調度章……」などにも見える。また，その部首内で平声・上声・去声・入声という声調の違いによってまとめて掲出されている部分があったり，巻 11 の末尾に『不空羂索神呪心経』の序が付されていたりするなど，天治本には未整備な面も目立つ。和訓は約 3,700 見え，『日本霊異記』の訓釈，『文選』『遊仙窟』などの訓点から引用したものが含まれている。さらに「小学篇字」には多くの国字が収録されているほか，「遂　須伊反」というような日本漢字音の音注も約 70 例見えるなど，古代の漢字受容を探る上で貴重な資料である。また，『玉篇』『切韻』などの佚書の内容を推定する手がかりとしての利用価値も高い。

【諸本】(1) 天治本（宮内庁書陵部蔵 ［六合館 1916］［臨川書店 1967]）が唯一の完本。1124（天治元）年に法隆寺において一切経書写の際に書写されたもの。(2) 抄録本は，室町時代ごろに完本から和訓を含む項目を抄出した 2 巻本。1803（享和 3）年に刊行された享和本（本文 2 冊，校異 1 冊），群書類従本（塙保己一編）などがある（［臨川書店 1967]）。

【図版解説】天治本の「示」部の部分。図版2行目の「社」に「耶者反」の反切，「后土也」の義注に続いて，「也志呂」の訓注がある。すなわち「社」はヤシロと読むことを示している。また，4行目「祁」にも「於曽志」すなわちオソシ（遅）の訓が見える。

新撰字鏡　国立国会図書館デジタルコレクション

3　本草和名　ほんぞうわみょう

【概観】本草書。古く中国で不老長寿その他の薬を研究するために発達した学問を本草学といい，それに関する書物を本草書という。その日本における最初の本格的なもの。万葉仮名で多くの和名が記されていることから，この名がある。『輔仁本草』とも。

【成立】深根輔仁（生没年未詳）編。延喜年間（901 ～ 923）成立。2 巻（刊本）。

【内容】編次は『新修本草』（蘇敬ら編，659）にほぼ従っている。序文に記すとおり，本草内薬（『新修本草』）から 850 種すべて，諸家食経（『崔禹食経』など）から 105 種，本草外薬（陳蔵器『本草拾遺』など）から 70 種を取り出して掲出する。項目は玉石・草・木・獣禽・虫魚・菓・菜・米穀・有名無用にわたる。薬物名を漢名で見出し語とし，約 23 種の本草書を含む 70 余の中国書に基づき，その出典と異名を網羅する。さらに，万葉仮名で和名を記し，時に産地を付記する。効能などは記されていないが，語源が記されることがある。1,200 以上に及ぶ和名が万葉仮名で記されており，古代の動植物・鉱物などの語彙を収録している点で貴重である。『* 和名類聚抄』，『医心方』（丹波康頼，984），『香字抄』（惟宗俊通編か，11 世紀）などに引用がある。深根輔仁は，醍醐・朱雀天皇にも仕えた権医博士で，918 年には『掌中要方』も著している。

【諸本】久しく伝本が散逸していたが，江戸時代に，多紀（丹波）元簡（幕府の侍医，医学館の教論を任めた）が紅葉山文庫に古写本（現存不明）を発見し，これを校訂した版本（1796 序，2 巻 2 冊）で再び世に知られることとなった（『続群書類従』にも翻刻がある）。その後，狩谷棭斎，小嶋宝素，森立之（枳園）・約之らによって詳しい研究が行なわれ，特に，森父子はその考証を通して，散逸した中国本草書の『神農本草経』，陶弘景『神農本草経集注』などを復元し，江戸時代の考証学の大きな成果として高い評価を得ている。その森父子の書き入れ本が複製されている（[日本古典全集 1926]）。また，現存不明の紅葉山文庫の古写本を影写した森立之旧蔵本が，台湾の故宮博物院に所蔵されている。

【図版解説】1796 年序の版本に，森立之が書き込んだもの。2 行目「人参」で

は「一名」として異名の「人銜」「鬼蓋」などと記し，末尾に「和名」として「加乃爾介久佐」，異名「爾己太」「久末乃以」を示す。すなわち，「人参」はカノニケグサ・ニコタ・クマノイと読まれたことがわかる。

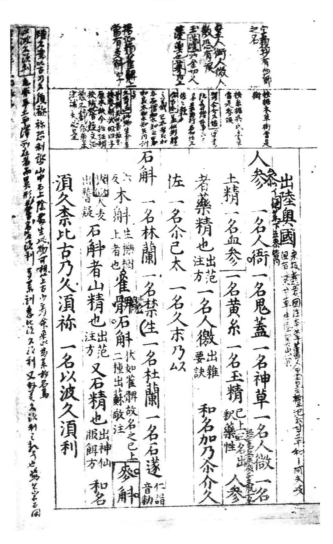

本草和名　国立国会図書館デジタルコレクション

4 和名類聚抄 わみょうるいじゅしょう

【概観】意義分類体の漢語辞書。『倭名類聚抄』ともいい，別称『和名抄』『順和名』とも。10 巻本と 20 巻本とがある。勤子内親王（醍醐天皇第 4 皇女）の命により，日用語から教養語にわたる百科語彙を収録した書。原則として掲出語に和名（日本での呼び名）を付すことに書名の由来がある。

【成立】源順（911 〜 983）編。931（承平元）年〜 935（承平 5）年成立。20 巻本が原撰で，成立まもなく 10 巻本に精撰・抄録されたかと推定されている。

【内容】意味分類として大きく「部」に分かち，各部をさらに「類」で下位分類している。たとえば，20 巻本では「天部・地部・水部……」に分け，さらに天部を「景宿類・雲雨類・風雪類……」のように分類する。20 巻本は 32 部 249 類（元和古活字本），10 巻本は 24 部 128 類を立てるが，序には 40 部 268 門と記す（10 巻本には国郡部などが見えない）。掲出語は原則として漢語であるが，「於期菜（おきな）・呼子鳥（よぶことり）」などの和語も見える。それに出典と漢文注（義注・音注），さらに和名を記す。出典は『説文解字』『釈名』『爾雅』など漢籍（250 余点）が多いが，『楊氏漢語抄』『弁色立成』『東宮切韻』などの国書も見え，仏書は数少ない。総計 290 余りの書を引用するが，多くの佚文を含んでいる。音注は韻書などから反切を引用するほか，編者自身が付した同音字注も含まれる。万葉仮名で記された和名は古代の語彙を知る上で有用であり，また古写本の声点も古代語アクセント資料として貴重である。

【諸本】(1) 20 巻本は高山寺本（巻 6 〜 10 のみ現存，12 世紀写，天理図書館蔵［天理図書館善本叢書 1972］）が最古のもので，大東急記念文庫蔵本（室町時代写本，最古の完本［古辞書叢刊刊行会 1973］）などがある。版本では，那波道円が校訂・刊行した元和古活字本（1617 刊［日本古典全集刊行会 1930]）などがある。(2) 10 巻本は尾張本（巻 1・2 のみ，1283 写，真福寺蔵［古典保存会 1926]）が最古のもので，そのほか 10 巻本中の善本とされる松井本（17 世紀写，静嘉堂文庫蔵［古辞書叢刊刊行会 1975]）などがある。狩谷棭斎は 10 巻本を原撰と考え，10 種余りの写本を校勘して『箋注倭名類聚抄』（1827 成立［臨川書店 1968]）を著すが，和漢の書を博捜して施された精緻な注釈は古辞書

研究史上画期的なものである。

【図版解説】20 巻本である高山寺本の屋宅類の一節。5 行目「窟」では,「説文」すなわち『説文解字』の「窟, 土屋也」,「野王」すなわち「顧野王」編『玉篇』の「掘地為窟也」の注を引用する。縦棒線は掲出字を表す。そして, 音を類音注でコツ（骨）, 和名を万葉仮名「以波夜」によってイハヤと示す。

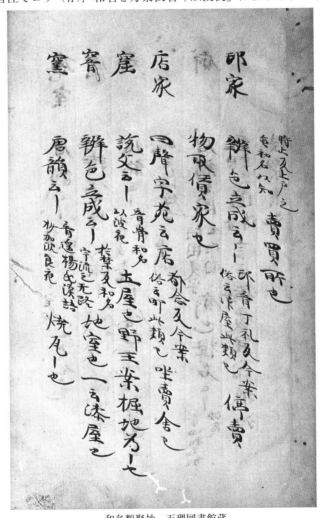

和名類聚抄　天理図書館蔵
（『天理図書館善本叢書和書之部大 2 巻　和名類聚抄・三宝字類集』八木書店）

24

【図版解説】10 巻本である京本の器皿部瓦器類の一節。2 行目以降，和名が「盆」はヒラカ（比良賀），「缶」はホトキ（保度岐），「罐」はツルベ（都留閇），「堝」はナヘ（奈閇）であることを示し，「盌」については『弁色立成』にはマリ（末利）とあるが，俗にはモヒ（毛比）と言うと記している。

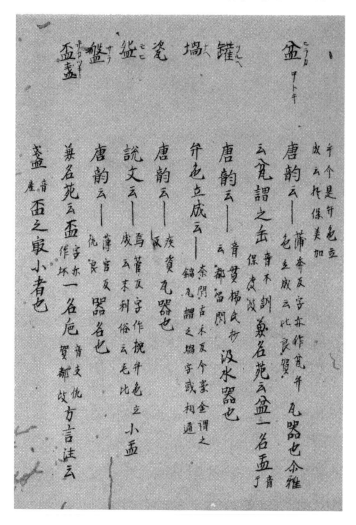

和名類聚抄（京本）　東京大学国語研究室蔵
（『和名類聚抄　古写本・声点本　本文および索引』風間書房）

5　類聚名義抄　るいじゅみょうぎしょう

【概観】部首分類体の漢和字書。『名義抄』『三宝類字抄』『三宝類聚名義抄』とも。原撰本と増補本（広益本）とがある。仏教教学上での必要性から，字書・音義などを集成した書として編纂されたもの。書名の「類聚」は『*和名類聚抄』，「名義」は『篆隷万象名義』に由来する。

【成立】原撰本は1081年以後，1100年前後の成立か。編者は法相宗系統の僧か。増補本は12世紀に真言宗系統の僧によって改編されたかと推定されている。

【内容】原撰本は仏・法・僧の3巻を，それぞれ上下2帖に分けたもので，現存するのは「水」から「衣」までの20部を収める法部の前半のみ。見出し字数にして3,657。見出しの漢字に対して，反切や類音で字音を注記し，漢文で字義を解説し，さらに和訓を万葉仮名または片仮名で記す。部首配列は『玉篇』を参考にしたもので，120部に分類されていたと見られる。引用の出典は内典67種，外典36種，訓点資料27種が確認されている。なかに『一切経類音』『玉篇抄』『東宮切韻』などの逸文を所載する。

　増補本は，原撰本をもとに，大幅に和訓を増補して改編したもの。「人」から「雑」までの120部に部首分類する。仏教的な内容を排除し，漢文の引用や出典も省略したもので，原則として，見出しの単字の下に片仮名で和訓・呉音を注記する（反切や類音注なども見える）。観智院本所収の和訓の数はおよそ34,000語にものぼる。原撰本・増補本ともに，当時の漢文訓読や呉音（和音）・アクセントなどを考察する上で不可欠の資料である。

【諸本】(1) 原撰本は図書寮本（宮内庁書陵部蔵，院政期ごろ写［書陵部1950］［勉誠社1976]）のみ現存。(2) 増補本は，観智院本（天理図書館現蔵。東寺観智院旧蔵。1241年に慈念が撰者自筆草稿本を書写したものを，1251年に顕慶が転写したもの。11帖。唯一の完本［風間書房1954］［天理図書館善本叢書1976]），高山寺本（天理図書館現蔵。高山寺旧蔵。院政期写。零本2帖［天理図書館善本叢書1971]），宝菩提院本（東寺宝菩提院蔵。鎌倉時代頃写。零本1帖［大正大学出版会2002]），蓮成院本（鎮国守国神社現蔵。興福寺蓮成院旧蔵。14世紀頃写。零本3帖［未刊国文資料刊行会1965］［勉誠社1986]），西念寺本（天理図書館蔵。

1767写。零本1帖）などがある。

【図版解説】図書寮本の冒頭部。5行目「法」では「中（仲算『法華経釈文』）」「玉（顧野王『玉篇』）」「慈（慈恩『法華経音訓』）」「唯識論」の引用に続いて「ノリ　律（律令）」「ノトル　記（史記）」などのように和訓の出典も示す。

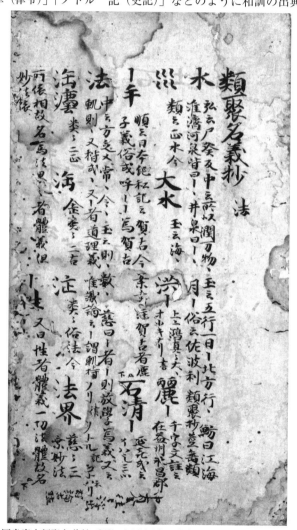

図書寮本類聚名義抄 残闕　国立国会図書館デジタルコレクション

【図版解説】観智院本の法部。4行目「法」では「方乏反」（「メ」は「反」の省文）の音注に続き，「ノリ」以下，差声のものを含む和訓が示され，最後に和音（「禾」は「和」の省文。呉音に相当する）が「ホウ」であると示す。2行目の「水」には和音「スイ」が低高であるとも示す。なお，図版中の「⊥」は「音」の省文。

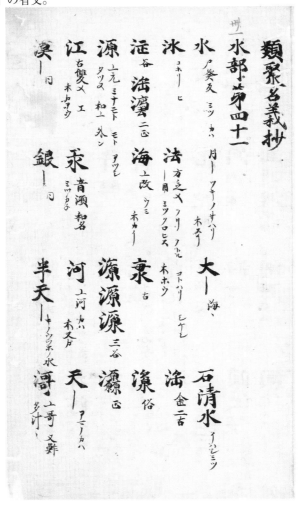

類聚名義抄　天理図書館蔵
（『新天理図書館善本叢書　類聚名義抄』八木書店）

6　大般若経字抄　だいはんにゃきょうじしょう

【概観】玄奘の訳した『大般若経』の巻音義。和訓の注に片仮名を初めて用いた文献として著名。「字抄」は単字主体に掲出することを意図した呼称。

【成立】藤原公任（966～1041）編。1帖。伝本（滋賀県大津市石山寺）の奥書は1164（長寛2）年に淳算（伝未詳）によって書写されたことを伝える。編者が公任と判明したのは，図書寮本『* 類聚名義抄』に「公任卿云」として引かれた注文および来迎院如来蔵『相好文字抄』所引の「納言抄」の注文が，本書のそれと一致したことによる。

【内容】本書に先行する本邦撰述の大般若経の音義には，奈良の法相宗元興寺の僧信行（生没年未詳）による『大般若経音義』3巻（現存2巻）や興福寺の小島僧都真興（935～1004）の『大般若経音訓』4巻などが知られるが，いずれも巻音義で，『大般若経』本文中の字句を出現順に抜き出し，注記を加えた書である。本書は，唐の玄応音義や信行，真興の先行音義を参考に，『切韻』『玉篇』『大日経疏』などの注を加えて成立したと推定されている。

　先行音義と異なる大きな点は，漢文注が大幅に減少し，和訓の注に万葉仮名ではなく，片仮名を主として用いていることである。それまで片仮名は漢文の訓点として補助的な役割しか持たず，独立性に乏しかったが，本書では注文の文字に使用されている。また，古く音義の被注字句は多く熟字であったが，本書では単字本位になっており，これ以後の単字掲出の音義の先駆けとなっている。さらに，音注にも反切を用いずに漢音・呉音相同の同音字で示すという，公任独自の工夫がうかがわれる。すなわち，呉音で読めば被注字の呉音が，漢音で読めば漢音が得られるのである。ただし，難読字の場合には，呉音で読んで一致する漢字を用いるか，または呉音を仮名で書き添えるかしている。このような注音法は呉音系字音を示すのが主目的であったと考えられ，平安中期の呉音の実態を示す好資料として利用価値が高い。

【諸本】石山寺所蔵本が唯一の伝本。粘葉装で1帖［古辞書音義集成3 汲古書院 1978］。

【図版解説】1行目「第冊帙　第四」とあるのは『大般若波羅蜜多経』600巻を帙に纏め，その帙順を「冊（＝四十）」と示したもの，「第四」は第四十帙

内の 4 番目，2 行目「第八」は 8 番目を指す。この「第八」は大般若波羅蜜多経巻第三百九十八に当たる。3 行目「郁」字は，経文「色香鮮郁遍覆水上」より摘記したもので，割注で「美也」と意味を示し，右傍「音育」は，図書寮本『＊類聚名義抄』「鮮郁」の注「呉音公云育」として引かれている。

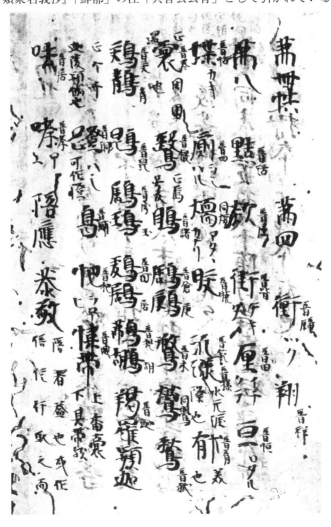

大般若経字抄　石山寺蔵
（『古辞書音義集成 3　大般若経字抄』汲古書院）

7 法華経単字 ほけきょうたんじ

【概観】『妙法蓮華経』の巻音義。一字（「単字」）ずつ経の順に抜き出し，その音訓を示したもの。

【成立】編者は未詳であるが，天台宗関係の僧か。1帖。伝本（矢野長治郎氏旧蔵）の書写奥書には「保延二年（1136）三月十八日書了　源実俊」とあり，その成立も著しく遡るものではなく12世紀初頭ごろと目される。

【内容】『妙法蓮華経』本文中の漢字を一字ずつ出現順に抜き出し，注記を加えた巻音義である。法華経本文の漢字1,761字，同品名字15字，無量義経48字の計1,824字を掲出する。その注記は，反切と仮名書きの和訓とが主であるが，掲出字には墨圏点または朱点による声点が差され，反切にも朱の声点が付されている。このほか，仮名書きの字音注記も存するが，経題「妙法蓮華経」などのわずかの字を除いて，その多くは鎌倉時代中期以降の後筆によるものである。本書の反切は，中国で撰述された韻書の韻とは合わず，日本独特のものであるが，明覚（1056~1123）の撰述かとされる九条家本『法華経音』（鎌倉時代写）のそれと近い関係にある。さらに，本書の巻末には明覚の「反音作法」巻頭部が記されており，本書の成立に明覚あたりの天台宗僧が関与したかと推定する根拠となっている。

　和訓は3,760語に達するが，この中には「かしがまし」のような和歌・和文の語彙や名乗字（人名専用の訓）も見え，法華経の訓読とは無関係な語も多く，一般汎用性を有する。字音注は呉音系字音に属し，日本漢字音研究の基礎資料として重用されている。

　鎌倉時代以後も，法華経の音義は数多く伝わり，巻音義に心空撰『法華経音訓』（1386），以呂波音義（発音引きでイロハ順）に高野山正智院本（1442写），三内音義（発音引きで五十音順）に心空撰述本（1365写），篇立音義（字形引き）に東京大学国語研究室本（1378写）などが知られている。

【諸本】矢野長治郎氏旧蔵が唯一の現存本。粘葉装で1帖〔貴重図書影印刊行会1933〕〔古辞書叢刊別巻雄松堂書店1973〕。

【図版解説】巻頭部分。題字「妙法蓮華経」は見出し字の下双行の左側に「ヘウ・ハウ・レン・クワア・ケイ」とあり，いずれも書写当時の筆で漢音

を示す。ただし，漢音を示すのはこの冒頭箇所のみで，次からは鎌倉時代中期ごろの筆で呉音を示す。「妙」字に注目すると，この仮名音注以外に朱声点が去声濁を示し，反切にも「无（去）少（平）反」と朱声点が差される。また，「一」字の和訓には上に述べた「カシカマシ」の語も見える。

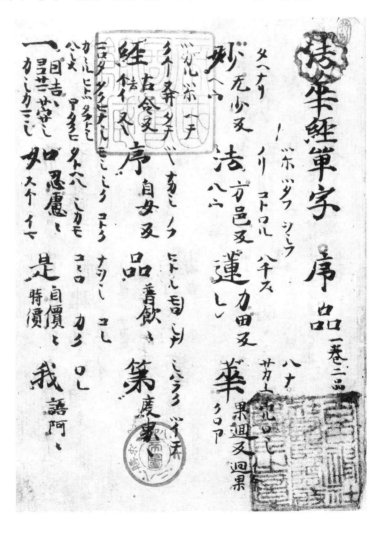

法華経単字　国立国会図書館デジタルコレクション

8 色葉字類抄　いろはじるいしょう

【概観】国語辞書。掲出語を，その第1音節のイロハ順によって配列した「音引き辞書」の最古のもの。

【成立】橘忠兼（伝未詳）編。3巻。1144（天養元）～1181（治承5）年の間に補訂を加えて成立。原本は2巻であったと推定されている。

【内容】漢語を含む見出し語を，第1音節の仮名でイロハ順に47部に分け，さらにそれぞれの内部を，「天象・地儀・植物・動物・人倫・人体・人事・飲食・雑物・光彩・方角・員数・辞字・重点・畳字・諸社・諸寺・国郡・官職・姓氏・名字」の21部に区分する。ほぼ意義によって分類されているが，辞字は同じ訓をもつ漢字を並記したもので，その掲出の順序は「入イル　－中　納献－　容－身　内委襲……」のように上から順に慣用的なものが配列されていると見られる。その訓の配列は「香 カ」「勝 カツ」「囲 カコム」のような順で，音節数に基づく。重点は「年々 トシトシ」のような畳語の類をさし，畳字は熟語に相当する。後者には「陰晴インセイ　天部　陰雲同　インウン　淫雨インウ　五月已上雨也」のように，その読みや大まかな意義（もしくは意義分類）も付されている。語の読みに従って漢字表記を求め，日常的な実用文や漢詩を作成する際などに用いる目的で編纂されたと考えられる。本書のイロハ順による配列，その内部の意義分類は『節用集』など後の辞書に大きな影響を及ぼした。なお，13世紀初めごろに3巻本を増補して10巻本に改編したものは『伊呂波字類抄』と記される。

【諸本】(1) 3巻本には前田本（前田尊経閣文庫蔵, 12世紀末頃写，中巻と下巻の一部を欠く2冊［尊経閣善本影印集成 1999]）と，黒川本（東京大学国語研究室蔵，江戸時代写，3冊，完本であるが誤脱が少なくない）がある（『色葉字類抄研究並びに索引』風間書房 1964）。ほかに2巻本（前田尊経閣文庫蔵, 1565写［古辞書叢刊 1975]）も伝わる。なお，『色葉字類抄』の異本に『節用文字』（お茶の水図書館蔵, 12～13世紀写［古典保存会 1932]），『世俗字類抄』（東京大学国語研究室蔵［東京大学国語研究室資料叢書 1985] など）がある。(2) 10巻本『伊呂波字類抄』には，学習院大学蔵本（13世紀前半頃写，零本［古辞書音義集成 1986]），伴信友校合本（［日本古典全集 1928]［風間書房 1964]）などがある。

【図版解説】前田本（三巻本）の冒頭部。2行目「伊」はイ部であることを示し，イを語頭にもつ語で「天象」に意義分類されるものを次に列挙する。3行目「雷」以下，「同」によって「霹靂」までがイカヅチの表記であると記す。

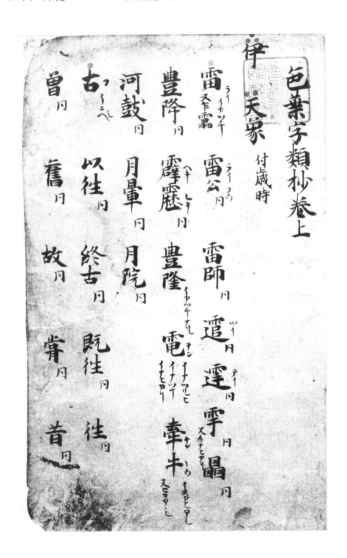

色葉字類抄　国立国会図書館デジタルコレクション

第2章　中世の辞書

　中世，すなわち13世紀から16世紀まで（鎌倉・室町時代）の時期の主要な辞書を，前記の分類に従ってあげると，次の通りである。

1. 部首分類体字書……『*字鏡集』（菅原為長か，1245），『*倭玉篇』（14世紀）

2. 意義分類体辞書……『平他字類抄』（著者未詳，1300頃），『*下学集』（東麓破衲，1444），『撮壤集』（飯尾永祥，1454）

3. 韻書……『*聚分韻略』（虎関師錬，1306序）

4. 類書……『塵袋』（著者未詳，1274〜1281），『壒嚢抄』（行誉，1445），『*塵添壒嚢抄』（編者未詳，1532）

5. 音義……『倶舎論音義』（編者未詳，金沢文庫蔵1223写），『浄土三部経音義』（信瑞，1236），『法華経音訓』（心空，1386）

6. 仮名引き辞書……〔イロハ順〕『節用集』（1474以前），『運歩色葉集』（1547〜1548），〔五十音順〕『*温故知新書』（大伴広公，1484）

　字書からみると，増補本系『*類聚名義抄』と同じく『*字鏡集』は『*色葉字類抄』に倣って意義分類したものを，「天象部」はさらに「天部・雨部・日部……」というように，『広韻』の韻目順に部首分類したものである。原撰の7巻本は13部に意義分類されているが，20巻本は10部に改編している。この影響を受けて成立したのが『*倭玉篇』である。これは14世紀初めごろの成立と見られるが，編者は不明である。単字で漢字を掲出し，右傍に字音を，下に和訓を片仮名で記すという実用的なものである。幾度も種々に改編され，体裁は一定せず，また書名もさまざまであるが，慶長（1606〜1615）以前に限ってもその写本は30種を超える。室町時代にはこれが大いに用いられたことがうかがえ，それは江戸時代にも引き継がれる。

　意義分類体辞書では，『平他字類抄』（3巻）は漢字の声調（平仄）を配列の基準に加味している。上巻では13部の意義分類のなかを漢字の平声と他声（仄声）によって分け，さらにその漢字を訓によってイロハ順に配列する。中巻ではイロハ順の標目をさらに平声と他声に分けて漢字を掲出し，下巻では意義分類したあと，同じ訓の漢字を声調の平声・他声に分けて示す。

『＊下学集』は18門に意義分類し，そのなかを意味的に関連する語を順に配列する，一種の国語辞書である。見出しの漢字に訓を付し，漢文で意味・用法などの注を施す。写本は慶長以前のものでも30を超え，当時広く用いられた。ただ，音引き辞書ではないため，検索に不便であったことが『節用集』の成立を促すこととなった。また，『＊下学集』と同様の百科事典的なものとしては『頓要集』（著者未詳，14世紀後半ごろ），『撮壌集』（飯尾永祥，1454）が代表的である。前者は67部に意義分類し，2,400余の見出し語を掲出している。後者は37部に意義分類し，6,000余語を所収している。

　韻書では，『＊聚分韻略』（『海蔵略韻』とも呼ぶ）が代表的なものである。『広韻』に倣って113韻に分け，その内部を「乾坤・時候・気形……」などの12門に意義分類して約8,000字を配し，義注・音注・訓など付す。当初は漢詩作成のために編集されたものであったが，後には訓や音（呉音・漢音・唐音）が付されて使いやすくなったため，14世紀初めに刊行された後も各地で頻繁に版を重ねた。15世紀には，声調によって漢字を平声・上声・去声の三段に分けて示した『三重韻』とも呼ばれる版も刊行された。

　類書の『塵袋』（著者は観勝寺の僧，良胤〈号は大円〉かという）は，事物の起源や語源などについて約620項目を問答体によって解説する。特に，和語や漢語の意味記述，漢文訓読語や女房詞，敬語などに関しては注目される。これと同じような体裁をもつものに，536の項目を解説する『壒嚢抄』がある。この『壒嚢抄』の536項目に，『塵袋』から抄出した201項目を加えて一書としたのが『＊塵添壒嚢抄』である。江戸時代に刊行されて流布し，日本語研究の方面などに広く用いられた。また，『名語記』（経尊，1268）は和語・漢語の語源について問答体によって解説したもので，語の音節数によって二字から五字に分け，その第2音節までをイロハ順に配列する。

　音義では鎌倉時代以降，『法華経』の音義が盛んに編集された。出現順の「巻音義」，「韻分類音義」のほかに，漢字の部首の篇立てによって分類する「篇音義」，字音のイロハ順に配列した「伊呂波音義」，字音のアイウエオ順に配列した「三内音義」などの編集基準が用いられるようになった。「篇音義」には『法華経音義』（金剛三昧院蔵，1233奥書）など，「伊呂波音義」には『法華経音義』（高野山正智院蔵，1442写）など，「三内音義」には『法華経音

義』（金剛三昧院蔵，1522 写）などがある。また，『法華経音訓』（心空，1386）
は巻音義の代表的なものである。『法華経』と同様に多く撰述されたのが
『大般若経』の音義である。主として単字を掲出するもので，『大般若経音
義』（薬師寺蔵，67 軸，13 世紀後半〜15 世紀前半）は類音注で字音を，片仮名
で和訓を示す。『大般若経音義』（無窮会蔵，13 世紀後半写）は音注・和訓を片
仮名で並記する。このほか，『倶舎論音義』（金沢文庫本，1223 写）には，和漢
の書からの引用のほか，片仮名による音注・和訓が見られ，『浄土三部経音
義』（信瑞，1236）には漢文の注のなかに『東宮切韻』の逸文 150 余条が含ま
れている。

　イロハ順の仮名引きの辞書「節用集」は，『* 色葉字類抄』のような配列
方式の影響を受けた意義分類体の辞書である『* 下学集』を改編して 15 世
紀後半に成立したもので，江戸時代では辞書の代名詞としても用いられるほ
ど盛行した。その編者は『* 下学集』と同じく僧侶ではないかと推定される。
見出し語をイロハ順で配列し，その内部を「天地・家屋・時節・草木……」
などのように意義によって分類する。「節用集」は当初から世間一般の実用
に供するという性格を担っていたのではなく，漢語・漢文を収録している点
で，むしろ教養書としての性格が強く，漢文などを作成する際に利用した辞
書ではないかと見られる。江戸時代初期までの写本および慶長年間以前の刊
本を「* 古本節用集」と呼び，約 50 種が知られているが，その都度増補・
削除が行われているため，見出し語や体裁などにおいて違いが大きい。これ
らの諸本は，巻頭，すなわち「い」部天地門の最初に記されている語によっ
て，大きく「伊勢」本，「印度」本，「乾」本に三分類される。同じくイロハ
順のものに『運歩色葉集』（1547 〜 1548）がある。約 17,000 語を収めた百科
語彙をも広く収載した書で，内部を意義分類せずに漢字二字・三字・四字以
上，および一字の語の順に配列する。キリシタン版の『* 落葉集』（1598）は，
漢語をイロハ順に配列したもの（落葉集本篇），和訓をイロハ順に並べ，さら
に漢字一字を部首順に，漢字二字以上を意義分類によって配列したもの（色
葉字集），部首を意義分類して，その部首分類によって漢字を配列したもの
（小玉篇）などからなる。音・訓・字形から漢字が検索できるようになって
いる。

　五十音引きの仮名引き辞書も室町時代中期に至って出現した。イロハ順の辞書が主流である中で，約 12,000 語を掲出する『＊ 温故知新書』（大伴広公，1484）が第 1 音節を五十音順に分類して編集された。その内部は「節用集」と同様に「乾坤・時候・気形……」などの 12 部門に分けている。ただし，アヤワ行は「アイウエヲ」「ヤキユエヨ」「ワイウエオ」となっており，50 部を立てているが，その所属の基準については不明である。また，その意義分類は『＊ 聚分韻略』（虎関師錬，1306 序）に従っており，日本の古典や，『遊仙窟』などの特殊な漢籍からの引用も多い点で，他の辞書と趣を異にしている。

　対訳辞書では，キリシタン宣教師によって『羅葡日対訳辞書』（1595）が刊行された。ラテン語辞書に日本語を当てはめたもので，3 万近くの日本語を所収する。『＊ 日葡辞書』（1603 ～ 1604）は，日本語のローマ字綴りを見出しとしてポルトガル語で解説したもので，32,293 語を所収する。なかに方言・俗語・婦人語・詩歌語・文書語などの位相に関する注記をも記す。

　中国で編集されたもので代表的なものをあげると，『＊ 日本寄語』は明の薛俊が編集した『日本考略』（1523）の内の「寄語略」が独立したもので，天文・時令・地理など 15 部門に分類された日本語語彙 363 語を収載している。『日本館訳語』（1549）は中国語と外国語の対訳辞書である「華夷訳語」の一つで，18 部の意義分類によって，566 語を中国語で意味・発音を記したものである。また，日本についての情報を編集した『日本一鑑』（明，鄭舜功，1565 頃）の付録「寄語」にも，約 4,300 語に中国語による音訳が付されている。

　このほか，辞書に準じるものとして，『源氏物語』の語彙を集めた『仙源抄』（長慶天皇，1381），『類字源語抄』（竺源恵梵，1431）などのイロハ順配列のものも出現した。

9　字鏡集　じきょうしゅう

【概観】部首の意義分類体の漢和辞書。7 巻。

【成立】応永本の書入れから、菅原為長（1158 〜 1246）の著かとされる。為長は文章博士・大蔵卿などを任じ、漢詩文のための故事成句を収載した『文鳳抄』の編者でもある。1245（寛元 3）年以前の成立とされる。

【内容】部首を意義によって分類し、各部首の内部を偏傍冠脚の要素で配列する。その意義分類は「天象・地儀・植物・動物・人倫・人体・人事・飲食附雑物・光彩・方角・員数・辞字・雑字」からなり、天象から辞字までの雑物を含めた 13 部は『* 色葉字類抄』などと同じであり、最後に雑事をまとめて示すのも『* 類聚名義抄』に前例が見える。その意義分類のもとに、たとえば、巻第一の「天象部」では「天・雨・日・月・雲・風・夕・旦」の 8 つの部首が置かれているように、目次によると 192 の部首が掲げられている。掲出字には右肩に韻目を示し、字音を片仮名で傍書し、下に反切・義注や字形に関する注記のほか、片仮名で和訓が記されている。7 巻本を改編した 20 巻本は「人倫・光彩・方角・員数」の部がない 10 部からなる。

　本書は『* 類聚名義抄』よりさらに通俗化した段階を示しており、『世尊寺本字鏡』などとともに、後代の『* 倭玉篇』へと続く過渡的な様相を呈している。ただ、その和訓は豊富であり、また字形に関する注記は注目される。

【諸本】『字鏡集』は貞苅伊徳（『本邦辞書史論叢』1967 所収論文）によると、三巻本の『字鏡抄』が母体であるという。この『字鏡抄』を改編したものが『字鏡鈔』で、これには永正本（1508 写）［古辞書叢刊 3 1974］と、天文本（1547 写）［古辞書大系 1982］があり（いずれも前田尊経閣文庫蔵）、永正本から 7 巻本『字鏡集』、天文本から 20 巻本『字鏡集』が成立したとされる。(1) 7 巻本には龍谷大学蔵本［龍谷大学善本叢書 8 1988］・黒川本（東京大学国語研究室蔵）のほか、増補本的な寛元 3 年の識語をもつ寛元本（国会図書館蔵、江戸時代写、狩谷棭斎自筆校正本）［古辞書叢刊 1977］などがある。(2) 20 巻本には現存最古の 1416（応永 23）年の奥書をもつ応永本（前田尊経閣文庫蔵）、白河本（東京都中央図書館蔵）［『字鏡集白河本寛元本研究並びに総合索引』勉誠社 1977・1978］などがある。

【図版解説】寛元本の辞字部「示」篇の一部。5行目の「社」には、まず右肩に韻目の「馬」、右傍に「サ」と音を記す。下には「耶者反・市者切」の反切が見え、「モリ」以下「ヤシロ」などの訓を示すほか、「古」「古作」「古文」という異体字の注記、「神樹也　地神也」などの義注をも記す。(「2　新撰字鏡」参照)。

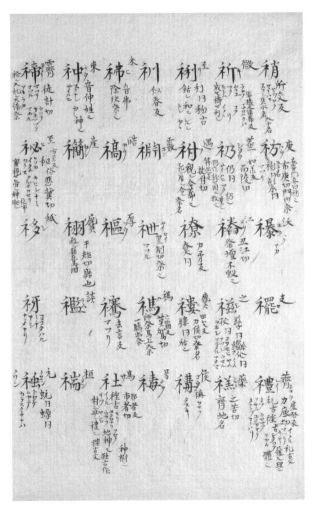

字鏡集　　国立国会図書館デジタルコレクション

10　聚分韻略　しゅうぶんいんりゃく

【概観】韻書。作詩の便を図り意義分類を施した点に特徴がある。中世から近世にかけて盛行し，多くの版本が伝わる。

【成立】虎関師錬（1278〜1346）著。5巻。1306（嘉元4）年の自序。1307（徳治2）年叟一寧跋。『海蔵略韻』とも。

【内容】序跋に述べるように，中国の『広韻』を土台として，諸書を参照しながら加筆し，独自の意義分類を施して成った韻書である。約8,000字に及ぶ漢字について，『広韻』に倣い，上平・下平，上声，去声，入声の5巻，計113韻に分けた上で，その韻に所属の漢字を12の意義に分け，各字には音・義・訓および当該字を用いた熟語を示すといった簡単な注を付している。意義分類によって，乾坤・時候・気形・支体・態芸・生植・食服・器財・光彩・数量・虚押・複用の各門を立てた点に，韻書における本書の独自性がうかがわれるが，この分類基準は未詳である。

　開版の14世紀初以来盛行し，その用途に応じて多種の版を生み出し，種々の書き込みが行われた。韻書として，また作詩参考のために，さらには熟字・例句を加えて和漢聯句に，そして，訓を増補して漢和聯句の席にも携行され，ひいては一般通俗の字書として発達する過程をたどった。また，呉音・漢音・唐音を示す音注は豊富で，特に見出し字の左傍に施された唐音は比較的古い音を反映する，まとまった資料として貴重である。辞書史における後世への影響も大きく，『*下学集』『節用集』『塵芥』『*温故知新書』『新韻集』『伊呂波韻』などにその影響が見える。さらに，『韻礎』『活套』『円車広略韻』『禅林集句分韻』は本書の増補本である。

【諸本】版本は慶長以前のものに限定しても20種ほどを数える。（1）原形本は，十行本（無刊記本，有刊記本），九行本，五行本，（2）三重韻本は，無刊記本（大型本，小型本），付訓刻本（原三重韻，増補本，改編本）の二種があると説かれ，さらに（3）別種改編本として，延宝四年苗村丈伯改編本，元禄十年熊谷散人改編本など数種があるとされる。

【図版解説】慶長壬子（1612（慶長17））版の冒頭部。『広韻』に倣い，東第一（上平声），董第一（上声），送第一（去声）に分けた上で，東韻内部を，

「乾一」＝乾坤，「時一」＝時候，「気一」＝気形と意義分類し，たとえば，「東」の場合，右傍に漢音「トウ」，左傍に唐音「ツム」，直下に小書して「春方」と意義を記す。さらに，「凍」（2 行目下段また〈3 行目上段〉）に「コヲリ」，「棟」（3 行目下段）に「ムナキ」，「洞」（3 行目下段）に「ホラ」の和訓も見える。

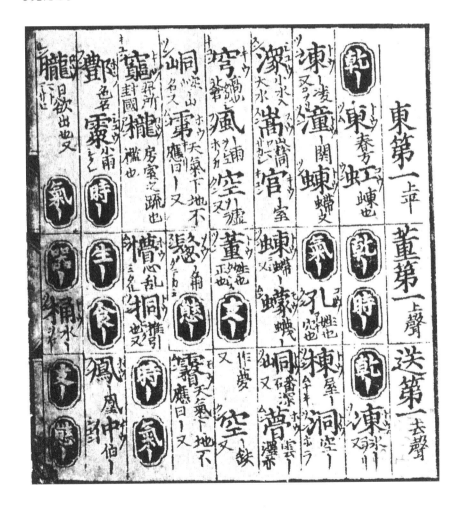

聚分韻略　京都大学附属図書館蔵

11　倭玉篇　わごんへん・わぎょくへん

【概観】部首分類体の漢和字書。『和玉篇』とも書き，古くは「わごくへん」と読み，後には「わぎょくへん」とも称する。『玉篇』（顧野王編，30 巻，543 成立）に依拠して撰述された『＊新撰字鏡』『＊類聚名義抄』『＊字鏡集』の系統を引き，さらに『大広益会玉篇』（陳彭年ら，30 巻，1013 成立）にも影響を受けて成立。増補改編されて体裁はさまざまであるが，室町時代すでに流布し，さらに江戸時代から明治初期にかけて数多くの版本が刊行され，漢和字書の代名詞として用いられるほど盛行した。「倭玉篇」とはその類の総称で，実際の書名は多様であり，その体裁によって『篇目次第』『音訓篇立』『類字韻』などと名付けられたものもある。

【成立】15 世紀初め前後の成立。編者未詳。3 巻。

【内容】部首分類によって漢字の単字を掲出し，その右傍に字音，下に和訓を片仮名で記す（和訓を万葉仮名で記すものもある）。部首の立て方や配列は，「雨・風・日・月……」（『玉篇要略集』。「天象・地儀……」という意義分類をさらに下位分類する。『＊字鏡集』に基づく），「金・人・言・心……」（『慶長古活字版』。『龍龕手鑑』による），「一・上・示・二……」（『慶長 15 年版』。『大広益会玉篇』による）などさまざまである。古写本で部首数の多いものは 542 部（『新篇訓点略玉篇』16 世紀写），少ないものは 100 部（『円乗本』16 世紀写）というように多様である。また，付された和訓の数も諸本によって大きく異なり，たとえば「一」の和訓は『音訓篇立』では 43，『慶長古活字版』では 9，『夢梅本』では 5 である。『篇目次第』『夢梅本』『慶長 15 年版』などのように濁点が付されているものも存する。

【諸本】識語を持つものでは 1489（長享 3）年本（関東大震災で焼失。東京大学国語研究室に影写本がある）が最古。現存では『大広益会玉篇』（1491（延徳 3）写，東北大学図書館蔵）が古く，『玉篇要略集』（大東急記念文庫蔵，1524 写）がこれに次ぐ。ほかに，『篇目次第』（内閣文庫蔵，15 世紀ごろ写），『音訓篇立』（東京大学国語研究室蔵，16 世紀写），『類字韻』（東京大学国語研究室蔵，1563 年写），『夢梅本』1605 年刊［『倭玉篇夢梅本篇目次第研究並びに総合索引』勉誠社 1976］，『慶長 15 年本』［『倭玉篇研究並びに総合索引』風間書房 1966］など。

【図版解説】慶長15年刊本（内閣文庫蔵）は477に部首を分類する。4行目「帝」では右傍にテイ（漢音），左傍にタイ（呉音）と字音を記し，その下には「ミヤコ・アキラカ」の訓を示す。5行目「下」にも右傍にカ（漢音），左傍にゲ（呉音）とあるが，漢音・呉音が右傍・左傍に固定しているわけではない。

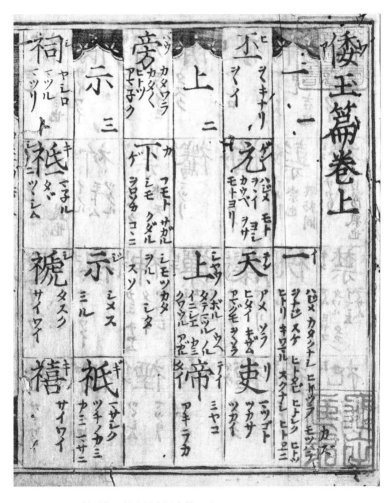

倭玉篇　国立国会図書館デジタルコレクション

12　下学集　かがくしゅう

【概観】意義分類体の国語辞書。書名は『論語』の憲問篇「下学而上達」に
由来する。初学者にも適した百科語彙を収録した辞書。

【成立】編者は東麓破衲（伝未詳）。建仁寺もしくは東福寺の僧かという。序
文によると，成立は1444（文安元）年。2巻。

【内容】意義によって「天地・時節・神祇……」など18門を立て，見出しの
語を漢字で掲出し，原則として漢文で注を施す。意義分類は虎関師錬『＊聚
分韻略』に依拠したらしく，その12門に「神祇・人倫・官位・人名・家屋」
が加わり，「食服」が「絹布・飲食」に分かれる。各部門の内部も，意味の
類似する語が連想的に配列されている。漢文の注には，その語の意味・語源，
語の使い方，誤用・俗用の説明，また異名・別名などが記されている。引用
の出典は，広く『万葉集』『和漢朗詠集』などの国書，『論語』『荘子』など
の漢籍，『仁王経』『梵網経』などの仏典に及ぶ。特に，『庭訓往来』（14世紀
後半ごろ成立）などの往来物から，日常的な語彙や教養語を収集した側面が
顕著である。巻末の「点画少異字」では，紛らわしい漢字をそれぞれ掲げ，
その意味の違いを解説しているが，これは『大広益会玉篇』の「分毫字弁」
を抄録したものである。「行脚　アンギャ」「烏乱　ウロン」「饅頭　マンヂウ」
などの唐音を多く示し，「六借　ムツカシ」「穴賢　アナカシコ」「浅猿　アサマ
シ」などの当て字も記すなど，実用的な辞書であるとともに通俗的な教科書
のような性格も有していたと考えられる。後の『節用集』の成立に大きな影
響を与えた。

【諸本】(1) 写本は，書写年代の確定するものでは1479（文明11）年本（静嘉
堂文庫蔵，1冊）が最古で，1485（文明17）年本（筑波大学蔵，1冊）がこれに
次ぐ（『古本下学集七種研究並びに総合索引』風間書房1971）。このほか，書写
年代の明らかでない室町時代中期写本（村口四郎蔵［古辞書叢刊1974]）など
がある。慶長（1506〜1615）以前の写本は30種を超え，川瀬一馬『古辞書
の研究』では，これらを3系統に分類する案を示している。(2) 刊本として
は，1617（元和3）年版［古辞書叢刊1974]が最初。このほか，語彙を大幅に
増補した『増補下学集』（1669年刊［文化書房博文社1967]），絵入りの『和漢

新撰下学集』（1688 刊）などがある。

【図版解説】筑波大学付属図書館蔵本の冒頭部。2 行目「天地門」は意義分類の部門名で，次にその所属語を列挙する。3 行目から「昊天」以下，漢語を挙げ，「乾坤」では「天地」というように語義を示す。6 行目からは和語となり，「虹霓」はともにニジと読み，「二字同」で同義であることを記す。

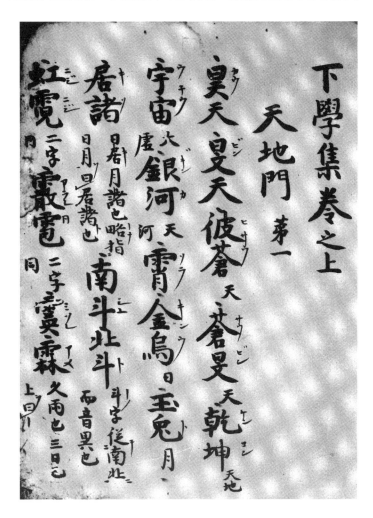

下学集　筑波大学附属図書館蔵

13　温故知新書　おんこちしんしょ

【概観】最初の五十音順配列の国語辞書。室町時代成立。書名は『論語』の「温故知新」による。

【成立】大伴広公（伝未詳，序に「新羅社神司」とある。「広公」の「公」は敬称と見て兵部大輔「泰広」を当てる説もある）著。1484（文明 16）年成立。2 巻 3 冊。

【内容】『節用集』など当時通行していた辞書は一般にイロハ引きであったが，本書はそれとは異なり，五十音引きの体裁を採る。まず語の第 1 音節によって五十音順に分類し，各音節の冒頭に梵字で「ア」「イ」「ウ」のように標示して示す。アヤワ行は「アイウエヲ」「ヤヰユエヨ」「ワイウエオ」となっており，「ヲ」と「オ」の所属（両者の所属は後に本居宣長によって改められる）などが今日とは異なる。さらに，五十音分類の下位分類として意義分類を施す。虎関師錬『＊聚分韻略』の枠組みに従って，乾坤・時候・気形・支体・態芸・生植・食服・器財・光彩・数量・虚押・複用の各門に分け配列されている。

　収録語彙は約 13,000 語を数えるが，先行する『＊下学集』の語彙を少なからず採録している。また，清原宣賢『塵芥』との関係も注意されている。本書には，見出し語の左側に小さく「日（＝日本書紀）」「文（＝文選）」などのように，出典文献を注記したものが散見し，漢籍・国書の双方にわたっている。漢籍では『文選』『論語』『史記』『白氏文集』『遊仙窟』などの 30 種以上，国書では『日本書紀』『万葉集』『源氏物語』『伊勢物語』『平家物語』などが見える。文選読みや古訓なども多く載せており，一般通俗の辞書とは異なった側面を持つことも注意しておきたい。

【諸本】前田尊経閣文庫蔵本が唯一の伝本。室町時代写［尊経閣叢刊 1939］［白帝社 1962］［古辞書大系 4 風間書房 1971］［尊経閣善本影印集成 3 八木書店 2000］。

【図版解説】2 行目に梵字で「チ」と記される。1 行目は「京兆」の右傍「タヲヤカニシテ」，「退」の「タイ」，「鍛錬」の「タンレン」の訓のように，「タ」ではじまる語を挙げる。これに続いて，2 行目以降はチではじまる語を

掲出しており，五十音順に配列してあることが判る。3 行目「○乾一」は，
『＊聚分韻略』に倣った意義分類の呼称「乾坤門」を指し，「地平天成」の右
傍「チタイラカニテンタイラカニ」と「チ」ではじまる語を以下に列挙し，
この語の左には，「尚」「左」と注記されている。これは，それぞれ「尚書」
（＝書経），「左伝」（＝春秋左氏伝）に典拠があることを示す。

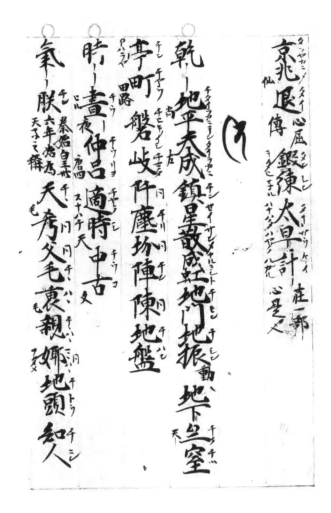

温故知新書　国立国会図書館デジタルコレクション

14 塵添壒嚢抄 じんてんあいのうしょう

【概観】中世の代表的百科事典。『壒嚢抄』に『塵袋』から抜粋したものを加えて一書としたもの。

【成立】某僧（序に「釈氏某比丘」とある）著。20 巻。1532（天文元）年成立。1646（正保 3）年以後無刊記整版本として刊行された。

【内容】序文に本書成立のいきさつが詳しく綴られている。すなわち，『壒嚢抄』（1444 〜 1449 頃成立，観勝寺行誉撰）の 536 条を基とし，これに『塵袋』（1264 〜 1288 頃成立，編者未詳，真言宗の僧侶か）より 201 条を抜粋・増補して合計 737 条 20 巻として纏めたものであるという。また，依拠した『塵袋』は 10 巻本であるが，現存印融手沢本の巻 8 からは 1 条も採録していないことから見て，巻 8 を欠いたものであったと見られており，しかも，その本文は印融本と同文であることが知られている。内容は多岐にわたるが，記事の分類基準が明確でなく雑纂的である。中には文字や語源についての記述もあり，当時の言語意識を知る上で有益である。

　本書は，近世以降，随筆家や学者に広く活用された。『壒嚢抄』の方があまり見られないこともあって，本書は『壒嚢抄』の異本のように見なされることもあった。書名には『壒嚢抄』とあっても，実際には本書であることもある。雑纂の不便さを解消するべく，索引が多く作られた。村田了阿『索引類字標目』1 巻をはじめ，『塵添壒嚢抄類標』『塵添壒嚢鈔索引』『塵添壒嚢鈔目録』『塵添壒嚢鈔字類』などがある。本書と『壒嚢抄』『塵袋』の相互比較は，早くに黒川春村が行い，それが『大日本仏教全書』所収本の巻末に付載されている。古典全集本に山田孝雄の作成した比較表があり，浜田敦・佐竹昭広編『塵添壒嚢鈔・壒嚢鈔』にも項目対照一覧・事項索引が収められている。

【諸本】1646（正保 3）年以後無刊記整版本として刊行された［大日本仏教全書 1912］［臨川書店 1979］。

【図版解説】下段「盗人云白波事」は，「白波谷」に賊が隠れ住み財宝を掠奪した故事（『後漢書』孝霊皇帝中平元年）を典拠として，その異名の由来を記す。前田本『＊色葉字類抄』にも「ハクバ」と音読し，「盗人名」と注される。一方，和語「しらなみ」にもこの用法が見えると説き，古今集歌（『伊

勢物語』23段にも）の著名な「風吹けば沖つ白波竜田山夜半にや君がひとり越ゆらむ」の「白波」もこれが含意されていると説く。この解釈の当否は鎌倉時代の歌論書などでも議論されており，顕昭『古今集註』には，含意される説（教長）と，単なる序詞であるとする見解（顕昭）の双方を載せている。

塵添壒嚢抄　国文学研究資料館蔵

15 日本寄語 にほんきご

【概観】中国明代に，倭寇がたびたび中国南部の沿海州を襲うため，日本を知る必要から，中国人による日本および日本語に関する書物の一群が出版された。本書は『日本考略』の「寄語略」の巻を独立させたもので，日本語に中国語の読みを記していることから，当時の日本語の音声を知るための重要資料となる。

【成立】著者薛俊は江南地方の出身で，1523年に『日本考略』を出版し，その中に収録している「寄語略」358語を，後に取り出して類書に編集したことから，『日本寄語』と呼ばれている。「寄語」とは訳語のことである。

【内容】『日本考略』は「沿革略，疆域略，州郡略，属国略，山川略，土産略，世紀略」など17の部立てに分けて日本について紹介している。「寄語略」はその15番目に位置し，358語を「天文類・時令類・地理類・方向類・珍宝類・人物類・人事類・身体類・器用類・衣服類・飲食類・花木類・鳥獣類・数目類・通用類」という15類に意味分類している。いわば日本語の常用語をリストアップしたものである。たとえば，「日 虚露（ヒル），月 禿計（ツキ），霧 吉利（キリ），冷 三亭水（サムシ），少 疏古乃水（スクナシ）」のように，見出しに中国語を示し，それに当たる日本語の読みを漢字音で記している。その音訳漢字のうち，日本語のチ，ツを表すのに破擦音系の漢字「止」「子」が用いられていることから，破擦音化は16世紀初頭に起きたと見られている。

　その後，この「寄語略」はさまざまに増補され，『日本図纂』『籌海図編』などを経て，『日本一鑑』（1565頃）に至って「寄語」の部は18部門3,404語を収録するようになった。

【諸本】東洋文庫蔵『日本考略』は重刊本であるが，明版としては孤本である。その「寄語略」が類書『続説郛』『古今図書集成』に『日本寄語』として収録されるため，その名が定着している。複製本『日本寄語の研究』［京都大学文学部1965］は東洋文庫蔵本を収めている。

【図版解説】浙江図書館蔵『説郛続』（1646）に収録された「日本寄語」鳥獣類の「牛 胡水（うし）」，数目類の「七 乃乃子（ななつ）」などのように「水」

で「し」,「子」で「つ」を表す宛て方をしている。

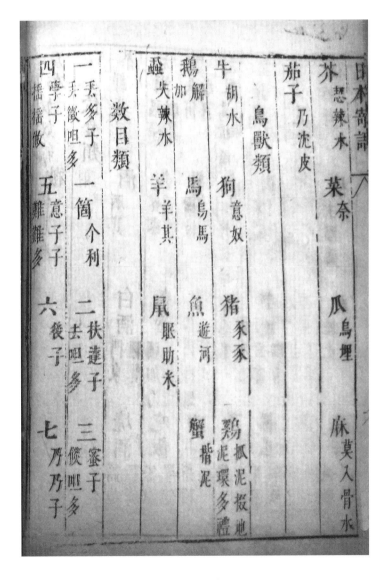

日本寄語　浙江図書館蔵

16　落葉集　らくようしゅう

【概観】漢字字書。キリシタン版の一つ。音読み・訓読み・字形（部首）から漢字を検索できる。序に「先達のもてあそびし文字言句の落策を拾ひあつめ」「色葉集の跡を追ひいろはの次第をまなんで以て字書をつくる」とあり，「落策（残存するもの）」の「色葉集」の意から「落葉集」と称したようである。

【成立】イエズス会の宣教師によって編集され，1598（慶長3）年長崎で刊行された。

【内容】「落葉集本篇」「色葉字集」「小玉篇」の3篇からなる。構成は，「節用集」と「＊倭玉篇」の特性を組み合わせたようなものとなっている。「落葉集本編」は，音読みから，漢字の字形と訓読みの検索を図る（【図版解説】参照）。母字に当たる漢字は1,672字，熟語は11,823語にのぼる。「色葉字集」は，訓読みから，漢字の字形と音読み，加えて他の訓読みを求めることができる。掲出については，イロハ順の後，「何　傷　偽 … ・ 呪　嗔　否…」（音読みは略，訓読みは一部略）のように，部首によって分類される。各部の単字の後に地名などの固有名詞や難読熟字を載せる。末尾には「百官并唐名之大概」と「日本六十余州」が付されている。「落葉集本篇」と「色葉字集」の2篇は漢字の読み方に留意したものとなる。「小玉篇」は漢字の形の面からの検索を図るため，105の部首（ただし最後は類少字）を12門（天文門，地理門，人物門など）に分け，字形から音読み・訓読みを求めるようにしたものである。漢字の総数はおよそ2,300字，たとえば日偏には「日　明　曝 …」（音読みと訓読みは略）と並ぶ。

【諸本】ローマ　イエズス会本部蔵本［京都大学国文学会 1962］［笠間書院 1978］，大英図書館蔵本［勉誠社 1977］，イギリス　クロフォード家蔵本，パリ国立図書館蔵本（「小玉篇」を欠く），オランダ　ライデン大学図書館蔵本（「小玉篇」を欠く）［ひたく書房 1984］，天理図書館蔵本（完本と断簡十二葉）［天理図書館善本叢書 1986］。

【図版解説】当時通用の行書により，「こゑ（音読み）」が「い」ではじまる漢字として，2行目に「醫」を挙げ，「よみ（訓読み）」が「くすし」となるこ

とを左傍に示す。「－家（け・いへ）－者（しや・ひと）…－書（しよ・かく）」
のように熟語と，その音読みと訓読みを左右にほどこす。配列にはポルトガ
ル語式ローマ字綴りとのかかわりが見られる。漢字の振り仮名は平仮名で，
清濁も書き分けられている。収載箇所は異なるが，「一夫 いつぷ」「一邊 い
つぺん」などのように半濁音符も使用されている。

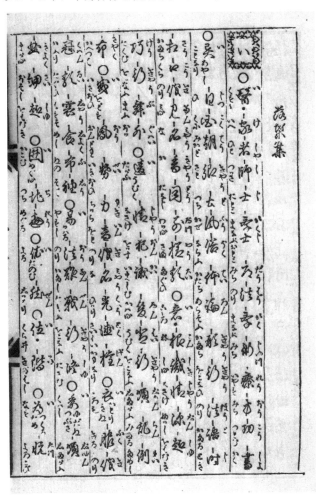

落葉集　ライデン大学図書館蔵

17　日葡辞書　にっぽじしょ

【概観】日本語をポルトガル語で説明した辞書。キリシタン版の一つ。原名は *Vocabulario da lingoa de Iapam com adeclaração em Portugues* である。見出し語の日本語はポルトガル語式ローマ字綴りで記され，語義はポルトガル語による。序言には宣教師の日本語学習のみならず，日本人にも有用である旨が記される。

【成立】イエズス会のパードレ（神父）やイルマン（修道士）などの宣教師数名による。1603（慶長 8）年に本編（25,967 語），1604（慶長 9）年に補遺（6,831 語）が長崎学林で刊行。

【内容】当時の日本における辞書と比較すると，きわめて近代的な構成・内容である。見出し語は，当時の標準語（京都のことば）を中心に，「方言」「卑語」「婦人語」「幼児語」「仏法語」「文書語」「詩歌語」という注記を持つことばも収録する。聴罪と説教のためには，種々のことばを理解したり，時には使用を忌避したりしなければならないことによる。また，同義語・類義語を挙げたり，二つの語形がある場合は優位語を示したりするなど，規範性を重視した内容となっている。日本語がローマ字綴りで記されているため，たとえば，四つ仮名をそれぞれ「ジ」ji と「ヂ」gi，「ズ」zu と「ヅ」zzu と記し，開音を ǒ，合音を ô で示している。

【諸本】刊本は，オックスフォード大学ボドリアン文庫蔵本［岩波書店 1960］［勉誠社 1973］，ポルトガル　エヴォラ公立図書館蔵本［清文堂出版 1998］，パリ国立図書館蔵本（補遺なし）［勉誠社 1976］，ブラジル　リオ・デ・ジャネイロ国立図書館［八木書店 2020］，マニラ　聖ドミンゴ修道院蔵本がある。また，ポルトガル　アジュダ文庫に写本（1747）がある。マニラのドミニコ会士によるスペイン語訳『日西辞書』（1630），L. パジェスによるフランス語訳『日仏辞書』（1862 ～ 1868）もある。ポルトガル語の部分を日本語に訳されたもの［岩波書店 1980・1989］もある。

【図版解説】左側 3 行目に 'I, RO, FA（イ，ロ，ハ）' 6 行目に 'A, I, V, YE, Vo（ア，イ，ウ，エ，オ）' と見える。また，右側 4 つ目の見出し語には，'Abi, uru, l, abiru, ita.（「浴び」，「浴ぶる」または「浴びる」，「浴びた」）' というよう

に，語根（連用形にあたる），現在形（終止形），過去形（連用形＋タ）を示している。二段活用形（「浴ぶる」）と一段活用形（「浴びる」）がともに挙がっている。また，'¶Vt, Yu, mizzuuo aburu.（例，湯，水を浴ぶる）'のように用例を示す。

日葡辞書　Oxford, Bodleian Library 蔵
（『邦訳 日葡辞書』　岩波書店）

第3章　近世の辞書

　近世，すなわち17世紀から19世紀半ば過ぎまでの江戸時代は，国内の秩序が保たれ，自由闊達な文化が発達した。古今伝授に象徴されるような家学や秘説にとらわれない，開かれた学問研究が行われるようになったことを背景として，辞書も用例に基づく実証的なものが編集されるようになった（「第3章第1節　近世辞書の広がり」参照）。また，庶民階級も経済的社会的な勢力を獲得するようになり，読み書きの普及，出版の盛行に伴って，辞書の利用者はいちじるしく増大した。「節用集」はとりわけ多くの異本を生み，さまざまに増補改編された（「第3章第2節　節用集」参照）。

　字書では，前代のものを増補改編するなどして，50以上の「和玉篇」が刊行された。なかでも『増続大広益会玉篇大全』（毛利貞斎，1691刊）はもっとも完備した字書として広く使用された。

　対訳辞書では，17世紀前半，海外において『日西辞書』（エスキヴェル，マニラ1630刊），『拉西日対訳辞書』（コリャード，ローマ1632刊）などが刊行された。18世紀になると，幕府はオランダ語による学問，すなわち蘭学を奨励するようになり，オランダ語との対訳辞書が編集されるようになる。1796年には最初の蘭和辞書として『＊波留麻和解（＊江戸ハルマ）』が編集される一方，初の和蘭辞書としては1798年序を有する『＊類聚紅毛語訳（蛮語箋）』が刊行された（「第3章第4節　蘭和和蘭辞書」参照）。英語関係では，19世紀に入って，初の英和辞典である『＊諳厄利亜語林大成』が編集されたほか，海外では『＊英和和英語彙』などが刊行された（「第4章第2節　英和和英辞書とその周辺」参照）。また，英語と中国語の対訳辞書『＊英華字典』『＊英華韻府歴階』なども編集され，日本の辞書にも多大の影響を与えた（「第4章第1節　英華字典」参照）。このほか，近世中国語と日本語との対訳語彙集や，唐音などを注記した一群の資料を唐話辞書と呼ぶが，これらが18世紀以降作られるようになり，江戸時代後期には日本語における漢語使用にも大きな影響を与えた（「第3章第3節　唐話辞書とその周辺」参照）。

第1節　近世の辞書の広がり

　国語辞書では，意味記述・用例の面で充実した，大部なものも編集される
ようになった。『＊倭訓栞』は，古語・雅語・方言・俗語など見出し語数
20,897語について，その語義を解説し用例・出典を示したもので，代表的な
意味だけでなく，多岐に渡る意味全体を記述する。編ごとに第2音節までを
五十音順に配列することも特徴的である。『＊雅言集覧』は歌や文章を作成
するために編纂されたイロハ引き辞典で，平安時代を中心とする雅語（古
語）17,000余語を収録する。語義の解説は非常に簡略であるが，古代語の語
彙をほぼ網羅している点，用例を広い範囲から集め，その量が豊富である点
に大きな特色がある。『＊俚言集覧』は，俗語・方言・ことわざなどを収め
る俗語辞書で，見出し語の仮名の第2字目までを，五十音図の「アカサタナ
ハマヤラワイキシチニ…」という段の順序に従って配列する。このように，
五十音図による配列法も次第に用いられるようになった。

　語源辞典では『東雅』（新井白石，1719），方言辞典では『＊物類称呼』，『浜
荻』（野崎教景，1830〜1848頃）などが編集された。また，『＊片言』は訛語や
俗語などに対して正しい語形を示したものである。

　意義分類体辞書では，中国の本草書『本草綱目』を主な典拠として和名を
万葉仮名で付した『多識篇』（林道春，1630刊）が編集され，『＊訓蒙図彙』や
『＊合類節用集』などに影響を与えた。挿絵入り百科事典としては，明代成
立の絵入り類書『三才図会』に倣い，『＊訓蒙図彙』などをもとに編集され
た『＊和漢三才図会』も刊行された。『類聚名物考』（山岡浚明，18世紀後半）
も分類体の類書で，天文・時令・神祇など32部について分類し解説する。
この書を基にして，さらに詳しい考証を付す方針で編集されたのが『古今要
覧稿』（屋代弘賢，1821〜1842）である。1,000巻を目指したが，584巻で編纂
が途絶えた。しかし，江戸時代の類書としては質量ともに卓絶している。

　仮名遣い書としては，歴史的仮名遣いを初めて主張した『＊和字正濫抄』，
その見出し語数を増補し，一言，二言というように仮名の数で分けた『古言
梯』（楫取魚彦，1764刊）などが刊行された。

18　片言　かたこと

【概観】口語に関する規範辞書。安原貞室（1610～1673）が10歳になる自身の子（元次）の話すことば（「つたなきかたことをのみ云侍る」）を改めるために著されたとある。京都のことばを規範とし，田舎のことばや京都のことばの雅俗についても諸例を挙げて説明を加える。

【成立】編者は，松永貞徳に師事した俳諧師である安原貞室。1650（慶安3）年刊行。5巻。別称『片言なほし』。

【内容】巻1（23条）と巻2（90条）は部立てがなく，巻3の途中（149条）から，時節（20条）・人倫并人名（65条）・衣服（19条）に意義別に分類し，巻4では器材（89条）・支躰（19条）・病名（17条）・木（12条）・草（23条）・虫（12条）・魚（11条）・鳥（8条）・獣（11条）・飲食（23条）・国名所并寺号（31条），巻5は居所（15条）・雑詞（105条）・湯桶言葉（10条）・いはずしてもことかき侍るまじきこと葉（47条）というように，あわせて799条を収録する。師である貞徳の教えに貞室の考えを合せて述べる。各項目の構成は「標準語 」（といふべき）を。かたこと（といふ）は。評定」（白木進氏による）というように，正しい語形の後に，京都の方言，俗語，訛語，訛音などを記し，説明や注意を加えたり，正否を論じたりする。たとえば「狐を。けつねはわろし。くつね。くつに。きつ。きつに。野狩などはよし」〈巻4〉とある。ほかにも，「たれ（誰）」を「だれ」，「こればかり」を「こればつかし」とすることに否定的な判定をくだし，「斟酌」が「辞退する」の意だけに用いられるのは誤りであるというように，意味の異なりにも言及する。また，類義語や位相面からの語の用法なども扱う。標準語教育・国語教育に加え，言語変化という研究においても有用である。

【諸本】京都中野道伴刊本［大空社1998］と京都荒木利兵衛刊本［武蔵野書院1972］の内容は同じである。また後刷本がある（1686）。336条を抜き出した藤氏松月編『浮世呉竹』があり，改題本，改編本も存在する。著者未詳の『浮世鏡 第三』は補遺を志向した内容となる。その後も『諺苑』『*俚言集覧』に引用される。

【図版解説】ことばに関する指摘に加え，上段6行目から「急がばまはれと

いふこと葉を急げはまはるといふはあしきこと葉かと云り。」と文法に関す
る記述もある。また，下段3行目には「物のせまりをぜつぴといふこと葉は
是非という心歟。とにかくにぜつぴは浅ましき俗語成べし。」とも見える。

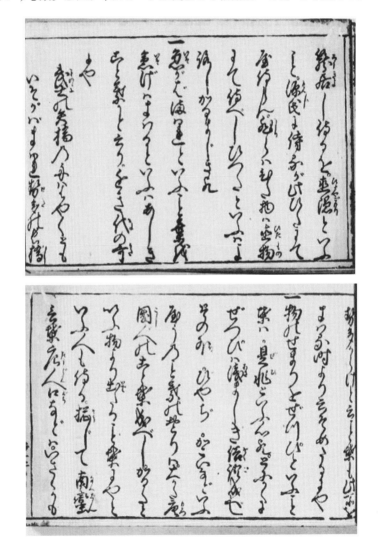

嘉多言　東京大学総合図書館蔵

19　訓蒙図彙　きんもうずい

【概観】天文・地理から器具・建築・人物・動植物に至るまで，中国の名前
と日本の名前を対照させながら説明する，挿絵入りの百科事典。

【成立】儒学者である中村惕斎（1629 ～ 1702）著。1666（寛文 6）年刊。20 巻
14 冊，1,484 項目。

【内容】近世に入って，節用集のような漢字語を解説する辞書が多く出版さ
れたが，絵と図を用いた絵入り百科事典としては日本最初のもの。言葉から
社会・風俗一般にわたる，さまざまな分野の語彙や事物を子供や初心者のた
めに解き明かす。中国明の王圻撰『三才図会』（1607）などに依拠している
ため，日本語と中国語における概念の同定にはいくらかのずれも見られる。
寛文 6 年版は「天文・地理・居処・人物・身体・衣服・宝貨・器用・畜獣・
禽鳥・龍魚・虫介・米穀・菜蔬・果蓏・樹竹・花草」の 17 部に分けている。
一丁に 4 図を配し，その脇に漢字名・和名を記し，項目によっては当時にお
ける通行の説を取り入れて，簡素ながら学問的な解説も施している。

　惕斎は本書を，さまざまな物の名とその特徴を子供に教えるという目的で
「訓蒙」書として著したが，一般の人々にも好評を得て，何度も版を重ねた。
こうした絵入の啓蒙書が大いに受入れられたため，その影響下に成った書物
は，『武具訓蒙図会』『好色訓蒙図彙』『女用訓蒙図会』『人倫訓蒙図彙』『仏
像訓蒙図彙』『唐土訓蒙図彙』など，程度の差こそあれ，数多く存在する。
日本ばかりでなく，来日の外国人にも重宝され，たとえば，ドイツ人の
Ｅ．ケンペルが著した『日本誌』（1727）にも，『訓蒙図彙』が転載されたり，
幕末の外国人によってこの訓蒙系の書物が多数海外に持ち出されたりした
（陳（2022a））。

【諸本】寛文 6 年（1666）版のほかに，大幅に内容の増補を行った元禄 8
（1695）年版『頭書増補訓蒙図彙』（8 冊），寛政元（1789）年版『増補頭書訓
蒙図彙大成』（10 冊）がある。寛文版の複製本には国立公文書館所蔵『訓蒙
図彙』［早稲田大学出版部 1975］がある。

【図版解説】寛文版『訓蒙図彙』巻 19 の 14 オ「粉団・紫陽」の一節。「粉団」
を「てまり」と呼び，中国語の別名「玉繍花　繍毬花」を並べるのに対して，

「紫陽」の「あづさゐ」にも中国語の「繡毬花」との対応を示している。王圻の『三才図会』には「繡毬花」の図しか見られないところから，「紫陽花」という言い方は当時の中国では行なわれていなかったことがわかる。

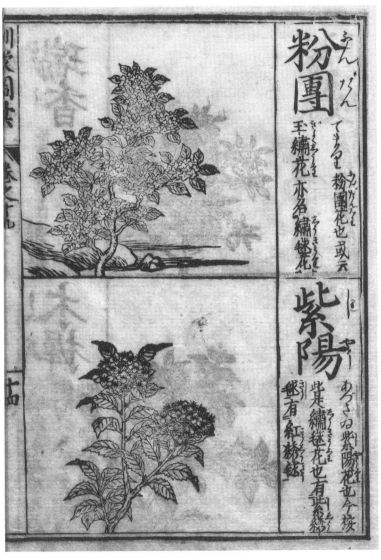

訓蒙図彙　国立国会図書館デジタルコレクション

20 和字正濫抄 わじしょうらんしょう

【概観】仮名遣い書。定家仮名遣いの誤りを正し，いわゆる歴史的仮名遣い
を主張した書。「和字」は仮名，「正濫」は濫れたるを正す意。

【成立】契沖（1640〜1701）著。1693（元禄6）年成立，その後加筆して，1695
（元禄8）年刊行。5巻5冊。

【内容】契沖は，『万葉集』を注釈している過程で，万葉仮名の仮名遣いに，
定家仮名遣いとは異なる一定の基準があることを見出した。そのことを平安
時代初期以前の文献をもとに仮名遣いの用例を集め実証した。典拠不明のも
のに対しては，語源によって解釈したり，両方の仮名遣いを認めたりしてい
る。巻1は総論にあたり，『仮名文字遣』への批判，五十音図，いろは歌，
仮名の字源などについて述べる。巻2以降には仮名遣いを示し，出典・語釈
などを挙げる。構成（以下，抜粋する）は，巻2が「い」「ゐ」「ひ」，巻3は
「を」「お」「ほ」，巻4は「え」「ゑ」「へ」「わ」「は」「う」，巻5では「ふ」
「むとうとまぎる〻詞」「うとむとかよふ類」「めときこゆるへもし」「むとま
かふふ」「みをうといふ類少々」「中下に濁るち」「何ろふという詞」などを
扱う。ア・ハ・ヤ・ワ行をはじめ，四つ仮名（ジ・ヂ，ズ・ヅ）にも触れる。
また，和語の語頭にラ行音・濁音が現れないことを指摘している。出典とし
て『古事記』『日本書紀』『万葉集』『延喜式』『古今集』などを挙げるが，『*
和名類聚抄』からの引用がきわめて多い。後世への影響としては，いわゆる
歴史的仮名遣いを初めて主張したものとして，その後の国学者の支持を集め
ていく。楫取魚彦による『古言梯』（1764成る）をはじめ，契沖の説を継承，
修正，発展させたものが続々と著された。

【諸本】自筆稿本は築島裕蔵本（佐々木信綱旧蔵，巻1にあたる）と，國学院
大學蔵本（佐々木信綱・高橋愛次旧蔵）の存在が知られる。1695年刊本［翻
刻：岩波書店1973］の後，1739（元文4）年・1807（文化4）年・1820（文政3）
年などの後刷本が多くある。定家仮名遣いの流れを受けた橘成員が『倭字古
今通例全書』（1696年刊）で本書を非難したのに対して，契沖は『和字正濫
通妨抄』（1697成る，未刊）を著して成員に反論した。その内容を補訂した
『和字正濫要略』（1698成る，明治時代に印行）を著した。

【図版解説】6 行目の「尾 を 万葉和名等。おと書へからす 万葉にてにをはの
をに 常にかけり」と見える。

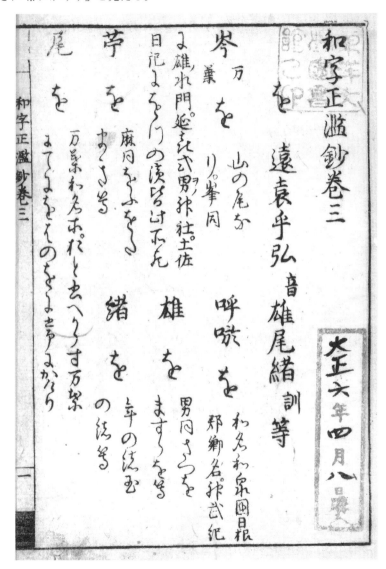

和字正濫抄　東洋大学附属図書館蔵

21 和漢三才図会 わかんさんさいずえ

【概観】中国明の王圻撰『三才図会』(1607) に倣って編集された絵入りの書物。「三才」とは「天・地・人」という，中国人の世界への基本分類を指す。これに日本の言い方や事物を合わせて「和漢」対照させた，一種の図説百科事典。

【成立】著者寺島良安が 1712 (正徳 2) 年に書いた自序によれば，30 数年の歳月を費やして完成したという。1713 (正徳 3) 年大学頭林信篤の序がある。1715 (正徳 5) 年刊。『倭漢三才図会』とも。

【内容】明の王圻撰『三才図会』に基づいて，和漢古今にわたる事物を，「天文・地理・人物・時令・官室・器用・身体・衣服・人事・儀制・珍宝・文史・鳥獣・草木」の 14 の部立てに従って，さらに 3 部（天・人・地）105 部門に意味分類し，図・漢名・和名などを示し，さらに訓点付きの漢文で解説する。『和漢三才図会』は『三才図会』に比べて項目の分類が細かく，天部では天文・天象・暦占など，人部では人倫・親族・官位など，地部では日本地誌などに及ぶ。

　項目の解説には『＊和名類聚抄』『本草綱目』『本朝食鑑』『大和本草』などの先行書の影響も大きいが，和歌の用例を挙げながら，独自の見解を示す場合も少なくない。図解には，中村惕斎の『＊訓蒙図彙』に負うところが多い。王圻の『三才図会』は，もともと想像上の生物まで含まれるなど内容には荒唐無稽な部分も多いことから，それにつられて『和漢三才図会』にもそういう点が多々ある。そのため，『＊訓蒙図彙』と同じく，和漢の概念の同定において多少のずれも見られる。

【諸本】1715 (正徳 5) 年刊行以降，版の流布は激しく，1824 (文政 7) 年の刊本のほか，刊記不明の版本も多い。複製本も 1906, 1929, 1970, 1980 年などに出され，活字本にも『日本庶民生活史料集成 28, 29』[三一書房 1980]，東洋文庫『和漢三才図会』[平凡社 1985 ～ 1990] がある。

【図版解説】「女郎花」の項。和名として，平仮名で「おみなへし」，万葉仮名で「乎美那倍之」の両方を挙げ，語釈にその生態を細かく記し，「七月出穂開花」「黄色可愛」と漢文で解説する。また，『新撰万葉集』『本朝文粋』

などの出典も示す。直前の「紫陽花」とともに，王圻の『三才図会』にない項目で，しかも中国語の「女郎花」（木蘭の一種でコブシと似ている）とは別物である。

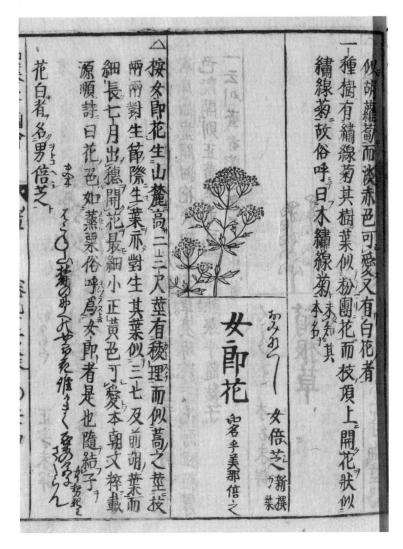

倭漢三才図会　国立国会図書館デジタルコレクション

22　俚言集覧　りげんしゅうらん

【概観】幕末の俗語辞書。書名は『＊雅言集覧』を意識したとみられる。近世俗語辞書としては『＊物類称呼』と並び称せられる。

【成立】成立年不詳。26 巻 9 冊。太田全斎（号は方（ほう））編。『国語学書目解題』（1902）や関根（1935）によって，編者を村田了阿とする誤りが訂正された。春風館本『諺苑』（1797，天理大学蔵）の凡例や項目が本書に含まれることから，全斎編とされるようになった。稿本は全斎没後も加筆されたと思われる箇所が存し，その佚失部分は協力者移山（姓は朝倉か）の『移山伊呂波集』に転記されている（岡田（1942））。これを取り合わせると，稿本全体を知ることができる。成立の経緯などは未詳。編者と誤伝された村田了阿もその協力者の一人と目されるが，未詳。

【内容】凡例に「俚言郷語自ツカラ善謡アリ〈略〉里巷ノ常言トナルアリ今聞マヽニ編輯スル」とみえ，俗語を優先する態度がわかる。また，「余江戸ニ少長セリ，故ニ集中江戸ノ語什ガ八九ニアリ」の記述から江戸語を多く収録したこともわかる。凡例に続く「引用書目」には記紀万葉も掲げるが，俳書，俗諺集が多くみえるのは本書の性格を表している。語の配列は第 2 音節目までを五十音の段（アカサタナ…）の順とする点で特殊である。その後，井上頼圀・近藤瓶城増補の『俚言集覧』では五十音順に再編された。この増補版は，唐話辞書から小説語を補い（蘽科（1979）），『佩文韻符』の利用もうかがえる（陳（2001））。増補版は『俚言集覧』の流布本として果たしてきた役割は大きいが，利用には課題も多い。

【諸本】稿本複製は，ことわざ研究会監修『俚言集覧 自筆稿本版』（11 冊）［クレス出版 1992 ～ 1993］があり，国立国会図書館蔵古典籍資料室所蔵『俚言集覧』および刈谷市立中央図書館村上文庫所蔵『移山伊呂波集』を収める。増補版は活字本 3 冊で，1899 ～ 1900 年刊。皇典講究所印刷部発行。後に，［名著刊行会 1965 ～ 1966］から復刻された。

【図版解説】3 行目〔職人歌合〕〔管子海王〕などのように出典は〔　〕に囲んで示す。6 行目〔愚案〕は全斎の見解と思われるが，他で〔方案〕とする箇所もある。本書には〔移山案〕とする箇所もみえ，協力者がいたことをう

かがわせる。図版中央あたりに※が付されている箇所（複製編者による）は
朱筆部分である。註文中の二十傍線やルビ，引用の訓点などが増補版でない
ことがあり，稿本と増補版との校合は不可欠である。

俚言集覧（自筆稿本）　国立国会図書館古典籍資料室蔵
（『俚言集覧　自筆稿本版』　クレス出版）

23　物類称呼　ぶつるいしょうこ

【概観】全国方言辞書。大正時代までのものでは最大規模。編纂の意図としては，序に「たゞ他郷を知らざる児童に戸を出ずして略万物に異名ある事をさとさしめて遠方より来れる友の詞を笑はしむるのをまぬかれしめんがために」と記すが，俳諧のことばとしての関心もあったものと見られる。

【成立】編者は俳諧師の越谷吾山（1717 ～ 1787）。武蔵国越谷に生まれ，江戸に住んだ。滝沢馬琴の師でもある。5 巻 5 冊。1775（安永 4）年刊。

【内容】巻 1 が天地（31 項目）・人倫（30 項目），巻 2 が動物（138 項目），巻 3 が生植（157 項目），巻 4 が器用（70 項目）・衣食（22 項目），巻 5 が言語（102 項目）の 7 門に分類し，550 の見出し語を立て，およそ 4,000 語の方言を収録する。収集方法は「もとより街談巷説を聞くにしたがひて」と記しているように，日ごろ見聞きしたということであるが，『＊和名類聚抄』『東雅』『南留別志』をはじめ，さまざまな文献を挙げている。およそ全体の半分以上の見出し語を占める動物と生植については，本草学に関する書物などを参照し，収集している。採録されている地域は，北海道の松前から琉球にわたる（朝鮮や福建も挙げる）。日本全国のことばが収集できたのは，吾山が江戸に住み，俳諧師として各地の人々と交流できる利点を生かせたからであろう。中でも，江戸・東国・西国・畿内・上総・京・土佐のものが多く挙げられている。東西における活用や音便の異なり（たとえば「京都にて借つてこいといふは 江戸にていふ借てこい也 京にて買ふてこいといふは 江戸にて買つてこい也」〈巻5〉）や，意味の違いなどについても述べる。また，東西の方言の境界にかかわる記述もある（「東海道五十三次の内に桑名の 渉 より言語音声格別に改りかはるよし也」〈巻 4・「梯」〉）。

【諸本】大きく，初刊本（大坂屋本）［京都大学国文学会 1973］と，数百か所におよぶ訂正が施されたもの（須原屋本など）［藝林舎 1972］・［大空社 1998］に分けられる。

【図版解説】見出しの漢語のもとに吾山の認める標準語形を示し，その後に諸方言を記す。「茅蜩 ひぐらし」「蟋蟀 こほろぎ」「竈馬 いとゞ」「莎鶏 はたおりむし」となる。たとえば，「蟋蟀」には方言形として「きりぎりす」も

挙げられている。掲載箇所とは異なるが,「蝸牛 かたつぶり」には「でんで
んむし」「まいまい」など各地の呼称を 11 例列挙している。

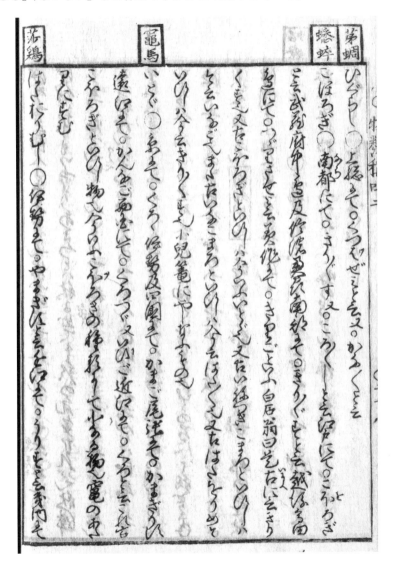

物類称呼　国立国会図書館デジタルコレクション

24　和訓栞　わくんのしおり

【概観】本格的な五十音順配列の国語辞書として最初のもの。『* 雅言集覧』『* 俚言集覧』とともに近世三大辞書と称されることもある。書名は海北若沖『和訓類林』に基づき，『倭訓栞』とも書く。

【成立】谷川士清（1709〜1776）著。自筆稿本 7 冊。刊行は 93 巻 82 冊（前編45 巻 34 冊，中編 30 巻 30 冊，後編 18 巻 18 冊）。

【内容】『* 温故知新書』を嚆矢とする五十音引きの国語辞書として，最初の本格的なもの。第 2 音節までを五十音順に配列し（ただし，ア行に「ヲ」，ワ行に「オ」を置く），どのような漢字表記に対応するか（これは書名の「和訓」に意識されている）を示し，時に意味区分を行いながら，語義解説を施し，類義語や語源にも言及する。豊富な文例を示すことによってそれらを裏付ける。取り上げる語は広範で，古語・雅語，方言・俗語から，有職故実の語や外来語まで採録する。刊本全編では見出しは 20,897 語で，総合的な国語辞書の近世における到達点を示すものである。

　刊行以前の原形は，士清自筆稿本によってその全容を知ることができる［三澤薫生『谷川士清自筆本『倭訓栞』影印・研究・索引』勉誠出版 2008］。上記の叙述態度は基本的に稿本に見られ，稿本巻頭の「総論」は刊本の「凡例」「大綱」のもとになったものとして士清の言語観がうかがえる。本書の刊行には長い年月を要し，子の士逸，孫の士行，曾孫清逸をはじめ，娘婿荒木田尚賢，友人川北景禎，加茂季鷹ら多くの継承者の手によって成った。刊本は，前編 1 〜 13 巻は 1777（安永 6）年に，14 〜 28 巻は 1805（文化 2）年に，29〜 45 巻は 1830（文政 13）年に刊行され，主として古語・雅言を収める。次いで，中編 30 巻は 1862（文久 2）年に刊行され，前編に漏れた雅語を収める。後編 18 編は 1887（明治 20）年の刊行で，方言・俗語と前編・中編の補遺を載せる。

【諸本】写本としては，（1）士清自筆稿本 7 冊（石水博物館蔵），（2）天保 10年清逸本 40 冊（同館蔵），（3）天保 14 年ごろ直胤本（東京都立図書館蔵）12冊などがある。刊本は上記のもののほか，1898（明治 31）年には伴信友の加筆本に基づき，オ・ヲの所属を改めて増補を加えた，井上頼圀・小杉榲邨

『増補語林倭訓栞』もある［勉誠社文庫 1984］。

【図版解説】1777 年刊本で，前編二の巻頭，凡例・大綱に続く本編の最初の部分。語の第 2 音節までを五十音順によって見出し語を配列し，その義を解説した上で，和訓としてどのような漢字漢文に当たるかを示し，古典から用例を挙げ，類語や語源に言及する。最終行の「あ丶」に冠する△印は，その見出し語の替わり目を示す。

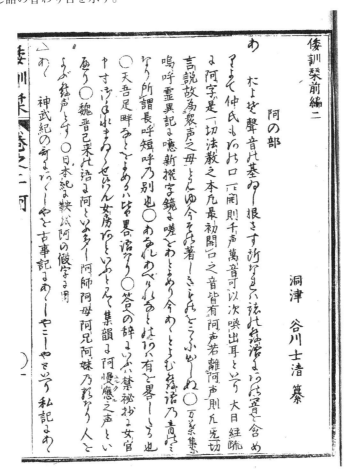

和訓栞

25　雅言集覧　がげんしゅうらん

【概観】古語用例集。和歌や擬古文の作成の際に規範となることばである「雅言（平安時代の和歌や仮名文などで用いられる和語を中心としたことば）」を集めたもの。凡例には，「此書に出しつる雅言どもは，延喜よりこのかた，歌にも文にも用ひなれたる詞どもなり。ちかき世となりて，あやしく耳なれざる詞どもをとりまじへて，文などつゞる人あれどさるはいみじきひがことなれば，こゝにはさやうのたぐひは打はぶきて，用ふべきかぎりの詞をのみとり出てしるしつけつ。」とある。

【成立】石川雅望（1753〜1830）著。国学者・狂歌師・読本作者として，広く和漢の書に通じた。50 巻 21 冊。

【内容】延喜（10 世紀初）以来の平安時代の仮名文学作品を中心に，上代の作品（『古事記』『日本書紀』『万葉集』など）や中世の説話集，漢籍の古訓などからも雅言を集め，約 17,000 語の古語をイロハ順に配列している。たとえば，「いとほし」に「たゞカハユシと又キノドクカハユサウナル意といさゝかのけぢめあり」「いとほしく〔源，はつね〕十二 末つむの事をかゝる方にもおしなべての人ならずいとほしくかなしき人の御さまとおぼせばあはれに」と語義，出典・用例（ほか十数例）を示す。

　語義の解説はきわめて簡略ではあるが，古代語の語彙をほぼ網羅し，広く用例を集め，それらの用例の出典および流布本の丁数を記している。そのために古語研究には欠かすことのできない書となっている。近代以降の国語辞書にも大きな影響を与えた。『* 和訓栞』『* 俚言集覧』とともに江戸時代の三大辞書とされる。

【諸本】「い」〜「か」部の 6 冊は 1826（文政 9）年に，「よ」〜「な」部の 3 冊は 1849（嘉永 2）年に刊行されたが，「ら」部以下は未刊行のまま写本で伝わった。その後，1863（文久 3）年に保田光則が，「い」〜「な」部を増補した『雅言集覧増補』13 巻，写本で伝わった「ら」以下の存在を知らないで自ら補った『雅言集覧続篇』（1863 年成る）32 巻を著した。1887（明治 20）年には，中島広足によって，「ら」部以下の写本を加えて，さらに増補した『増補雅言集覧』（1887 年）が 57 冊で刊行された。このほか，3 冊からなる再版

（1903 ～ 1904 年）［臨川書店 1965］がある。

【図版解説】出典名として『古事記』『万葉集』『古今集』『源氏物語』などが
挙がり，そのもとに用例が記されている。

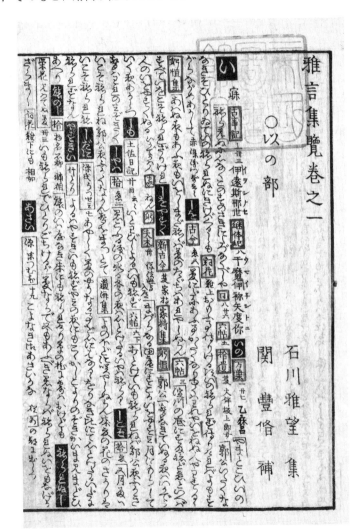

雅言集覧　国立国会図書館デジタルコレクション

第2節　節用集

節用集とは　中世末に成立し，近世に発達して全盛を迎え，近代前期に終焉を迎えた一群の国語辞書を節用集と呼ぶ。ある語を漢字でどう書くかを調べることを目的とする書である。原著者は特定できず，さまざまな人々が手を加え，増補改編していったと見られる。書名の「節用」は『論語・学而』に「節用而愛人」とあることから，「（この辞書を引くことで）手数が省ける」意とする説が有力であるが，「折々」「しょっちゅう」の意かとする説もある。基本的には，意義分類体辞書『*下学集』や韻書『*聚分韻略』の内容を，イロハ分け辞書『*色葉字類抄』の配列法で改編した構成を出発点として，増補改編を繰り返すごとに多様な節用集が編まれた。節用集は膨大な点数にのぼるので，編纂された時代と性格から「*古本節用集」と「近世節用集」に分けて考えるのがふつうである。

*古本節用集　15世紀半ば以降成立と推定され，写本で伝えられたもの，および17世紀初頭（慶長年間）までに刊行された刊本類を「*古本節用集」と称する。配列は，語を仮名書きしたときの1字目をイロハ順に部立てをし，さらにその中を意義によって分類する。「天地・時節・草木・人倫・支体・官名・畜類・財宝・衣服・食物・数量・言語」の12門を基本とするが，伝本によって異同がある。諸本の系統はイの部の最初の見出し語によって整理され，古い順に，伊勢本系（最初が「伊勢」），印度本系（「印度」），乾本系（「乾」）と呼ばれ，それぞれの系統にはさらに諸本が存在する。イロハのイとヰ，エとヱ，オとヲを区別しない44部とするものが多く，乾本系だけがこれらを区別する47部となっている。掲出語は，中央に楷書体表記の漢字を置き，右側に片仮名のルビ形式で読みを示す。語によっては直下に異表記や出典などの注記を細字双行で記すこともある。ただし，慶長ごろに出現した乾本系節用集には，草書体の漢字表記に平仮名のルビで読みを記す草書本節用集も現れる。収録語数は，近世節用集の基となる乾本系である易林編の節用集が約14,000という。知識層が和漢聯句作成の際に用いたともいう。

近世節用集　江戸時代，版本によって書籍の大量生産が可能になると，商業出版の時代を迎え，読者層も拡大して知識層から庶民へと裾野が広がる。こ

うした社会の変化は節用集にも影響を及ぼす。慶長以後は，易林本系が標準の節用集と見なされ，これを継承する流れがある一方で，独自色を出すための形式，内容の改編も行われた。たとえば，『* 真草二行節用集』(1638) は，同じ掲出語を「真＝楷書」と「草＝草書」の異なる漢字の書体で 2 行に記し，平仮名で読みを傍書する。これは庶民が実用的な手紙などを書くときの便を考慮したもので，漢字書体に行書を組み入れる流れは 17 世紀早々から見られる。構成面では，それまで「イロハ順→意義分類」という配列が主であったものを，『* 合類節用集』(1680) では意義分類を先にして，その内部をイロハ順にするという「合類」方式で配列するようになった。検索の便よりも情報量を重視したと見られ，註文が詳しく，表記も漢字は楷書，読みは片仮名である。この系統では槇島昭武『* 和漢音釈書言字考節用集』(1717) があり，当期の代表的なものである。また，効率的な検索方法として，『* 宝暦新撰早引節用集』(1752) における「早引」という方法が考案され，以後，この方式に工夫を加えた変種も含めて多数の * 早引節用集が出版された。『* 蘭例節用集』(1815) は蘭語辞書の影響から語の第 2 音節目までをイロハ順に配列し，谷口松軒『魁本大字類苑』(幕末成，1889 刊行) も同じ配列法を採用する。節用集は付録を充実させる方向にも進み，ことばの辞書に加えて百科便覧の性格をも兼ねる大型大部のものも現れた。19 世紀になると，『都会節用百科通』(1801)，『倭節用悉改囊』(1818)，『* 大日本永代節用無尽蔵』(1831) などのほか，高井蘭山『江戸大節用海内蔵』(1863) では項目数も約42,000 に膨らんだ。

近代と節用集　辞書の代名詞ともなる節用集は，近代の要素を取り入れながら，20 世紀初頭まで刊行された。たとえば，都筑法堯『* 増補略註明治節用大全』(1881) は付録にローマ字一覧を掲げている。判型も袖珍版から和装横本，洋装本まで多彩であるが，五十音順の国語辞書に対抗するためか，書名に「いろは」を付けるイロハ引きの辞書も多い。佐藤貴裕によれば，節用集の終焉は『昭和いろは字典』(1929) あたりかと見られている (節用集の世界 https://www1.gifu-u.ac.jp/~satopy/rekishi.html)。

26　節用集（古本節用集）　せつようしゅう

【概観】国語辞典。規模や構成，内容などに違いが大きく，江戸時代初期までの写本，および慶長（1596〜1615）までの刊本を「古本節用集」と呼び，それ以降に編集・刊行された近世の節用集とを区別するのが一般的である。

【成立】古本節用集は 15 世紀半ば以降の成立。もと 1 巻 1 冊，後に多く 2 巻。『＊下学集』を改編したと見られることから，1444（文安元）年以降に成り，文明 6（1474）年の年記をもつ『文明本節用集』が増補本であることから，それ以前に成立していたと見られる。編者は未詳であるが，『＊下学集』と同じく，僧侶ではないかと推定されている。

【内容】第 1 音節によって語をイロハ分類し，さらに意義分類（もとは「天地・時節・草木・人倫・支体・官名・畜類・財宝・衣服・食物・数量・言語」の 12，もしくはさらに「病名」を加えた 13 に分類されていたかと考えられている）して配列する。部門名は「…門」もしくは「…部」などと示される。ただし，諸本によって意義分類のしかたや名称に相違があり，たとえば，『文明本節用集』では「天地・家屋・時節・草木・神祇・人倫・人名・官位・気形・支体・飲食・絹布・器財・光彩・数量・態芸」の 16 門に分かれている。見出し字には右傍に片仮名でその語形を記し，下には細字で語義・異体字・別名などを注記することもある。また，左傍には別の音訓が付記されることもある。

　現在約 50 種が知られ，多くは写本であるが，刊本も数点ある。諸本は，巻頭の「い」部天地門の最初の語によって，大きく三つに分類される。「伊勢」で始まる系統を伊勢本，「印度」で始まる系統を印度本，「乾」で始まる系統を乾本と称している。伊勢本が最も古く，その「伊勢」を付録の日本国尽に移すことで，印度本が出現し，さらに「い」部とは別に「ゐ」部を立てて，「印度」をそこに移したことで，乾本が生じたと考えられている。伊勢本・印度本は 44 部，乾本はイロハ 47 部すべてを立てているのが特徴である。ただし，それぞれの部に所属させる基準は明らかでない。見出し語数は諸本によって違いが大きく，増補の甚だしい『文明本節用集』を除くと，比較的少ないもので『伊京集』の約 6,000，多いもので『易林本節用集』の約 15,000 を数える。また，付録が添えられていて，「京町尽・十干十二支・名

乗字・日本国尽・点画小異字」など，多いものでは 30 種類あまりにも及んでいる。

　「節用集」は当初から世間一般の実用に供するという性格を担っていたのではなく，漢語・漢文を収録している点で，むしろ教養書としての性格が強く，漢文などを作成する際に利用した辞書ではないかと見られる。また，『辞林枝葉』や『塵芥』など「節用集」と名付けられていない辞書にも構成や内容の上で節用集との類似が見られ，他に与えた影響はきわめて大きい。

【諸本】橋本進吉（『古本節用集の研究』1916，勉誠社再刊 1968）によって諸本の系統が分類され，これを受けてさらに検討が加えられてきた。

(1) 伊勢本には『伊京集』（国立国会図書館蔵，16 世紀ごろ写［『古本節用集六種研究並びに総合索引』風間書房 1968]），『天正十八年本』（東洋文庫蔵［貴重図書影印本刊行会 1937］［東洋文庫叢刊 1971]），『饅頭屋本』（筑波大学付属図書館蔵［前掲書，風間書房 1968]），『正宗本』（正宗文庫蔵［ノートルダム清心女子大学古典叢書刊行会 1968]，いわゆる「天正二十年本類」），増補の著しい『文明本』（国立国会図書館蔵，16 世紀ごろ写［『文明本節用集研究並びに索引』風間書房 1970]）などがある。

(2) 印度本には『弘治二年本』（東京大学図書館蔵［『印度本節用集古本四種研究並びに総合索引』勉誠社 1974]），『黒本本』（前田尊経閣文庫蔵［『尊経閣善本影印集成 20』八木書店 1999]），『永禄二年本』（大阪府立図書館蔵［前掲書，風間書房 1974]），『枳園本』（天理図書館蔵［天理図書館善本叢書 1974]）などある。

(3) 乾本には「慶長二丁酉易林誌」の識語がある『易林本』があり，初刊本（天理図書館蔵［天理図書館善本叢書 1974]），『平井版』（書陵部蔵［日本古典全集 1926]）などがある。この乾本は近世の節用集の基となった。

78

【図版解説】文明本節用集のイ部。「態芸門」には，その漢字を含む熟語が羅列され，時には5行目「威而不猛恭而安」のように漢籍の文章や成句も引かれている。「述而篇」は『論語』の編名。掲出語には読みや注記が付され，訓点が施されている場合もある。「｜」は見出し字を表す。

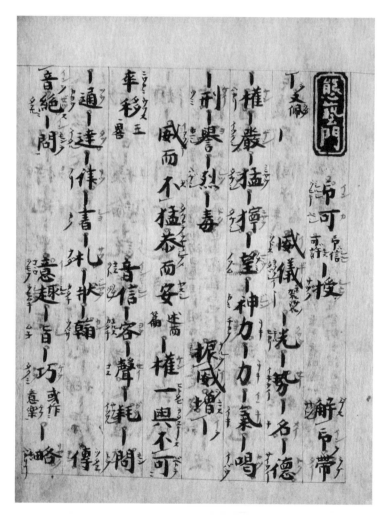

文明本節用集　国立国会図書館デジタルコレクション

【図版解説】伊勢本の饅頭屋本の巻初。2行目の「天地」は部門名で，「伊勢」から始まる。地名の列挙の終わる第5行目には「乾」が見え，さらに「電・雷」などと続く（乾本の易林本参照）。すなわち，「伊勢」以下の国名などを別のところに移すと，「乾」が先頭となることになる。「伊勢」の下には別名「勢州」，7行目「沙」の項ではおなじく「イサゴ」にあてる漢字に「砂」があることを記す。

饅頭屋本節用集　国立国会図書館デジタルコレクション

【図版解説】枳園本は「印度」で始まる印度本であるが、その次に「伊勢」以下の国名が続くなど独自な点もあって、伊勢本とも関連するところがあると言われている。2行目「印度」の注には「天竺也」に続き、「梵語−−」と見えるが、この「−−」は見出し字を表す。

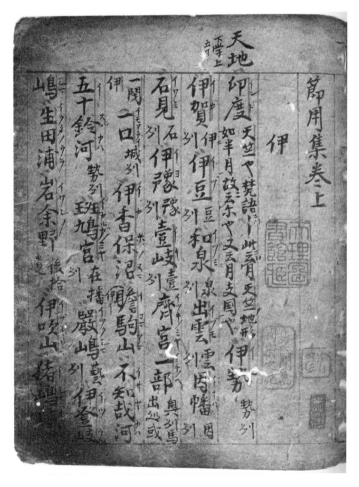

枳園本節用集　天理大学附属図書館蔵
（『天理図書館善本叢書和書之部第21巻　節用集二種』八木書店）

【図版解説】乾本の易林本。2行目「乾坤」は部門名で，冒頭が「乾」で始まる。「雷」「電」では右傍に語形を記し，左傍に別の音訓（この場合は音）を示している。また，「夷則」の下には「七月」の異名である旨を注記している。易林は夢梅とも号した人であるが，伝未詳。

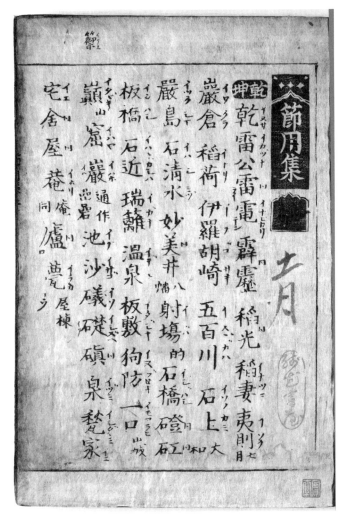

易林本節用集　国立国語研究所蔵

27　真草二行節用集　しんそうにぎょうせつようしゅう

【概観】近世節用集の一。仮名見出し語に対応する漢字表記を中央に草書体で記し，左傍に楷書体も示す。漢字の草書体を主とすることで実用性が増し，表記辞書の性格をもつようになったもの。書名の「真草二行」は真（楷書体）と草（草書体または行書体）が二行にわたることを意味する。

【成立】1638（寛永 15）年刊。3 巻 3 冊。

【内容】*古本節用集は，漢字が中央に楷書体で記され，右傍にカタカナで語を記す体裁であったが，近世初期になると中央の漢字を草書で記す『草書本節用集』が現れ，次いで草書体に楷書体を添える形式の『二躰節用集』が現れた。本書は直接的には『二躰節用集』を引き継いでいるが，右傍の仮名表記も草書体となっている（ただし，真草二行の形式は早く 1611（慶長 16）年刊本にある）。「乾坤・時候・官位・神祇…」といった 13 の門からなる。項目数は約 9,600。巻頭に「部分之名」として門の簡略な解説がある。

【諸本】高梨（1996）によれば，現在 14 の版種が確認できるという。最も早いのは 1638（寛永 15）年版だが，同版には刊記に「西村又左右衛門梓行」とある A 類と，この部分を削除した B 類があり，B 類は本文の一部に改刻があるという。続いて，1639（寛永 16）年，1646（正保 3）年（仲秋版と仲冬版），1650（慶安 3）年，1651（慶安 4）年（孟秋版と孟冬版），1658（万治元）年，1659（万治 2）年，1661（寛文元）年，1664（寛文 4）年，1665（寛文 5）年の各版，無刊記版，無刊記両点版がある。いずれも 6 行または 7 行どり。また，確認された書肆は，1664（寛文 4）年版だけが江戸（松会衛）で，他は京都である。1664 年版は最も誤記の多い版で（高梨（1997））扱いには注意が必要である。1651（慶安 4）年孟秋版は内題が「真草二躰節用集」とあるが，内容的には本書の改題本とみるべきものとされる。

【図版解説】図版は寛永 15 年版 A 類（国立国会図書館亀田文庫蔵）による。半丁に付き 6 行どり。1 行目に，陰刻で「伊」として部を記し，その下に陽刻で内題を記す。2 行目冒頭に，陰刻で「乾坤」として門名を掲げる。門名に続けて「乾 雷公 雷 霹靂 電 稲光」と漢字の行書体の右傍に草書体で対応する語を記す。それらの左行は罫で仕切られ，行書体の漢字より

もやや小さめに同一の漢字が楷書体で記される。楷書体に仮名は対応させて
いない。この配列は易林本節用集を踏襲している。

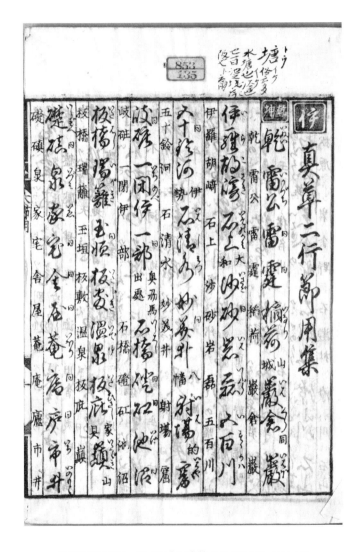

真草二行節用集　国立国会図書館デジタルコレクション

28 合類節用集　ごうるいせつようしゅう

【概観】近世節用集の一。題簽には「合類節用集」とあるが，内題（目録）には「字林拾葉」とあり，『節用集大全』（1680），『邇言便蒙抄』（1682）などでは「字林拾葉」の名で引用される。

【成立】延宝 4（1676）年序，延宝 8（1680）年刊。8 巻 10 冊。序から編者が「若耶三胤子遜」であることがわかるが，三胤子か三胤子遜かは不詳。

【内容】近世節用集の多くは，まずイロハ順に分け，その内部を意義分類するという配列をとるが，本書はそれと逆に，まず天地部・時候部・居宅部など 24 の部に意義分類をして，その内部をイロハ順に配列する。以後この編集方式を「合類」と呼んだ。近世中期までの節用集は表記辞書として実用性を重視する方向に進むが，本書はその流れから外れ，読んで知識を得る辞書となっている。項目は約 21,900。漢字は楷書体，仮名はカタカナを用いる。漢字表記の出典を多く示し，『*和名類聚抄』『多識編』『史記』『文選』『遊仙窟』など，当時よく参照された和漢書から 70 点余が引用され，（ただし，孫引きも多い）字書では『字彙』が 80 余箇所引用されている（米谷（1992，1996））。註文の充実も本書の特色である。たとえば，人物部には「浪人 零落之人ヲ云」「牢人 牢獄之人ヲ云」といった同音語の意味の違いが記されたり，言語部の「浮雲」には「あやふし」と読みも示されたりしている。また，「破落利」「如鼓々々」などの俗語も見え，文学作品の用字用語などの研究に資するところが大きい。

【諸本】複製に中田祝夫・小林祥次郎『合類節用集研究並びに索引』（1979）が国立国会図書館亀田文庫蔵本（→図版）がある。同書によると，調査した 16 本には版種の違いはなく，延宝 8 年初刷りとその後刷りの関係となっている。後刷りの題簽角書には「新続」と「新版」とするものがあり，判型にも半紙本と中本の 2 種がある。

【図版解説】1 行目に「天地部」として意義を記す。2 行目から項目を掲げるが，匡郭外に囗として語頭の音節を表示する。井・ヱ・ヲで始まる項目は，それぞれイ・エ・オに送る。漢字に対するカタカナは，右に訓，左に音を掲げるが，音のみの場合は右に掲げる。2 行目「乾」のように「イヌイ（右）／

ケン（左）」と，左右に語を対応させる項目もあるが，4行目「電」のように，右に「イナツルイ／イナヅマ／イナヒカリ」と3語を対応させる例もみえる。2行目「阴阳」の註文からは「陰陽／阣阦／氤氳」という異表記がわかる。出典は順和名，事文前集のように示す。

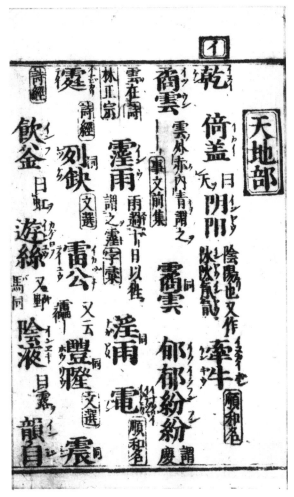

合類節用集　名古屋大学附属図書館蔵

29 和漢音釈書言字考節用集　わかんおんしゃくしょげんじこうせつようしゅう

【概観】近世節用集の一。別名「書言字考節用集」。書名の「音釈」は「音義訓釈」,「書言」は漢籍の『書言故事』(宋代)などが念頭にあったかと推測される。題簽に「合類大節用集」とあるため,「和漢合類大節用集」などの異称もある。そのため『＊合類節用集』(1680)と混同されることがある。1835年にはシーボルトの持ち帰った本書がライデンで出版された (*Thesaurus Linguae Japonicae*)。J. J. ホフマンには本書序の翻訳・考察があり,ヨーロッパでも参考にされた (杉本 (1989))。

【成立】1698 (元禄11) 年序,1717 (享保2) 年刊。10巻13冊。槙島昭武 (まきのしままてるたけ,あきたけとも) 編。自筆稿本 (天理大学蔵,9冊) の書名は「和漢音釈書言字考」で,まずイロハ順に分け,その内部を意義分類するという構成だが,書肆が『＊合類節用集』の増補版と位置づけ,その意向によって版本では合類形式となったと考えられている。

【内容】まず意義で分類し,その内部をイロハ順に配列するという合類形式をとり,乾坤・時候・神祇・官位などの13門からなる。項目数は約32,800。漢字表記は楷書体,仮名もカタカナを使用する。項目に対する註文が多く,項目全体に対する施註率は63%,乾坤門から器財門では平均して74%に達するという。(高梨 (1980)) 同義語を示す註文が多いことから,類義語辞書の機能も果たし,また,出典も和漢に渡って幅広く,類書的な性格をもった節用集である。見出し語も多様で,古語・雅語はもとより,俗語・外来語まで含み,同字異訓・異体字なども多く示す。

【諸本】1717 (享保2) 年版のほかに,1766 (明和3) 年版,1860 (万延元) 年版,それらの後刷がある (高梨 (1978))。1717年版の複製・索引に中田祝夫・小林祥次郎『書言字考節用集研究並びに索引』(1973：国立国会図書館岡田文庫蔵,2006改訂新版：小林祥次郎個人蔵の複製) がある。

【図版解説】1行目に内題を記す。2行目,門名の下にある駒谷 (こまがい？) 散人槙は,号と槙島の唐風名。3行目「伊」(陰刻) は語頭の音節を示し,直上の鼇頭から「イ・井」が併せて「イ」にあることがわかる。「オ・エ」は「ヲ・エ」にまとめる。3行目「陰陽」の下にある註に続けて,同語の「陕

陜」には註で「支那ノ俗字」と異体字の言及があり，「阴阳」には註でさら
に「氜氞」の異表記も掲げる。出典は□で文献名を囲んで示している。

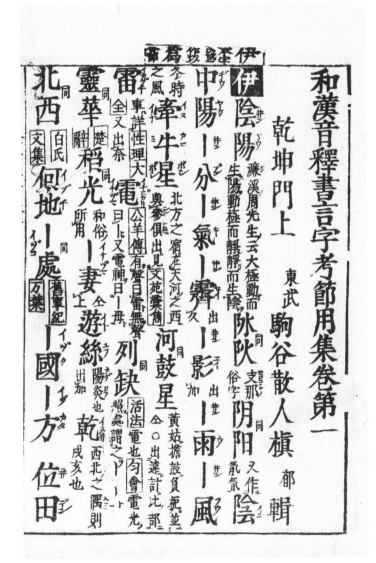

書言字考節用集　京都大学附属図書館蔵

30　早引節用集　はやびきせつようしゅう

【概観】近世節用集の一。書名の「早引」とは，早く求める語にたどり着けるように工夫された検索法を指す。「早引」は書肆が辞書の商品価値を高める意図を込めた書名と考えられ，辞書の商業出版化を促す役割を果たした。そのため，書肆間で版権問題が生じるほどになった（佐藤（1993））。本書はその中で最も早いものと考えられている。

【成立】1752（宝暦2）年刊。1冊。山下重政編とされるが未詳。角書に「宝暦／新撰」とある。

【内容】近世中期までの節用集では，ある語の漢字表記を知るために，（1）語の第1音節目を手がかりとして，イロハ分けになっている「部」に至り，（2）「部」の下位にあたる意義分類の「門」名を手がかりとして求め，当該の語にたどり着くという検索法が主であった。つまり，意義分類を通過しなければ求める語にたどり着かなかったのである。こうした検索法を改め，（1）→（2）とはせず，（1）→（3）求める語の仮名字数によって分類された「い一，い二，い三…」などのグループ中から求める語を探すという検索法が考案された。本書は門名の表示をしないだけで，仮名の字数で分けられたグループ内の配列は，先行する節用集の意義分類をほぼ踏襲しており，「言語・時候・乾坤・器財…」という順となっている。直接的には『蠢海節用集』（1750）の改編によって成立したと考えられる（佐藤（1990）など），（高梨（1994））。『＊和魯通信比考』との関連も指摘される（杉本（1989））

　意義分類をやめることで，それまでに比べて，早く漢字表記にたどり着くことが可能となったが，記載される掲出漢字表記数は減少し，逆に簡素化した。その分，実用性を高めたとも言える。本書は節用集利用層の言語生活や当時の出版事情を知るためにも重要な資料である。

　【諸本】「宝暦／新撰」は東京学芸大学附属図書館望月文庫所蔵本。望月文庫本の改訂再版本に『増補／改正 早引節用集』（1757）があり，これは近世末まで版を重ねた。複製ではないが，五十音順にした改編版に高梨信博『改編・宝暦新撰早引節用集』（1998～2010，私家版）がある。

【図版解説】図版右の半丁に「文字引様」があり，検索法を示している。4行

目に「訓読（よみこへ）の数（かず）を以てくり出す」とある。「訓読の数」
は仮名の字数を指す。左の半丁は⟨い⟩（陰刻）があり，その下位分類として
⟨一い⟩（陰刻）以下は，中央の漢字と対応する読み方が「い位」以下右傍に
「同」として続き，訓読みのある漢字には左傍に「くらゐ」のように訓を記
す。漢字，仮名すべてが行書体となっている。

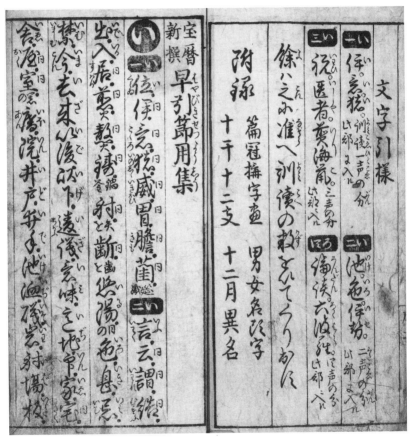

宝暦／新撰 早引節用集　東京学芸大学附属図書館望月文庫蔵

31　蘭例節用集　らんれいせつようしゅう

【概観】蘭書の影響を受けた近世節用集。

【成立】広川獬（瑤池斎）編。1815（文化 12）年刊。

【内容】編者は京都の医師で長崎遊学の経験をもつ。外題は「蘭例語典」，序，内題，巻末の「瑤池斎著目」には「蘭例節用集」とある。また，版心には「蘭例集」とある。序で「余嘗閲西洋言語之書。第一言第二言。各次以音。得語便捷。無如斯法者也。余欲倣以著此書。」と記し，「瑤池斎著目」には「蘭例節用集」の下に細字双行で「和蘭陀の例に習ひ字をつらぬ此書一切売店に出さす彫刻家蔵して同好書写の労をはぶく，若述作の趣向を装ひ擬造する有ば，千里正窮すべきなり」と見えるので，版本だが非売品だったようである。参考にした西洋言語之書が何かは未詳。本書は 23 名の力を得て成ったという。配列は，全体を第 2 音節目までのイロハ順，すなわち「い→いい→いろ→いは…」のようにし，「しや」の項だけは「しや言葉多を以しやうは後ニ書す」という理由から，「しや→しやう」と分ける。「ゐ・ゑ・を」は「い・え・お」にまとめる。次には，その内部を意義分類する。凡例で門立てを「乾坤・神仏・人倫・鳥獣虫魚・草樹・器財・飲食・言語」の 8 門とすることが記され，それぞれ最初の漢字 1 字を○囲みで示す（ただし，鳥獣虫魚は「活」，飲食は「食」と略す）。漢字は行書，左右の振り仮名，註文ともに平仮名で記す。第 2 音節目までのイロハ順は本書以前にも『名語記』などで見られたが，節用集類の中では異色である。また，器財，草樹などには挿絵のある語もあり，『＊蘭語訳撰』との関係も指摘されている。収録語も，他の近世節用集とは性格の異なるものが含まれる。たとえば，「㊗医学正伝<ruby>虞搏著<rt>いがくしゅうでん</rt></ruby>　一学入門　李梃著」のような医学書，「㊍払卵察国　㊗硝子」「㊍亜墨利加　異国の」のような，外国地名やオランダ語なども収録する。編者には『長崎聞見録』の著書もあり，岡田希雄（1934）には本書とともに言及されている。

【諸本】鈴木博（1969）によれば，元版のほかに，増補版（国会図書館蔵）と補訂版（新村徹氏蔵）がある旨の指摘がある。増補版，補訂版ともに「補缺」の部を加え，前者は 133 語，後者は加除の結果，差し引き 146 語の語数が増

加しているという。「文化乙亥」（文化 12 年）の跋あり。鈴木（1985）には「増補版（国会図書館本，包背装）は，本文末部に補遺一丁（第一音節のいろは順に従って語を配列）を添加」とあるが，デジタル公開版では確認できない。

【図版解説】右は「い」とした下に「乾坤」門の㊃と見え，「亥（ゐ）」から始まる。左は「か」部の一部。3 行目に陽刻で「かて」とした下に「器財」門の㊃と見え，「吸気管」の下に挿絵があり「小便用にもちゆ」と註する。

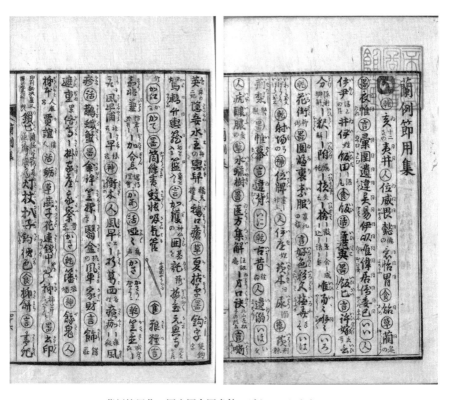

蘭例節用集　国立国会図書館デジタルコレクション

32 　_{大広益}_{新改正}大日本永代節用無尽蔵_{真草}_{両点}

だいこうえき だいにっぽんえいたいせつようむじんぞう しんそう
しんかいせい　　　　　　　　　　　　　　　　　　　りょうてん

【概観】江戸後期に付録を充実させて大型化した近世節用集の一。

【成立】堀原甫序。1831（天保 2）年旧刻，1849（嘉永 2）年再刻。奥付には，「河辺桑揚子旧編，堀原入斎遺草，同原甫子続輯《略》羽山保之子校閲」というように，天保 2 年版に関わった人物が掲げられ，嘉永 2 年版の編者には「堀原甫子再輯」とある。書肆として，江戸書林には須原屋茂兵衛，京都書林には風月荘左衛門ら 10 名の名が連なる。柱には「増字永代節用」とある。内題は「大広益新改正大日本永代節用無尽蔵真草両点」で，右側に平仮名で「だいにつほんえいたいせつようむじんざう」，左側に片仮名で「オホヤマトナカキヨトキニモチヒテナキ𛀀ツクルコトクラ」と振り仮名が施されている。

【内容】高梨信博（1991）によれば，本書は 1752（宝暦 2）年刊の『改正万宝増補不求人　永代節用大全無尽蔵』の増補版という。付録が肥大化した大型の近世節用集で，本書の奥付直前にある柱には「口画 114 丁，本文奥合 425 丁と刻まれているので，併せて 539 丁の大冊で，分冊形式となっている。付録部分は，始めの 14 丁分が色刷りで，「世界万国之図，大日本国之図，富士山之図並花」などがある。「世界万国之図」は日本，アジアを中心に置いた正積図法による世界地図で，「亜墨利加」「欧邏巴」「亜弗利加」なども描かれている。また，絵入りで武人を紹介する「本朝三十六武仙」，器財服飾の図鑑ともなる「改正御武鑑」など，豊富な百科項目を提供する。いわゆる本編は，上段が頭書部分で「本朝年代要覧」と称する神祖，天皇の事跡を示すものから始まる付録情報が置かれる。下段が，いわゆる本文にあたり，イロハ分けであるが早引方式ではなく，内部をさらに意義分類して，「乾坤・時候・神仏・人倫・官位・名字・支体・食服・器財・気形・草木・数量・言語」の 13 門とする。語の表記は行書漢字に平仮名ルビ，楷書漢字に片仮名ルビという真草両点である。「い」は「乾・陰陽」の語で始まる。最後は「京」で終わるが，「京町尽」の地名が並ぶ。「い・ゐ」「え・ゑ」「お・を」は「い・え・お」にまとめる。「凡例早見出シ之弁」に「文字を早く引用する心得は十三門部分の注釈をよく熟読するにあり」と記す。

【諸本】高梨（1991）によれば，天保2年版，嘉永2年版のほかに文久4（1864）年版（国立国語研究所蔵）がある。文久4年版には新たに清水葵斎の序が加わっている。また，節用集大系75・76は国会図書館蔵の嘉永2年版の複製だが，上中下3冊本。仮にこれを基準とすれば，以下は，上中を合冊とした2冊本で，上中巻は付録と「い～う」，下巻は「ゐ～奥付」。

【図版解説】嘉永2年版本編冒頭。3冊本ならば，中巻の冒頭に当り，見開き右側に上巻末の仮名の一覧がある。

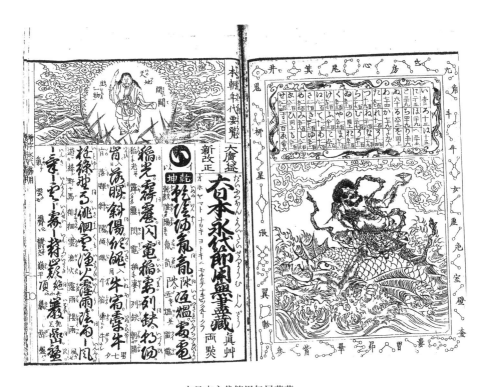

大日本永代節用無尽蔵蔵

33　増補略註明治節用大全^{ぞうほりゃくちゅう}　めいじせつようたいぜん

【概観】明治初期の＊早引節用集。

【成立】隅田了古閲，都筑法堯編。1881（明治14）年刊。金松堂梓。

【内容】題簽には，「増補略註明治節用集大全　岡大次郎編」とあり，見返しには「増補略註　明治節用集大全　隅田了古校閲　金松堂梓」とあるが，内題に従った。凡例には「此の書は方今普通の雅言と漢語と俗語を混へ編纂せしものにて最も探知し得易からんためいろはの仮名の数を以て部分し」と早引方式を採用したことが記され，表記についても「書文中楷書を元字（^{げんじ}）の傍（^{ほんもん}）に附録し左右に平仮名を以て音訓を加ふ是御布告及漢語の書或は新聞等の字義を知得せしめんが為なり」と記す。ただ，実際は右ルビ形式の見出し語に行書漢字を当て，その左側の楷書漢字には，単字に対する訓読みを片仮名で記す。たとえば，行書「維新」には「ゐしん」の語が対応しているが，楷書「維新」には「コレ アラタ」のように一字ずつの訓読みを記しているので，漢語を和語で言い換えているわけではない。配列はイロハ・音節数順，各部の中を意義で13門に分ける伝統的な節用集の形式を踏襲している。本編の前には，部首の呼び方，名乗字，月の異名などの附録のほかに，一～十，百，千の英語の読み方，いろはのローマ字表記一覧なども付す。全体で320丁の横本だが，時代の空気を伝える語として次のような語を抜き出すことができる（片仮名ルビは省略）。たとえば「郵便（^{いうびん}）・一時間（^{いちじかん}）・日曜（^{にちよう}）・人間社会（^{にんげんしゃくわい}）・東京府・独立独歩（^{どくりつどくほ}）・往来券（^{おうらいけん}）・紅毛布（^{おらんだもめん}）・王政復古（^{おうせいふっこ}）・条約（^{でうやく}）。学校・開明（^{かいめい}）・大政奉還（^{たいせいほうくわん}）・貴族・華族（同）・養蚕（^{やうさん}）・文明開化（^{ぶんめいくわいか}）・富国強兵（^{ふこくきゃうへい}）・牛乳（^{ぎうにう}）・共和政事（^{せいじ}）・演説会（^{えんぜつくわい}）」などが容易に見出すことができる点で興味深い。

　編者都筑法堯は同じ1881年に『記事尺牘文例』（2冊），『真草二体紙入節用』にもその名が見え，いずれもの奥付にも東京府士族とあるが，詳しい来歴は未詳。校閲者の隅田了古は絵師でもあったようで，種々の挿し絵を描いているほかに，同1881年に『新聞記者奇行伝』を出版し，奥付に細島晴三の名でも見える。類似の書名で博文館編集局編『伝家宝典明治節用大全』（博文館，1894（明治27）年刊）は内容上，全く関係がない。博文館のものは，完全に百科事典化しており，大型の近世節用集にある付録だけが独立したよ

うな体裁である。

【図版解説】上は「英語数字并いろは」として，ローマ字の一覧が見える。
下は「い・ゐ」部冒頭。右側には五音相通を説明する付録部分が見える。

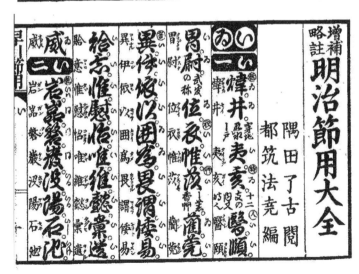

明治節用大全　国立国会図書館デジタルコレクション

第3節 唐話辞書とその周辺

　唐話の隆盛　17世紀に入ると，中国明朝の動乱から逃れた多くの民間人が船で九州に渡来したため，徳川家康は江戸幕府を開いた翌年（1604）に長崎在留明人の馮六を唐通事第一号に任じ，その対応に当たらせた。まもなく九州を中心に唐人町が形成され，その中には福建出身者が多く，寺も建てられた。1652年に，黄檗宗の隠元は彼らの要請を受けて来日し，続いて朱舜水をはじめ，多くの文人も日本に亡命した。1671年までに帰化明人の通事家は35家にも達し，清との貿易のために長崎を中心に活動した。その後，中国南方の広東や，南京など長江下流域との通商拡大により，唐通事の需要もさらに増大していった。しかし，幕府の鎖国政策によって，長崎に来た中国商人たちは唐人屋敷に集められるようになり，中国語だけで通じる別天地をなしていった。そうしたなかで，帰化した唐通事たちは，一方では家伝とされる『訳家必備』や『訳詞長短話』などをもって中国商人との交流を図り，他方ではよりタイムリーに生の中国語をマスターしようとして中国語学習用の教科書をも作り出した。「二字話」「三字話」など，ごく初歩的なものを含む，岡島冠山の『唐話纂要』（1716～1718）はその代表格である。

唐話纂要　早稲田大学図書館蔵

　江戸時代の中期以降，儒学の基本書である四書五経などの漢籍学習が引き続き重視されるとともに，新たに朱子学が展開されていった。上代から平安初期までの漢文隆盛の時代が再来した感があり，文章の理解度が深まるにつれて，漢文訓読の簡略化による音読の増加で漢語が大量に使用されるようになり，節用集，各種字解類や漢語辞書などはそれらの受け皿となっていった。他方，朱子学批判に躍起になる荻生徂徠らは，従来の漢文訓読による文章理解ではその神髄に迫れることはできず，同時代の中国語を習得しなければ真の意味や精神を理解できないと主張して，同時代の唐話を学習するために岡島冠山のもとに集結した。そして，それまで長崎（九州）に限られていた，単なる通訳要請の唐話会話から脱皮し，『朱子語類』のような，従来の訓読

法では対処でない口語体の漢文を習得し
ようとする機運が上方や江戸でも盛り上
がり，唐話の学習ブームに一層拍車をか
けるようになった。

白話小説の流行　これまでも「徳川幕府
のとき，『遊仙窟』や『剪灯新話』の和
刻がもっとも多く，漢学が廃れざるはこ
の二書によるところが大である」と言わ
れるほど，江戸文芸の世界に中国小説は

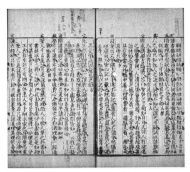

朱子語類　東京大学南葵文庫蔵

大きな影響を及ぼしてきた。実際，清の『板橋雑記』（一名『唐土名妓伝』）
のように，日本では漢文本文に加点しつつも，さらにその行間に日本語の訳
文を挿入するというように，いち早く対訳の手法を取り入れて，それまでの
漢文訓読では十分に対応できない，口語体の文章理解を促進させてきた。加
えて，さらに新しい中国語を身に付けるために，当時の口語体の白話小説
『水滸伝』『三国志演義』『三言二拍』などを学習教科書に取り入れていった。
こうして，唐話の語彙や表現が多く抽出され，解釈されるようになった。
『唐話辞書類集』に8種類もの『水滸伝』に関する注釈が収録されているこ
とはその一つの表れである。この流れは，後の平山高知訳『聖歎外書水滸
伝』（1830）にまで及んでおり，冒頭には重要な白話語彙が抜き出され，和
訳されている。『水滸伝』以外の書物からも積極的に俗語が取り上げられ，
『＊俗語解』（1757），『＊中夏俗語藪』（1783），『＊小説字彙』（1784）など多く
の中日対訳語彙集が作られ，白話が一大ブームとなった。

　唐話関係資料や白話小説の受容などと相まって，中国小説をネタにした翻
案小説が近世日本文芸に大いなる刺激を与えた。都賀庭鐘・上田秋成・山東京
伝・滝沢馬琴などの作品には，新しい表現と語彙が盛んに用いられ，「奇遇デアヒ，風流スイナ，一般ドウヨウ，勉強シンボウ，丈夫テイシュ，標致キリョウ，地位バショ，分量ミノホド」などのように，読みと意味を単語の左右両方に付けられることもあっ
た。こうして，いち早く白話語彙の日本語化を図る方向が形態と意味の両面
において確立され，さらに当て字や熟字訓のような組み合わせも多く生じた。

唐話による新たな文化　近世の唐話を学習段階と応用段階に分けるならば，

前者には，いわゆる唐音の付された学習用教材（『唐話纂要』『*唐音和解』
『*南山俗語考』など）があり，たとえば，享保元（1716）年刊の『*唐音和
解』では，「早→朝，晩→暮，辣→辛，書→文，去→行，好→善」のように，
中国語で口語化した一字語に対して，矢印右側の日本語（中国語の視点から
見て文語）が対訳されている。すなわち，同じ漢字漢語でも日中で意味にか
なりの差が生じるようになり，字義や語義は両者共通であるという枠組みが
崩れるに至ったわけである。これに対して，和語による漢字表記の多様な利
用を念頭に置き，イロハ順に編纂した『*雑字類編』（1768）や『*俗語解』
『*中夏俗語藪』（1783）は後者にあたる。画引きの『*小説字彙』も後者に
属しよう。このような，唐話ブームに便乗したものに，記紀万葉を始め上代
以来の書物から難読の漢字熟語を集めた『漢字和訓』（井澤長秀，1718）があ
り，後には，同じ内容をさらにイロハ順に並び替えて，教育の場でも使える
ように配慮した『授幼難字訓』（井澤長秀，1720）も出された。当時，漢字・
漢語の知識に対する需要が非常に高まっていたことが窺える。

　一方，『*南山俗語考』『*俗語解』などの編者は同時に蘭学にも長けていた
ことから，唐話語彙を蘭語対訳に使う辞書『*蛮語箋』（1798），『*蘭語訳撰』
（1810）も著され，一般に広く受け入れられるようになった。「記念・顕微鏡・
顔料・様式」などの唐話語彙が，後に近代訳語への変身を果たすことができ
たのも，それと関係する。特に，森島中良は和漢洋に通じ，唐通事の周文次
右衛門が浄瑠璃『仮名手本忠臣蔵』を漢訳した『忠臣蔵演義』を手沢本とし
て所持していること，さらに，
山東京伝の『忠臣水滸伝』の創
作にそれが直接に影響を及ぼし
ていることなどは，当時の蘭学
者と戯作者たちの交流の一面を
彷彿とさせる。

　18世紀後半からの「教育の
爆発」ともいわれる，寺小屋・
私塾・藩校などの増加と，出
版・交通の拡大とは明らかに相

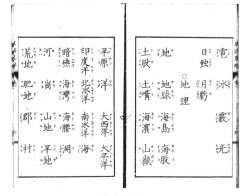

単語略解

関関係がある。黄檗宗の全国的な展開も手伝って，唐話は次第に浸透し，日本語表現に新風を吹き込んだだけでなく，「風説・平常・性急・光景・感激」などの唐話語彙も，そのような流れの中で日本語に定着するようになり，結果的には近世の『節用集』への語彙補充の源ともなった。

明治における唐話　明治時代に入っても，唐話としての「新しさ」は依然として強く意識されており，明治初期の橋爪貫一著『単語略解』(3巻　1873)は，「童蒙婦女」のために多くの唐話語彙を収録し，「土嘴トシ ／ ハンジマ」「師爺シヤ ／ ツウジ」のように，右ルビはいわゆる唐音読みではなく，すべて漢音読みに，左ルビは日本語訳になっており，それらの語彙を日本語に取り入れようとする姿勢が窺われる。

　最初の近代国語辞書とされる大槻文彦の『＊言海』(1891)では，漢字表記語を三分して，由緒正しい古来の漢字語を「和漢通用字」，近世以来の唐話や白話小説語などを「漢ノ通用字」とし，さらに和語の漢字表記において和訓から音読みへ変わったもの「支障・心配」，および明治以来新しく造られた新漢語「流体・零点・絶対」を「和ノ通用字」とする。たとえば，「楽ラク」に対して「容易」，「料理」に対して「調理，割烹」，また「用意」に対して「準備」のように，二重下線語が「漢ノ通用字」を表し，時代的に見てもより純粋な同時代の中国語の表現に近付けている。そして，「和ノ通用字」に対する「漢ノ通用字」は，量的に多いだけでなく，意味的にも幅広く関連表現を集めている点で，むしろ一種の日中辞典の性格をも兼ね備えている。したがって，日清戦争後に来日した中国人にとって，適当な日中辞典のない当時において『＊言海』はまさしく自分たちのために造られた対訳辞書だと思い，さまざまな形でそれを利用した。また，山田美妙の『＊日本大辞書』にも，語釈に類義語として唐話語彙をあげる工夫が見られる。事実，山田美妙の『清国普通語典』は，まさしく唐話の語彙集として編集，筆写されたものであり，自らの辞書編集に利用されたものと見られる。

清国普通語辞典　早稲田大学図書館蔵

34 唐音和解 とういんわげ・とうおんわげ

【概観】日本語と近世中国語とを対訳した語彙集の一つ。

【成立】著者は不明。逍遥軒の序は正徳6年，享保元年（1716）年に大阪で刊行。2巻。

【内容】近世の中国語関係のものであれば「唐話資料」として一括されがちだが，『唐話辞書類集』（第20集）の内容を見ると，さまざまな性格のものが入り混じっているがわかる。朱子学の基本書『朱子語類』や白話小説の『水滸伝』などに見える口語や俗語を解説するためのもの（『語録訳義』『唐話纂要』『忠義水滸伝解』『*小説字彙』『徒杠字彙』）もあれば，唐通事たちが当時の通商に役立つ口語を記録したもの（『爾言解』『唐人問書』『訳詞長短話』），さらには日本語と中国語の対訳を示す字書類（『授幼難字訓』『漢字和訓』『唐音和解』）もある。

　本書の巻上は，まず「乾坤門・十干十二支・地理門・人品門・禽獣門・草木門・器用門・飲食門・言語門・設宴話」などに意義分類して，日本語と中国語との語彙対照を収録する。上に唐話（中国語），その右旁に片仮名で発音を示し，下方に日本語にある漢字語で対訳し，その左旁に片仮名で和訓を加えている。すなわち「右ハ唐音，左ハ和音」というように中日対訳を鮮明に打ち出している。末尾には「飲中八仙註」と題して，これに訓点を加え，「飲中八僊詩」の本文に右に発音，左に訓読を付す。「同画註」ではルビ付きで訓読を付す。巻下は「唐音和解音曲笛譜」と題し，前に訓点付きで歌詞を記し，後に唐音を付して笛譜を載せる。中国語との対訳である多くの唐話資料の中で，これは意識的に日本語の漢字語を用いて，極力漢字語の共通点を生かして中国語に通用する可能性を探ろうとする資料である。その特徴から，近世における漢語に新旧の差や，両国語における漢字語の推移と消長を見る上にも極めて有用である。また，現代における日中対照語彙を考察する上でも，類義的関係となる契機を見いだすことも可能であろう。

【諸本】享保元（1716）年［『唐話辞書類集』第8集（汲古書院 1972）］のほかに，寛延3年（1750）版がある。

【図版解説】上段の唐話「到底」に対して，日本語の「褌（ツヾマリ）」を，

下段の唐話「換金」に対して日本語の「両替」をもって対訳している。

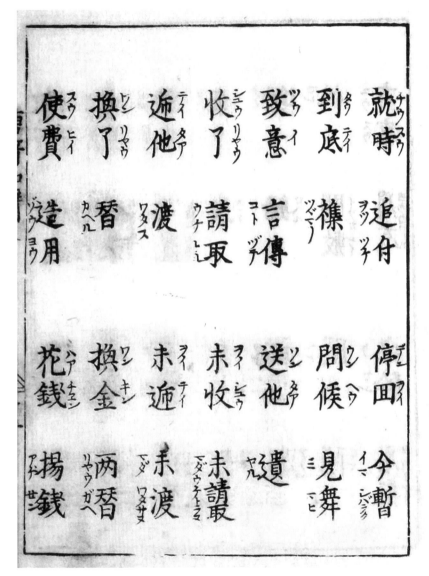

唐音和解　学習院大学文学部日本語日本文学研究室蔵

35　雑字類編　ぞうじるいへん・ざつじるいへん

【概観】実用語の漢字表記辞書。書名の「雑字」は通俗的で日常的な漢字漢語の意と解され，日本でも『*落葉集』に雑字門が設けられるなどの使用例がある。「類編」は分類体辞書の名称。日本語に対してどのような漢字表記が可能かを示す表記辞書の性格をもち，明治初年まで広く利用された。

【成立】柴野栗山草稿，柴野貞穀（栗山の弟）編。全7巻。栗山が幼年期（寛延（1748）ごろか）にまとめた草稿を，1773（安永3）年ごろに栗山の門人辻子礼も協力して，弟貞穀が重修を終えて成立。1786(天明6)年刊行に至ったと推定される（杉本（1978））。刊行時栗山は存命中であったが，貞穀と辻子礼は没していた。

【内容】凡例から，収録したのは文学思想等の硬質な語彙を避けた日常語であることがわかる。構成は，全体がいろは分けの「類」をなし，それぞれの中を天門・地理・時令など18の「門」に意義分類する。このような構成は，門名の性格から『名物六帖』『三才図絵』などとの関連が指摘される。（荒尾（1974））見出し語数は約13,000で，右傍または左傍にカタカナで日本語を示す。それに対応する漢語を行中央に楷書で大書するが，その語数は約23,300。日本語に対応する漢語は多く近世中国語である。本書は外国語との対訳辞書にも影響を与え，奥平昌高の命による『*蘭語訳撰』，村上英俊『五方通語』『*三語便覧』などは翻訳の際，漢字表記の範としたと見られる。

【諸本】刊記の早い順に，天明6年本（天明丙午六月刊），安政3（1856）年本（安政三丙辰年刊），明治7（1874）年本，明治9年本がある。ただし，天明6年本には2種あり，書肆が異なる。明治9年本には「文政七年原刻」とあるが，天明6年本の再刻かとされる。杉本つとむ監修・藁科勝之著『雑字類編―影印・研究・索引』［ひたく書房1983］は天明6年本による。橋爪貫一編『訓蒙雑字類篇』（1880）は本書から直接影響を受けているが，別本である。

【図版解説】以類の中に，「天文」（凡例では天門），「地理」と陰刻で門名を示す。冒頭の「納日。落―」はともに「イリヒ」の語に対応する漢語。"―"は「日」の代行表示。少しスペースを空けて，「落照。返―。晩―。暮―。返景」と続くが，「イリヒノヒカリ（右傍）／ユウヒカゲ（左傍）」のように日本

語を左右に対応させることもある。▲はグループの区切りを示すが，その中は関連語としてグループ化されている。△とは厳密に区別していない。「牽牛（イヌカイボシ／ヒコボシ）」の下に㊇とあるのは，漢字表記が比類の「ヒコボシ」にもある，という印である。

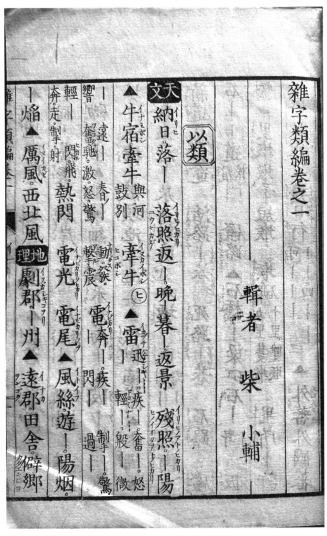

雑字類編

36 南山俗語考 なんざんぞくごこう

【概観】鹿児島藩主島津重豪（1745 〜 1833）が編集させた唐話辞典。天部・地部・人部・器材部など 19 部に分類し，8.277 語を載せる。片仮名で，その唐音の発音や訳語を示す。

【成立】もと 1767（明和 4）年に成立した『南山考講記』という名であった写本が，その後，1812（文化 9）年の序を付して刊行された。

【内容】島津重豪はオランダ語と中国語の知識に富み，稿本『南山考講記』の自跋によると，「無事之間常與侍臣更互談話以華音也」というように，中国語のレベルは臣下と会話ができるほど堪能であった。『南山考講記』は 8 冊で，最初の 3 冊はほとんどが『三字話』の形で，「扇一扇，量一量，歇一歇，想一想」のように同じ動詞の繰り返しに「一」を挟んだ表現が 111 語も見える。「一匹馬，一枝筆，一錠墨，一條線」などの助数詞を伴った表現も目立ち，後に節用集に吸収される形式へと整えられている。第 4 冊以降は「天文・時令・地理……」のように意義分類され，後の刊本の基をなす。第 8 冊の「君臣唐話」は完全な会話体で，刊本では附録「長短雑話」として単独の一冊に収録されるようになる。後に J. リギンスによる英和会話『英和日用句集』の底本にもなっている（常盤（2004））。

本書は初め座右自備として編集されたことが，稿本の 1767（明和 4）年の自跋でわかる。後，刊本を上梓するにあたっては，中国人を祖先に持つ医者の曽槃がその編集の任にあたり，漢学者で中国語に通じていた石塚確斎が「華音」の正誤を校訂した。石塚崔高が補助し，起稿より 45 年を経て，1812（文化 9）年に全 5 巻を脱稿し刊行した。附録に「長短雑話」が収める。書名の「南山」は重豪の号であり，源忠道・古賀樸の序文がある。附録の見返し題には「俗語考」とある。刊本において意義分類が大幅に増補され，新たに「営造部」「産業部」が設けられたほか，「人部」では従来の「人品」「親族」「身体」のうえに，さらに「性情」「患難」「徳藝」など 16 部門が増加された。

【諸本】『唐話辞書類集』第 5 集に収録された『南山考講記』は写本で，刊本は江戸の盛文堂から 1813（文化 10）年に刊行された。

【図版解説】上段は写本『南山考講記』，下段は刊本『南山俗語考』。両方と

も唐話で職業名を示している。「医生・郎中」は医者で，「土郎中」はやぶ医者の意である。さらに「内科・外科・小児科」が見られる。

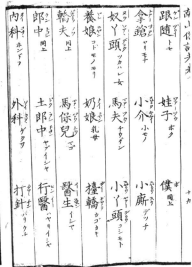

南山考講記　筑波大学附属図書館蔵

南山俗語考　酒田市立図書館光丘文庫蔵

37 俗語解　ぞくごかい

【概観】白話語句の単語集。イロハ順に配列され，約7,000語に用例を交えて，和解や学者の説をも取り入れて説明している。

【成立】著者，成立年代不明。田沢一斎（1782没）の手沢本があり，1782（天明2）年以前の成立とされる。

【内容】頭字の字音をイロハ順に部類排列し，漢字仮名交じりの解説を付す。たとえば，冒頭部の「イノ部」に「依然〈雅語ト同シモトノトホリト云コト〉依前〈上ニ同〉　依得〈承引スル事〉　依違〈類書纂要云不決也又曰嫚婀〉依允〈ガテンスルコト依得ト同シ〉」というように。『類書纂要』『西廂記註』『水滸伝』『言鯖』『堅瓠集』『金瓶梅』『西洋記』『道楽庵夜話』『書影』等の諸書に見える。また，解説や用例には，陶冕（陶山南涛）・白駒（岡田龍洲）・東涯（伊藤東涯）・徂徠（荻生徂徠）等の言説を引く箇所もある。巻末には，附録として「雑劇名色」「娼妓名色〈附嫖客名色并男風名色〉」「開風名色」「顔色差別」の語彙集を収める。唐話学最盛期における俗語の集大成とも評されている。

　蘭学にも長けた森島中良（1756～1810）による改編増補本が二種ある。一つは同じイロハ順のもので，現在，西尾市岩瀬文庫に所蔵されている。これには序跋がなく，第12冊10丁目表「康熙聯対」の条の解説の最後に「中良按ニ此対飛虹伝ニ見ユルヲハシメトス」とあり，外に「良」按語がある。書写識語は「文化九年壬申八月」（1812）となっているため，本人の没後の流布となる。もう一つは静嘉堂文庫にある森島中良自筆稿本（1809，1810）であり，イロハ順の原本から総画引に変更して，新たな辞書を編集しようとしたさまが窺われるが，残念ながら巻1～4，巻11，巻12しか伝わっていない。明治期に至って『俗語解』からさしたる改変もなく『雅俗漢語訳解』（市川清流，1879）と藤井理伯編『俗語訓釈支那小説辞彙』（1910）へと受け継がれていくが，前者は国立国会図書館デジタルコレクションで確認することができる。

【諸本】伝本は多く，『唐話辞書類集』10，11に収録されたのはイロハ順の写本大5冊（長澤規矩也蔵）と桂川中良編の総画引き静嘉堂文庫本（直筆残本）で

ある。西尾市岩瀬文庫本（1812（文化 9）年写），立正大学本（1855（安政 2）年
以前写）は中良按語付きの別増訂本系統か。ほかに立原翠軒（1744 〜 1823）
による写本 1 冊が国会図書館に所蔵されている。なお，江戸時代後期の滑稽
本『浮世風呂』『浮世床』などで知られる式亭三馬の旧蔵本 2 冊（残本）も
静嘉堂文庫にある。

【図版解説】『水滸伝』に出てくる「蒙汗薬」（昏睡導入薬）について詳細な解
釈を施している。出典として明末の『杜騙新書』と『物理小識』を挙げる。

俗語解
（『唐話辞書類集』10，11　汲古書院）

38　中夏俗語藪　ちゅうかぞくごそう

【概観】イロハ別に約 3,700 語を収録し，和訳をつけた 5 巻からなる俗語集。「中夏」とは中国のことをさす。

【成立】編者の父岡崎信好による序文，編者岡﨑元軌自身による跋文はともに 1782（天明 2）年と記されているが，共同で翌年正月に京都書林（林伊兵衛等）から刊行された。

【内容】長沢規矩也の解題によれば，当時 22 歳の編者が，跋文に記すように，自ら読書した際の俗語を書き抜き，それだけでは不十分であると考えて，他の先行の唐話辞書『怯里馬赤』（ケリマチと読み，モンゴル語の翻訳者の意）などを取り入れ，さらに父親の集録した語彙も収録したものと見られる。事実，『水滸伝』や『三言二拍』を中心とした白話小説から多くの語句を抽出している。版心の書名には「俗語藪」とある。中国語の俗語をイロハ順に並べ，さらに「態芸・気形・支体・時令・乾坤・食服・器財・通用」のように意義分類をして，検索の便を図っている。「姑娘」を「父ノムスメヲ妾ヨリ指シテ云」，「洋々得意」を「ヲフヤウニ心ノママ」というように当代の意味を説明する一方，「高興 ヲモシロイ」（現代語では「嬉しい」意），「扯淡 メンドウナ」（現代語では「でたらめをいう」意）といった今日の意味とはやや異なる解釈も見られ，日本語における意味変化の可能性を反映させている。和語による唐話の漢字表記を検索することができ，文芸作品への表現利用にも適している。実際に山東京伝の『忠臣水滸伝』に多く使われている。また『南総里見八犬伝』を著した滝沢馬琴は，1824（文政 7）年 8 月 7 日に小泉蒼軒宛の書簡に「唐山の俗事を集め候物ハ，くさぐさ有之候。『＊俗語解』写本，『俗語藪』板本，『＊小説字彙』板本，『水滸伝抄訳』板本，『同解』写本板本，この他いくばくもあるべし」と記している（『馬琴書翰集成』第 1 巻）。このように，『中夏俗語藪』のほか，『＊俗語解』『＊小説字彙』も 19 世紀初頭において広く知られた俗語資料であったことがわかる。

【諸本】『唐話辞書類集』第 16 集に収録したのは 1783（天明三）年の初版本。ほかに同じ京都書林の林伊兵衛や石田治兵衛らによって 1802（享和 2）年に補刻，出版されたものもある。

【図版解説】上段は巻之一，下段の巻之四の終わりに「器財」の類に「煙筒キ
セル 煙管同」とあり，巻之五の最初の「態芸」に「去」があり，和訓は「ユ
ク，ユケ，ユイタ」とあり，古来の「サル」という意味が示されていない。
同じく「去不成」も「ユカレマイ」となっている。

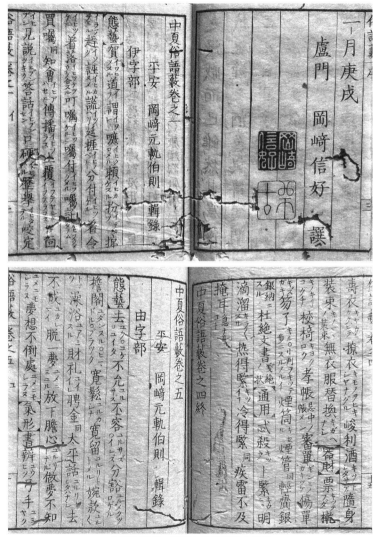

中夏俗語藪　信州大学附属図書館蔵

39　小説字彙　しょうせつじい

【概観】中国の白話小説の語彙 4,673 語を画数順にまとめ，簡単な和訳を付した辞書。訳は俗語的である。冒頭に引用書名を 160 余種あげ，当時の白話小説の流行ぶりが窺われる。

【成立】刊本 1 冊，秋水園主人編，蘆屋序（1784（天明 4）年序）。具体的な著者及び刊年不明。

【内容】版心の書名は「小説字彙」で，巻頭に「平安 秋水園主人輯」とあり，見返しには「秋水先生小説字彙廣便干檢閲四方君子従其法以索之則若指諸掌照彰而明矣誠文海之南鍼也」という惹句が見える。検索に便利なだけでなく，参照しやすい書物，文章作法の指南書と謳っている。凡例には「天明甲辰孟春 秋水園主人識」（天明甲辰は 1784）とあり，『水滸伝』の流行によって，それを詳しくは記さないとも書かれている。つまりそれ以外の小説から語を集めている。そのあとに小説字彙援引書目，小説字彙畫引，小説字彙本文が続く。『* 中夏俗語藪』の姉妹編といわれるほど，白話小説の語彙を前面に出しているが，誤字脱字，重出も誤解もあり，学術的に特に勝れたものとは言えないとの評があるが，「快活 キミノヨイコト」「身懐六甲 ハラム」のように対訳している箇所も多く，近世の文学表現にはその利用が多く見られる。たとえば，唐通事の周文次右衛門が浄瑠璃『仮名手本忠臣蔵』を漢訳した『忠臣蔵演義』をもとに，さらに文政三年に改訳した『海外奇談』（1820）には『小説字彙』の語が多く使われている。このことから，それが明らかに白話小説風に仕立てるための表現ソースとなっていることがわかる。また，明治期の『雅俗漢語訳解』（市川清流，1879）に至っても『小説字彙』から 1,000 語ほど取り入れられており，その影響の度合いが窺える。

【諸本】（江戸）須原屋茂兵衛・山城屋佐兵衛・（紀州若山）阪本屋大二郎・（大阪）秋田屋市兵衛・他七軒板。風月荘左衛門等 寛政 3（1791）年刊もある。『唐話辞書類集』第 15 集に収録されたものは寛政 3(1791) 年大坂嵩高堂泉本八兵衛等による刊本（1791）である。明治になっても後刷が多く，「書籍製本発売所／大坂府下書肆／大野木市兵衛」と刊記があるものも流布している。

【図版解説】冒頭の援引書目に『後水滸伝』『金瓶梅』『三国志演義』『西遊記』のほか，当時のさまざまな小説が入っている。それに続いて，画数による索引があり，本文最初の頁に「一」で始まる語を収録。「一齊，一應，一條」と現代でも使われる語を和訳で説明している。

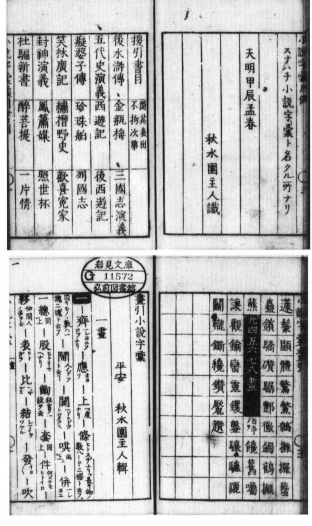

小説字彙　弘前市立図書館蔵

40　雅俗幼学新書　がぞくようがくしんしょ

【概観】森楓齋（源愿）によるイロハ引きの漢字表記辞書で，2巻2冊，計240丁，14門からなり，楷書によって38,105語を収録している。言語門の凡例には「常ニ言扱フ雅言俗談平話又日用文通ノ文字恐ク此門ニ遺漏スルヿナシ」とある。

【成立】1827（文政10）年成稿，1855（安政2）年刊行。森楓齋は江戸入谷日出稲荷に住していたようであるが，生没年は未詳。『舎密開宗』（1837〜1847），『分間江戸大絵図』（1858），『江戸大節用海内蔵』（1863）に名前が確認でき，筆耕としての関わりがあったようである。

【内容】収録されることばについて，江戸後期の節用集（『倭節用悉改嚢』（1818），『倭節用悉改大全』（1826），『* 大日本永代節用無尽蔵』（1849再刻），『江戸大節用海内蔵』（1863）など）との関りはとても強いものがあるなか，近世中国語と思われる語も収録されている。また，J. C. ヘボンが『* 和英語林集成』を著すにあたり使用している（木村（2015））。宣教師の用いる資料の傾向として，「① 刊行が比較的新しい（そのため入手しやすい）」「② 内容が簡潔・明瞭である」「③ 漢字の書体は楷書，表記はカタカナなどによって，判読しやすい」といったことが挙げられる。あわせて，近世中国語を含み，中国での生活を経験していたヘボンにとっては格好の資料であったと考えられる。なお，日本学者のJ. J. ホフマンも『* 雑字類編』（1786）と『雅俗幼学新書』を活用していたと言われる（杉本（1999））。

【諸本】『雅俗幼学新書』は，1865年，1876年と版を重ねる。近世中国語を多分に含む『* 雑字類編』，『* 小説字彙』（1791），『雅俗幼学新書』にも明治期の後印があること（全体の収録語の性格は大きく異なり，さらにイロハ引き，画数引きの相違があるが）はあわせて考慮すべきものと考える。また，『魁本大字類苑』（1888）の刊行といったことも同様であろう。いずれも楷書によるが，漢語辞書とは異なり，前代を引き継ぐ一群である。L. セリュリエ（Lindor Serrurier, 1846〜1901）によるライデン大学図書館所蔵分を含む日本書籍目録 *Bibliothèque Japonaise*（1896）に，計1,236冊の中の1書として挙げられる。

【図版解説】楷書の漢字表記に対してカタカナが用いられている。「イ部」の

「天地門」から始まり，挙げられる語も節用集に類する。一方，「私房銀ヘソクリガ子」，「慢々地 ダラ〰」，「水圍戯 ブク〰ヲスル」，「條糖 アメンボウ」，「搐搦 ビクツキ」といった近世中国語由来の漢字表記もみいだせる。

雅俗幼学新書

第 4 節　蘭和和蘭辞書

外国人による対訳辞書と語彙集　蘭和和蘭辞書の前史として外国人による対訳辞書の編纂史を簡単にたどると，16 世紀末にA．カレピノ（Ambrogio Calepina, 1440 ～ 1510）のラテン語辞書をもとにした『羅葡日対訳辞書』（1595）がある。そして，『＊日葡辞書』（1603 ～ 1604），さらにはその翻訳本としてスペイン語訳『日西辞書』（1630），フランス語訳『日仏辞書』（1862 ～ 1868）の 2 種が伝わっている。

最初の蘭和対訳語彙表 Eenige Japansche Woorden, 1781（およそ 600 語の日本語を収録，学術誌 *Verhandelingen van het Koninklijk Bataviaasch Genootschap van Kunsten* 第 3 巻に収録）は，1779（安永 8）年にオランダ商館長（カピタン）として来日したI．ティチング（Isaac Titsingh, 1745 ～ 1812）によって編纂された。彼は 1780，1782 年に江戸参府し，島津重豪・朽木昌綱ら諸侯と，また，吉雄耕牛らオランダ通詞，桂川甫周・中川淳庵ら蘭学者と広く交流した。

Eenige Japansche Woorden
googlebook

スウェーデンの医師，植物学者のC. P. ツュンベリー（Carl Peter Thunberg, 1743 ～ 1828）はオランダ東インド会社の医師としてティチングより早く 1775（安永 4）年に来日し，翌年 4 月には商館長の江戸参府にも随行し，桂川甫周・中川淳庵ら蘭学者と交流した。帰国後にまとめたスウェーデン語による全 4 巻の紀行文（1792 ～ 1794）のうち，第 4 巻の 296 ～ 353 頁にわたる部分が約 1,500 語のスウェーデン語と日本語との対訳語彙集となっている。最初の部分が日本の記述となっている。日本語の単語集の部分では bitter を 'nigaka, nigai'（にがか，にがい）とするなど，九州方言が見られる。

対訳語彙集
Hathi Trust Digital Library

日本人による蘭語学習と対訳辞書　1720 年に禁書令が緩和され，西洋への
アプローチが始まり，1740（元文 5）年に幕府は青木文蔵（昆陽）・野呂元丈に
命じて蘭学を学ばせた。これによって蘭学の時代に入る。その後，蘭通詞の
吉雄耕牛・本木良永・志筑忠雄・馬場佐十郎等が徐々にオランダ語の能力を
上げ，蘭書を読解翻訳し著述する者も現れ，前野良沢・杉田玄白らによって
オランダ語医学書が翻訳され，1774（安永 3）年に『解体新書』が刊行された。
しかし，18 世紀後半においてはいまだ辞書らしいものは作られなかった。

　大槻玄沢の私塾である芝蘭堂ではオランダ語教育が行われ，そのもとで，
ようやく蘭和辞書の編纂が進められた。1796（寛政 8）年に玄沢の弟子の稲村
三伯（1758 ～ 1811）が数名と協力して，F. ハルマ編の『蘭仏辞典』に基づい
て，日本初の蘭和辞書である『* 波留麻和解（* 江戸ハルマ）』を編集し終え，
まもなく刊行しはじめた。

　一方，長崎のオランダ商館長 H. ドゥーフは，同じ祖本ハルマ編の『蘭仏
辞典』をもとに，1811, 1812（文化 8, 9)年ごろにオランダ通詞と協力して，よ
り実際に役立つ口語訳的な蘭和辞書の編集を始めた。1817 年にドゥーフが帰
国した際，ローマ字本がほぼできあがる。一方，和訳本はその後も作業が続
けられ，大著『* ドゥーフ・ハルマ（* 長崎ハルマ）』が完成した。1833 年長崎
奉行を通じて幕府に献上され，また幾つかの藩に融通された。ローマ字本も
1829 年にオランダ商館員の J. F. van O. フィッセルによって簡約本が作られ，
オランダへ持ち帰る途中，バタビアで W. H. メドハーストに書写させた。

　蘭和辞書を中心とした展開のなか，初めての和蘭辞書『* 類聚紅毛語訳』
(1798) が桂川甫周の実弟桂川中良（森島中良）によって編集され，すぐに熊
秀英の名で改題した『* 蛮語箋』として世に知られるようになった。

　蘭学の展開は地域的に江戸，長崎，中津潘に分けられるが，特に中津藩に
おいて本格的な和蘭辞書『* 蘭語訳撰』(1810) と蘭和辞書『* バスダート辞
書』(1822) が編集され，ともに江戸において出版されたことの意義は大きい。

　蘭和辞書の出版はさまざまな分野に影響を及ぼし，文化 12 年（1815）刊
の『* 蘭例節用集』は「西洋言語之書」（序）に従い，第 2 の仮名もイロハ
順に並べた節用集として知られている。

41 波留麻和解（江戸ハルマ）　はるまわげ

【概観】F. ハルマ（François Halma）（1653～1722）著『蘭仏辞典』（第2版, 1729）に基づく，日本最初の蘭和辞典。1796（寛政8）年に編纂が終わり，収録語数64,035語，全13巻に及ぶ。洋名 *F. Halma, Nederduis Woordenboek*（俗称『江戸ハルマ』）（全27冊）ともいう。

【成立】ハルマ原著，稲村三伯訳編，1796（寛政八）年，オランダ活字版，縦26.2cm，横17.7cm。1798（寛政10）年から翌1799年にかけて刊行された。

【内容】写本（大槻文庫蔵）にある大槻玄沢の序によると，稲村三伯（1759～1811）が石井恒右衛門・宇田川玄随等の協力を得てハルマの『蘭仏辞典』をもとに編纂した。このハルマの辞典は見出し語に対してオランダ語の説明があり，さらにフランス語訳がつけられている。このオランダ語の説明部分を訳したものである。左端にオランダ語，右端に漢字片仮名交じりの訳語という配置で，刊行にあたっては，当時の日本としては珍しく木活字による活版で印刷された。しかし，それはオランダ語の部分だけで，日本語の部分については毛筆で縦書きに記されている。訳語には，漢字漢語を中心とした硬い文章語が多く，誤訳も少なくないが，当時としてはきわめて貴重な辞書としてさまざまな蘭学の翻訳に利用された。この辞典には江戸版と関西版との2系統があるが，流布した部数はおよそ30と推定される。入手困難で，また大部でもあったことから，稲村三伯の門人，藤林普山は約3万語に縮約して1810（文化7）年に『＊訳鍵』を刊行した。さらに，ペリー来航後，大野藩の広田憲寛は『＊訳鍵』を増補し，訳語を改訂した『改正増補訳鍵』（1857）を刊行した。

【諸本】木活字本と筆写本の二種があり，近世蘭語学資料第I期として影印した『波留麻和解（江戸ハルマ）』全9巻は東京大学図書館所蔵全27冊を底本とした木活字本である。多くの写本が流布しており，早稲田大学蔵のものが公開されている。また，シーボルトがヨーロッパに持ち帰ったものもある。

【図版解説】早稲田大学蔵の写本は洋学文庫所蔵本で，上段左に見える凡例にはさまざまな印についての説明があり，補説，補訳者の略称を記している。たとえば，上段右頁の下部に朱で加筆した「雪姑」「魚目」には稲村三伯の

⊞で記している。下段の木活字本は部分的にしかその補説を反映していない
ため，その内容量によって刊行の順番を推定することが可能であろう。

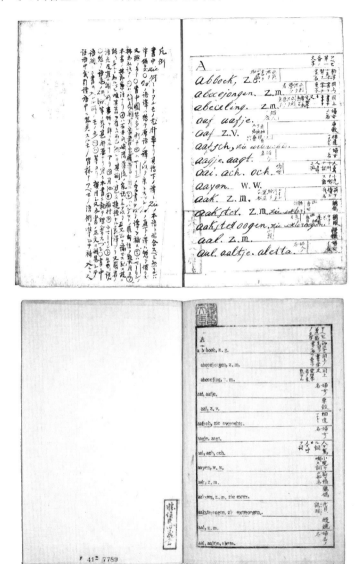

波留麻和解（江戸ハルマ）　早稲田大学図書館蔵

42 類聚紅毛語訳（蛮語箋）　るいじゅこうもうごやく（ばんごせん）

【概観】日本初の日蘭語彙集で，約 1,859 語を収録。

【成立】1798（寛政 10）年序刊。1 冊。

【内容】編者森島中良（1756～1810）は桂川甫周の実弟で桂川中良（桂林）とも言う。医師・蘭学者・狂歌師・戯作者として多方面にわたって活躍した和漢洋に通じる逸材であり，唐話辞書の『*俗語解』を増補訂正し，編集し直そうとしたほどの唐話通でもある。彼の編纂した『類聚紅毛語訳』（1798）を熊秀英の名で改題したのが『蛮語箋』である。冒頭には兄桂川甫周の序文があり，本文は当時一般的な意味分類によって「天文・地理・時令・人倫・身体・疾病・神仏・宮室・服飾・飲食・器財・金部・玉石・鳥部・獣部・魚介虫・草部・木部・数量・言語」の 20 門に分けられ，日本語とそれに対応するオランダ語の片仮名表記（発音）の検索が試みられている。ただし，「神仏」の類については「此條姑闕」とし，最初から空欄にしているが，当時禁教下であったため敢えて公にしなかったと考えられる。日本語語彙に相当するオランダ語の語彙は，アルファベットではなく片仮名で表記されており，巻末には世界各地の地名のオランダ語を示した「万国地名箋」が付されている。実際にどれほどの実用性があったかは疑われるが，後に箕作阮甫が訂正・増補を加えたのはまずオランダ原語であった。

【諸本】杉本つとむ『蛮語箋（洋学資料文庫）』（皓星社，2000）は名前の通り『蛮語箋』の影印であるが，桜井豪人編著の『類聚紅毛語訳・改正増補蛮語箋・英語箋』（港の人，2005）に所蔵の少ない『類聚紅毛語訳』の影印と解説と索引がある。そのうちの『改正増補蛮語箋』2 巻は『蛮語箋』に箕作阮甫が訂正・増補したもので，1848（嘉永元）年に初版が刊行された。オランダ語の語彙は片仮名とアルファベットで表記され，また「火器・日用語法・会話」の部門が追加されている。ちなみに，石橋政方編『英語箋』は箕作阮甫の『改正増補蛮語箋』の日本語見出しに，オランダ語の代わりに英語を添えて作られたものである。

【図版解説】上段の飲食部には「鶏蛋糕 カステラ」，下段の言語部には「好 ヨシ，不好 ワルシ」など多くの唐話語彙が日本語の見出しとして用いられている。

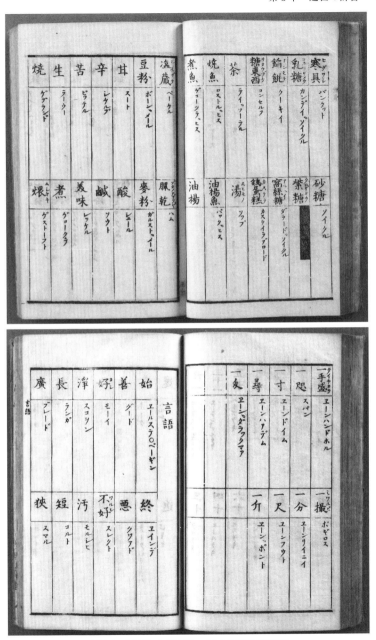

類聚紅毛語訳（蛮語箋）　国立国語研究所蔵

43　蘭語訳撰　らんごやくせん

【概観】日本において始めて蘭語を活字に印行した和蘭辞書であり，収録語数は 7.072 語。5 巻 2 冊から成る。

【成立】『蘭語訳撰』(*Nieeuw Verzameld Japans en Hollandsch Woordenboek*) (1810)，江戸で刊行された。「中津辞書」ともいう。

【内容】中津藩主奥平昌高の命により編集され，語彙の漢字表記にルビとして付けた日本語の片仮名をもとにイロハ引きで蘭語を引く仕組みになっており，各部を意義により，さらに「天文・地理・時令・数量・宮室・人品・家倫・官職・身体・神仏・器用・衣服・飲食・文書・銭穀・采色・人事・動物・植物」の 19 門に分けて，見出しの便を計っている。本文は横罫 15 段，見出しの表示に 1 行ずつを費やし，語彙は一件一段，その右側には漢字に片仮名ルビの日本語，時には短文も載る。左側にはローマ字活字体の蘭語を据え置く形になっている。『＊蛮語箋』や『＊雑字類編』からも影響を受けているのが事実である。

　『蘭語訳撰』の漢字表記には唐話語彙が多い。それは『＊雑字類編』のように中国語の漢字表記を日本語の片仮名表記に切り替えることで漢字表記と実際の日本語との落差を反映するのが特徴の一つと言えよう。たとえば，漢語の「道理 リクツ，聡明 リコウ」や和語の「交代 イリカワル，存生 イキテイル」のみならず，「隔年 イチネンハサミ，終年 イチネンヂウ，期年 イチネンフリ」のような句の単位でも，漢字表記と読みとは一種の和漢対訳のような構造となっている。このように漢字表記語につけた振り仮名の日本語読みは，凡例にも書いてある通り，俗談・平話を用いているため，幕末の日本語を知る上に有用な資料になっていると，鈴木博（1968）の解題で言及している。それがゆえに，19 世紀の『大英百科事典』(*The Encyclopaedia Britannica*, 1877, 第 9 版第 7 巻）でもこの書を日・中・蘭の三ケ国語の辞書と説明しているのは中国語のできる外国人の目から見れば，あながち間違いとは言えないであろう。

　そしてこの辞書は 1827 年にバタビアにも持ち込まれ，宣教師 W.H. メドハーストの『＊英和和英語彙』の編集の直接参考書となった。

【諸本】原本はライデン大学，天理大学，中津市立小幡記念図書館等にある。

復刻版は鈴木博による解題・索引があり，1968年に臨川書店より出版。

【図版解説】上段は表紙と凡例，下段は「リ」の「人事」の部に「美麗 リッパ，道理 リクツ，聡明 リコウ」のように漢字表記と読みのずれのある語を使って蘭語に対訳している。

蘭語訳撰　中津市立小幡記念図書館蔵

44　バスタード辞書　ばすたーどじしょ

【概観】アルファベット順に並べられた蘭和辞書。7,249 語を収録。

【成立】『バスタード辞書』（*Nieuwe-gedruct Bastaard Woorden-boek*）（*1822*）が江戸で出版された。

【内容】中津藩主奥平昌高の命により編集され，底本はオランダ原書のメイエル辞書 *Woordenschat*（『語彙宝函』とも訳され，1669 初版）であり，そのフランス語や英語などからの「外来語」Bastaardt-woorden に対応する複数のオランダ語を訳語として掲げているため，新村出の『東亜語源志』（1930）では『バスタード辞書』を『和蘭外来辞典』とも称している。本文は『* 蘭語訳撰』と同じく横罫 15 段，見出しの蘭語活字体は左側から横書き，その対訳の日本語は右側に位置し，漢字語か漢字片仮名交じり文の語訳になっている。『* 蘭語訳撰』の姉妹編とされながらも訳語の態度がまるで異なり，少数のルビ付き語を除いて，漢字語にはルビをつけていないものがほとんどで，イロハ引きのルビ付き漢字語を有する『* 蘭語訳撰』と大きく異なる。「特に唐話語との関連性もない」（杉本（1978））純粋な日本語の口語で幕末の日常語を反映させている。たとえば「ココロミ，ナクサミ，クヤミ，シラベ，ヲナジク，セマキ，ヒロキ，イヤラシキ」のように，和語の動詞連用形や，形容詞の連体形・連用形などがそれである。

　もともと 17 世紀オランダ語で使用されたフランス語からの借用語が多く，西洋文化の基本概念を理解するには有用であり，事実，『バスタード辞書』には近代漢語訳語が多く見られる。

　宇宙，世界，帝国，文学，人類，地球，農業，事業，学問，平均，未来，愛情，流産，心臓，肝臓，腎臓，脾臓，食道，動脈，胴體，動悸，領地，化粧，故障，法令，寺院，中心，比較，判断，消化，治療，北極星，証拠，支配人，地理学，病院，理学，医師，家政，航海，平等，人民，想像，詩人，国政，言語，農民，記号，辞書

　中には日本での独自の対訳（たとえば和製漢語の「領地，化粧，故障，支配人」）もある。そしてこの辞書も W.H. メドハーストの『* 英和和英語彙』の参考に使われたこともある。メドハーストにとって，片仮名の形態ならば日

本語として利用できたが，片仮名ルビもない漢字語の素性を見極めるほどの
日本語の能力をまだ備えていなかったためか，漢字語の収録には消極的で
あったことが分かる。

【諸本】原本はライデン大学，天理大学，福井県立大野高等学校にあり，抄
本は京都市立西京高等学校図書館にある。

【図版解説】『バスタード辞書』の表紙と最初の頁。左から右へ横書きに読む
オランダ語に対して，日本語の訳は右から左へ縦書きになっている。

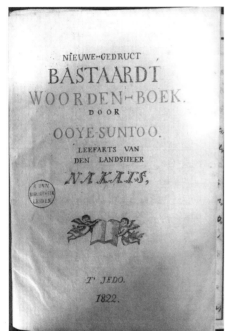
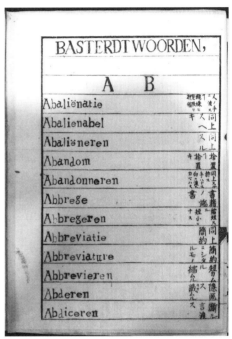

バスタード辞書　ライデン大学蔵

45　訳鍵　やっけん

【概観】蘭和辞書。蘭学者・蘭方医である稲村三伯（1758 ～ 1811）が中心となって 1796（寛政 8）年に作成した蘭和辞書 *Nederduits woordenboek*（俗称『* 波留麻和解（* 江戸ハルマ）』）に収録された語彙を抄出し，P. マーリン編の蘭仏・仏蘭辞書や S. ハンノット編の蘭羅辞書などによって補訂したもの。

【成立】藤林泰助（普山）（1781 ～ 1836）著。協力者は同門の小森玄良（桃塢）。二人はともに稲村三伯の門人。3 巻 3 冊。1810（文化 7）年に 100 部刊行された。

【内容】収録語はおよそ 27,000 語。「乾巻」（158 丁）は A ～ NOP，「坤巻」（136 丁）は NOR ～ Z からなり，その後に薬名を載せる「大西薬名」（33 丁）を付す。見出し語の訳語については，Kop「硝盃。吸角。量名。耳把アル盆。頭。」，Vergrootglas「顕微鏡」としたり，Bloedsteen「血石」（bloed ＝血，steen ＝石）としたりしているものも確認できる。3 冊目の「凡例付録」（27 丁）では，刊行のいきさつ，過程，また構成などに触れる。『* 波留麻和解（* 江戸ハルマ）』に比して，記載方法，文字や段組みを工夫することで紙数や巻数を押さえ，初学者が検索するのに便利なようにしたことなども記す。また，従来の書物が高価であるという欠点や，書写に要する労力などをも考慮して刊行したともいう。その後に「十体字様并定名二十六・六韻字音・読呼音便・標式十記・四行・四時・十二月・十二宮・七曜七金・数時・同用法・秤量字・同用法・定的識字・助辞・辞性・訳例」として，アルファベットや発音，文法，訳出例などについて解説する。本書の「凡例附録」だけをオランダ語入門書として取り出したものが『蘭学逕』という名称で刊行された。

【諸本】『訳鍵』［青史社 1981］の刊行後，1824（文政 7）年に版の所有者であった中沢権之助によって再版が刊行された。その後，1857（安政 4）年には広田憲寛が『* ドゥーフ・ハルマ（* 長崎ハルマ）』によって校訂した『増補改正訳鍵』を刊行した。

【図版解説】日本語は横転縦書きで，おおむね 2 字詰めで記され，2 行以上にわたる際には右から左に書かれている。左面 3 行目の Zondag に「日曜日」（zon ＝太陽，dag ＝日）と訳語があてられている。Zondag は「ドンタク」となり，「半ドン」「博多どんたく」と用いられる。

Zond.	爽海東送處北。	...nekring.	周ノ行目一
...daar.	爨醉人	...neligt.	見目
...dag.	日曜同日上	...neloop.	運行日ノ
...dagletter.	ノ写	...nen—ondergang.	落日日出。
...dareife.	爨醉女	...ne—opgang.	昇
...de.	罪神詩科。	...nescherm.	庇
...der.	勿不無	...neschuuw.	遵
...derbaar.	揆罪常非。	...nestand.	夏憂至三
...deren.	離馬択避除ル。	...nesteen.	君曇
...derling.	揆罪常。	...netaning.	曡
...dig.	罟罪	...neverduistering.	同上
...doffer.	塞罪兔罪。	...nevogel.	鳥曇
...dyloed.	水大洪川	...newagen.	輪昌
...-eklips.	烏蝶大島沈	...neweg.	線日道
...g.		...newyzer.	規時日
...k.	大陽	...nezwym.	曇
...ne.	ノ詞天字	ZOO.	雜莙易如則以宛此。
...nebeeld.	日櫓舟ノ日。	...dat.	由此如此。斎後
...neder.	日曇月蝕禪。	...daan.	如此。
...nehoed.	凉笠	...wie.	毎各是則
...nejaar.	度日ノ歳一	...als.	耶裏不如若則同宛刻。

訳鍵　国立国語研究所蔵

46 ドゥーフ・ハルマ（長崎ハルマ）

【概観】漢語訳中心の『＊波留麻和解（＊江戸ハルマ）』に対して，口語訳を中心とした 3,000 頁を超えた「蘭和辞典」。「道訳法児馬」「ヅーフ・ハルマ」とも言う。

【成立】長崎でオランダ商館長の H. ドゥーフは，同じ祖本 F. ハルマ編の『蘭仏辞典』（第 2 版）をもとにして，1811 年から中山作三郎・吉雄権之助・中山時十郎・石橋助左衛門等オランダ通詞と協力して，より実際に役立つ口語訳的な蘭和辞書の編集を始め，初稿本は日本語訳をローマ字で記していて，1817 年にドゥーフが帰国した段階ではほぼ作業を終えていたといわれている。その後も蘭通詞による作業が続き，1833 年頃にようやく出来上がったのが，漢字仮名まじりの日本語訳だった。

【内容】文語よりも口語を重視して記載し，豊富な文例も収録されている。当時ではこの辞書の需要は大変多く，大阪の適塾では塾生が注文に応じて写本を作ったという話が，福沢諭吉『福翁自伝』に見える。この辞書は写本で広がったものの，なかなか出版されなかったが，嘉永六年のペリー来航後，諸藩の洋学導入が一挙に進み蘭学ブームが巻き起こるなか，幕府侍医桂川家の努力によって出版を許可され，『＊和蘭字彙』の書名で 1855（安政 2）年〜1858（安政 5）年に刊行された。

　一方で，ドゥーフによってヨーロッパに持ち帰られた写本が船の難波で海の中に消えたものの，後にオランダ商館員として 1820（文政 3）年から 1829（文政 12）年まで日本に滞在した J. F. van. O. フィッセル（Johan Frederik van Overmeer Fisscher）（1800 〜 1848）はローマ字版のドゥーフ辞書（『ドゥーフ・ハルマ（長崎ハルマ）』）を作って，帰国する 1829 年にバタビアまで所持し，イギリス宣教師の W.H. メドハーストに不完全ながら途中まで書写させたものがある。彼自身の完本はオランダに渡り，国王に献上された。したがって，このローマ字本はメドハーストの『＊英和和英語彙』の編集のための参考になっただけでなく，オランダにおける日本語研究に直接寄与したのである。そのローマ字版の外国人の日本語学習の有効性を考慮したためか，のちに長崎にあるオランダ商館の要請によって，ライデン大学のホフマンは 1856 年

そのローマ字版のダイジェスト本をわざわざ作って日本にも送り，ようやく里帰りを果たした。今は東洋文庫に所蔵されている（陳（2023））。

【諸本】写本による伝本が多く，かなりの相違が見られる。近世蘭語学資料・第Ⅲ期として影印された『道訳法児馬』第 8 巻は静嘉堂文庫所蔵本を底本としたもの（ゆまに書房，1998 年）である。また 1855（安政 2）年～1858（安政 5）年に江戸で刊行された『＊和蘭字彙』がある。

【図版解説】上段は『ドゥーフ・ハルマ（長崎ハルマ）』（写本），下段はフィッセルによるローマ字写本である。

ドゥーフ・ハルマ（長崎ハルマ）　早稲田大学図書館蔵

フィッセル写本　ハーグ王立図書館蔵

47　和蘭字彙　おらんだじい

【概観】蘭和辞書。「和蘭」はオランダ，「字彙」は中国明代の字書である『字彙』によるとされる。

【成立】幕府の許可を得て，桂川国興（甫周）(1826 ～ 1881) が中心となり，1855 年から 1858 年にかけて刊行した。5 編 5 冊。協力者として柳河春三などの名が挙がる。

【内容】オランダ商館長 H. ドゥーフ (1777 ～ 1835) が長崎通詞と協力して，F . ハルマ編の蘭仏・仏蘭辞書 第 2 版 (1729) を中心に蘭和辞書『＊ドゥーフ・ハルマ（＊長崎ハルマ)』を編集した。しかし，写本であったために，その利用に限りがあった。そこで，『＊ドゥーフ・ハルマ（＊長崎ハルマ)』を底本として刊行したのが本書である。その『＊ドゥーフ・ハルマ（＊長崎ハルマ)』は，初稿本系ではなく，1833（天保 4）年成立の精撰本系（正式には『和蘭辞書和解』）によって作成されたようである（杉本つとむによる）。しかし，時代はすでに明治維新を目前にひかえ，蘭学から英学へ移行しつつあった。

　「初編」(319 丁) は例言・A ～ D，「第 2 編」(417 丁) は E ～ K，「第 3 編」(418 丁) は L ～ O，「第 4 編」(362 丁) は P ～ T，「第 5 編」(364 丁) は U ～ Z・跋。あわせて 1,880 丁に及ぶ。約 9 万の語彙・例文をおさめる。訳語は，Carakter（英語 character)「文字，気象テ，位」，Fabel（英語 fable)「小説物 京伝 馬琴等ノ作ノゴトキ」のような意味によるものや，Hop「草ノ名 未詳」，Pomp（英語 pump)「水ヲ吸ヒ上ル具」といったものに加え，「ホップ」「ポムプ」と，そのままカタカナで示したものもある。訳語として用いられる漢語には，近世中国語なども散見する。また，漢語で説明がつかないものは句によって示されている。例文も豊富で，訳文が欧文直訳体によって記されている。たとえば，Lamp の中の訳文に「汝ガ言葉ハ我ガ足ノ為ノ火燈シテアル」とあり，「汝ノ言葉ニ随ヘバ実ニ我ハ善道ニ入ルト云フ意」と注釈を加える。

【諸本】早稲田大学図書館蔵本［早稲田大学出版部 1974］などがある。

【図版解説】日本語は横転縦書きされる。10 行目の Koffij（英語 coffee) の訳語として，「煮リテ，ヒキ粉ニシテ飲料ニスル豆」(「煮」は「煎」か) とある。その後では「コッヘイ」とする（『＊訳鍵』では「トルコノ豆又其飲料」)。訳語

については，『＊訳鍵』が漢語を多用するのに比べ，句による説明や和語が
用いられる傾向にある。

和蘭字彙　国立国語研究所蔵

第4章　近代の辞書

　近代（明治以降）とは，経済体制・経済構造・社会システムなどが旧来のものから大きく転換した時期であるとともに，その流れが現在という時代（現代）の基盤をなした時代と位置づけられる。

　では，辞書の近代化とは何か，これを一口で説明することはむずかしい。さまざまな見方が考えられるなかで，実用性一辺倒ではなく，基本的な語彙を含めて必要なことばについて，その本質を，意義の面から，もしくは用法の面から的確に説明する傾向と答えておくことにする。それは，見出し語の選定，語義の十全な解釈・説明に端的に表れてもいる。平明でわかりやすい説明，その意味用法が確かめられる用例，さらには，品詞・漢字表記なども，それぞれの辞書の性質，また必要性に応じて記述されるようになっている。

　このような辞書の出現はそのジャンルによって異なるが，だいたいの傾向を勘案すると，近代日本の辞書を胚胎させた時期とは，19世紀からと考えるのが穏当であろう。それは，対訳辞書の普及，普通語辞典の登場，専門用語・外来語・新語・隠語などを見出し語とする特殊辞典の出現という観点において，そして，バラエティーに富む辞書が刊行され，その時代に積極的に受け入れられていくという状況をも踏まえるならば，19世紀から近代として取り扱うことに，むしろ積極的な意義が認められよう。

　江戸時代には，寺子屋が普及し，庶民の読み書きの能力が向上するとともに，出版が盛行を迎え，さまざまな辞書が編集され刊行された。「節用集」は多くの人々の利用に供され，とりわけ多くの異本を生み，漢字表記を知るため，書体（たとえば草書）を知るため，語義を知るためなど，さまざまな用途に応じて改編されていった。見出しの立て方も，仮名の2字目までイロハ順にするもの，イロハ順で分類した内部をさらに見出しの仮名字数によって分類するものなどが工夫された。近代に入っても，机上辞典や漢語辞書などにその影響が見られる（「第3章第2節　節用集」参照）。

　さて，知は外の文化との接触によって内なる革新がもたらされる。江戸時代において，世界に通じる窓口は長崎だけであり，そこではオランダ・中国とのみ貿易が許されていた。こうして，知の近代化はオランダ語と中国語を

介して，海外から先進的な文物を移入したことに始まる。中国は古来より知の源泉であり，江戸時代では特に 18 世紀以降，唐話（当世の中国口語）が流行し，日本文化に大きな刺激を与えた（「第 3 章第 3 節　唐話辞書とその周辺」参照）。同じく 18 世紀にはオランダ語の学習が進み，それによる西欧文明の導入は日増しに需要が高まっていった。こうして，オランダ語と日本語の対訳辞書が編集されるに至った（「第 3 章第 4 節　蘭和和蘭辞書」参照）。一方，西欧では 19 世紀にはオランダに代わって，イギリスやフランスが勢力を伸ばし，幕末ごろに洋学は蘭学から英学へと移っていった。中国でも 19 世紀に入ると，欧米からの宣教師たちが「英華字典」「華英字典」を編集し，西洋の知識を翻訳し始めていた（「第 4 章第 1 節　英華華英字典」参照）。このような状況において，唐話辞書・蘭和和蘭辞書に加えて，英華華英字典に影響を受けた英和和英辞書が編集されるようになり，英語以外との対訳辞書も続々と刊行されていった（「第 4 章第 2 節　英和和英辞書とその周辺」参照）。

　幕末明治期には，欧米から新しい文物や知識が流入した結果，新たな漢語が訳語や造語によって大量に出現するようになった。この類いは「字類」「字解」「字引」などと称し，これに「漢語」「熟語」などを添える命名がなされることが多い。そして，『和玉篇』などの単字辞書に漢語辞書を統合させた「漢和辞書」が出現するに至るが，この嚆矢は重野安繹など監修の『＊漢和大字典』(1903) であった。その後，この書をモデルとして漢和辞書が発達した（「第 4 章第 3 節　漢語辞書・漢和辞書」参照）。

　明治に入り，英語の辞書に影響を受けて，品詞の表示，多義に渡る語義の説明，五十音順の配列などを特徴とする近代的な国語辞典が続出するようになった。その嚆矢は『＊言海』(1889〜1891) で，以後の辞典に大きな影響を与えた（「第 4 章第 4 節　国語辞書」参照）。こうした近代的な体裁をとる日本語辞書は，特殊辞書・専門語辞書の発達をも促した。特に，専門語辞書は西欧の知を近代日本に根付かせるのに大きな役割を果たした（「第 4 章第 5 節　特殊辞書・専門語辞書」参照）。

第 1 節　英華華英字典

英華字典の利用　中国がアヘン戦争（1840）でイギリスに負けたことに危機感を覚えた日本は，黒船襲来にも遭遇したことで，英語圏の国々に関する情報を積極的に収集する必要に迫られた。そこで，すでに中国語で出版された漢訳洋書や英華字典の類を利用するようになる。その後，明治 10 年代まではこうした中国経由のルートで西洋知識の受容をしてきた。

　中国で出版されて日本に伝来した英華字典は数多いが，日本語に与えた影響の大きいものに，その編者名のみ記せば，①モリソン，②ウィリアムズ，③メドハースト，④ロプシャイト，⑤ドーリットルのほか，⑥鄺其照の『字典集成』がある。①は日本の蘭学への寄与が大きかったのに対して，②以下は英学に影響を及ぼしている。また，成立年代によって大きく①②③を前期，④⑤⑥を後期と分ければ，漢訳洋書との関係も，前期の字典は 17 世紀以来のカトリック系の宣教師による漢訳洋書のことばを反映し，後期のものはプロテスタント系の宣教師による漢訳洋書のことばを反映していると言える。これらの字典では，①③を除いて，すべて和刻本が出版されている。特に，④は二度も翻刻され，19 世紀末まで幾度も版を重ねた。

モリソンの『華英英華字典』　①モリソンの辞書に関する記述は，『日本洋学編年史』によれば，早くも 1830 年の記事に「英人モリソン訳漢文書下贈天文台訳局」と見え，その頃には日本に持ち込まれ，訳員たちに利用されたことがわかる。安政年間（1854 ～ 1860）には，唐通事たちが『五車韻府』を清国から取り寄せたい旨を願い出ており，この辞書の存在は当時長崎で知られていた。吉雄権之助は，モリソンの『＊英華字典』を利用してオランダ語と日本語の辞典を作ろうともしている。具体的には，英語をオランダ語と対照させ，英語に対訳する漢字語をオランダ語の訳語に当てるのである。これによって，オランダ語から日本語への翻訳の労力もかなり節約できたという。佐久間象山も自ら増訂した『荷蘭語彙』の訳語に同じ方法を用いることで蘭英漢三国語対訳辞書を編集した。これには二種あり，一つは佐倉藩（現，千葉県佐倉高等学校）に収蔵されている『模理損字書』と題する写本であり，もう一つは佐久間象山の仕えた松代藩，現在の長野県松代市で発見された

『五車韻府』と題する八冊の写本で，佐久間象山が『増訂荷蘭語彙』を出版するために参考とした吉雄氏本であるという。

　①のモリソンの『＊英華字典』はその当時日本では翻刻されなかったが，その利用形態はさまざまな面にわたる。そして，訳語の多くはすぐあとの②③に受け継がれ，日本語にも受け入れられている。それ以降の英華字典は，日本において直接に翻刻され利用された。これらは中国近代語から日本近代語への流布の重要なルートの一つとなった。

　それ以降の②ウィリアムズ，③メドハースト，④ロプシャイト，⑤ドーリットルについては各論を参照されたい。

中国人による英華字典　他方，⑥鄺其照（Kwong Ki Chiu）編『字典集成』(*English and Chinese Dictionary*, 1868) は中国人の手になる初の英華字典であるが，メドハーストの辞書から影響を受けていることが明らかである。1875 年に再版が刊行され，1880 年以降も版を重ねた。永峰秀樹訓訳『華英字典』(1881) はその再版（1875）の点石齋本によって翻刻されたものである。さらに，鄺は 1881 年にニューヨークで『英文成語字典』を出版し，1899（明治 32）年には英学新誌社，1901（明治 34）年には国民英学会からそれぞれ大幅に手を加えて新しい『英和双解熟語字彙』として出版している。

　同じ中国人の編集となる辞書に子卿原著『華英通語』（何紫庭序）(1855) がある。この書は，福沢諭吉が幕府遣米使節に随行した時，サンフランシスコ在住の清の商人より譲り受け，それに和訳を加えて『増訂 華英通語』(1860) として翻刻した。英単語を意義分類によって細かく 46 門に分類し，枠ごとに筆記体で単語を挙げ，その上に片仮名で，下に漢字で音注を示し，右傍に中国訳と片仮名で和訳が示されている。簡単な会話集も付いている。片仮名の音注と和訳は福沢諭吉によって増補されたものである。

英華字典から英和辞書へ　こうした英華字典の利用と翻刻によって，明治初期の英和辞書において漢語訳語が増加していった。最初の英和辞書ではまだ句によって訳出することが多かったが，明治に入ってからは訳語に漢語が用いられる割合が急増した。このような漢語の増加は，英華字典から多く訳語を取り入れたことによるものと考えられる（森岡（1959））。

48　英華字典［モリソン］　えいかじてん

【概観】 *A Dictionary of the Chinese Language, in Three Parts. Part the First; Containing Chinese and English, Arranged According to the Radicals; Part the Second, Chinese and English arranged Alphabetically; and Part the Third, English and Chinese.* 3 部 6 巻の華英英華字典である。

【成立】 PartI: Vol. 1.（1815），Vol. 2.（1822），Vol. 3.（1823）；PartII: Vol. 1.（1819），Vol. 2（1820）；PART III:（1822）。

【内容】 著者 R. モリソン（Robert Morrison，漢字名：馬礼遜）（1782 ～ 1834）。イギリス生まれでプロテスタントの最初の宣教師として 1807 年に中国に上陸し，主に聖書の中国語訳や英華字典の編集に従事した。本書の前書きに，完成に 13 年の年月を費やしたとある。第 1 部『字典』（3 巻）は『康熙字典』に基づいて約 4 万字の見出し字を収録し，英語で説明を施したものであり，画数，部首によって配列されている。第 1 巻には前付として献辞・序説・凡例・DIALOGUES（挟込）が付されている。第 2 部『五車韻府』（2 巻）は第1，2 巻ともに内扉に「五車韻府」とある。本文は同じく華英字典であるが，アルファベット順に音節で検索でき，音節や部首の一覧表が付されている。第 3 部は漢字名がなく 1 巻のみの英華字典である。この本文はわずか 480 頁で，アルファベットに関する説明や，中国語表記に用いたアルファベットの発音法などの前付が付されている。『水滸伝』『紅楼夢』を始めとする小説や，『幾何原本』『対数闡微』『天下地輿全図』『数理精蘊』などの漢訳洋書から純粋の中国語を抽出して，英語訳を付けたらしく，「天体，地球，天文，地理，対数，乗方，平方」などが訳語として見られる。ほかにも，近代訳語と関係の深い言葉を次にいくつか挙げておく。「apostle　使徒, blacklead pencil　鉛筆, Christ　基利斯督　critic of books　善批評書, digest　消化, exchange　交換, judge　審判, law　法律, level　水準, medicine　医学, natural　自然的, necessarily　必要, news　新聞, novel a small tale　小説書, organ　風琴, practice　演習, radius　半径線, spirit　精神, unit　単位, men　人類, life　生命, plaintiff　原告, materials　材料, arithmetic　数学, method　方法, conduct　行為, language　言語」など。これらの語は後に他の英単語に対する訳語となるものもあるが，基本的な対応

関係をこの辞書に求めることができる。

【諸本】『五車韻府』はその後 1865 年，1879 年，1907 年と再版され，再編纂された縮冊版もある。現在では，ゆまに書房による全 6 巻の翻刻本（1996 早稲田大学附属図書館所蔵本による）のほか，中国でも『馬礼遜文集』（大象出版社，2008）として出版された全 6 巻の影印版がある。台湾中央研究院近代史研究所「英華字典資料庫」電子データベースに『五車韻府』と英華字典（第 3 部）を収録。

【図版解説】第 3 部の英華字典はむしろ中国を紹介する百科全書の感すらある。Music の語釈では「楽，音楽」のほかに『律呂正義』にある中国音楽の古代の音階と西洋の五線譜とを対応させて説明する。

英華字典 ［モリソン］
（『英華辞書集成』 ゆまに書房）

49 英華韻府歴階 ［ウィリアムズ］ えいかいんぷれきかい

【概観】*An English and Chinese Vocabulary in the Court Dialect.* 中国語名『英華韻府歴階』。英語と中国語の対訳語彙集。13,400 語を収録する。

【成立】1844 年，マカオ（Macao）の香山書院梓行。

【内容】著者 S.W. ウィリアムズ（Samuel Wells Williams, 漢字名：衛三畏（または衛廉士））（1812 ～ 1884）は宣教師として 1838 年中国に渡り，印刷関係を担当するかたわら，中国語と日本語を研究し，『中国総論』（1848）を刊行した。1853 年，1854 年には，ペリー艦隊来航時の通訳として来日したこともある。1856 年教会の職を辞し，米国駐華公使館の外交官として働き，『漢英韻府』（1874）を著した。1877 年帰国後は，エール大学の中国学教授に任じられた。本書には，中国や中国語に関する長い解説が付されており，はしがき，ならびに中国語関係文献一覧や中国語文献主要翻訳書一覧を含めた序説は，それまでの中国および中国語研究についてのよい案内となる。巻末にはこの辞書に出てくる漢字を部首別に並べ，それぞれに官話・広東語・アモイ語の読みを付けた索引が付されている。本文（335 頁）は，1 頁に左右 2 段組みでほとんど 1 行 1 語，または 2 行 1 語を並べているため，訳語が短く簡潔であるのが特徴である。モリソン『* 英華字典』を踏襲するところも多く，たとえば Flower の見出し語の後には，モリソンが 148 種類の草花を列記するのに対して，本書では実に 366 種類もの草花を並べている。このことは，ペリー来航時に随行した中国人羅森の日記にも「衛三畏素譜鳥獣草木之名」と見える。また，本書では「agriculture 農業, cabinet 内閣, coffee 咖啡, compare 比較, 対数, consul 領事, diamond 金剛石, elect 選挙, grammar 文法, material 材料, mathematics 数学, museum 博物院, newspaper 新聞紙, record 記録, 記事, yard 碼」のように，近代的概念を表す対訳も多く見られる。

　日本では 1869（明治 2）年に『英華字彙』として翻刻された。原書にある本文のみを抽出し，序文や解説や漢字部首索引などをすべて省き，さらに漢字訳語にあてられた中国語の読みも取り去って，代わりに，解読に役立てようとして訓点を施している。

【諸本】原本は台湾中央研究院近代史研究所「英華字典資料庫」データベー

スに収録。日本語版の復刻には『英華字彙』（斯維爾士維廉士 著；衛三畏 鑑定；柳沢信大 校正訓点東京府：香芸堂，1869）があり，松荘館翻刻蔵板もある。そして，初期日本英学資料集成（雄松堂，1976）と近代日本英学資料1（ゆまに書房，1995）とによる影印版がある。

【図版解説】上は原本の表紙，下は日本での翻刻版。その翻刻版の表紙は「日本柳沢信大校正訓点／英華字彙／清衛三畏鑑定／英斯維爾士維廉士著／松荘館翻刻蔵板／官許上木／明治己巳年初秋」となっており，著者を英国人の「斯維爾士維廉士」とし，監修を清国の「衛三畏」として同一人物を別人であるかのように理解している。

英華韻府歴階［ウィリアムズ］　スタンフォード大学蔵

英華字彙　国文学研究資料館蔵

50 英華字典［メドハースト］ えいかじてん

【概観】*English and Chinese Dictionary, in Two Volumes.* 2 巻からなる英華字典。

【成立】1847 年に第 1 巻，1848 年に第 2 巻が中国上海の墨海書館で印刷され，刊行された。

【内容】著者 W. H. メドハースト（Walter Henry Medhurst，漢字名：麦都思）（1796 〜 1857）はイギリス人宣教師で，ロンドン伝道教会（London Missionary Society）の一員として 1817 年にマラッカに渡り，その後ペナン，さらにバタビアへと移り，宣教に従事した。布教上の目的でマレー語・中国語や日本語を研究し，後続の宣教師のために 6 種類の対訳辞書を編纂した。1830 年にはバタビアで『* 英和和英語彙』（*An English and Japanese, and Japanese and English Vocabulary*）を石版印刷で刊行している。さらに『華英字典』（第 1 巻は 1842 年，第 2 巻は 1843 年にバタビアで印刷）が先に編纂された。これは『康熙字典』をベースにして中国語の見出し語に英語の訳語を添え，漢字の部首順に配列した字書である。それを裏返す形で英華字典の編纂を行ったものと見られる。

　『英華字典』は序文に続いて，中国語の発音が概説されている。1 頁横 2 段組 36 行で，第 1 巻は A 〜 K まで，第 2 巻は L 〜 Z までを収める。英語の見出し語に続いて，中国語の訳語，発音，類義の訳語が並ぶ。

　本書は日本においてさまざまな形で利用された。たとえば，ロプシャイトが自分の字典を完成する前に，1855 年に日米和親条約の英訳校正のため第三回日本遠征艦隊に伴って日本を訪れ，その際に，日本初の本格的な英和辞典『* 英和袖珍対訳辞書』（1862）の編者堀達之助にこのメドハーストの『華英字典』『英華字典』を送ったという。遠藤智夫（1996）が行った抽象語の訳語を比較した調査によると，『* 英和対訳袖珍辞書』の訳語は本書と一致する比率が比較的高いという。参照したことの顕著な証拠として，「意思・解明・謹慎・極微・事故・事情・信任・崇拝・必要・比喩」などが挙げられる。なお，本書はほぼ全面的にモリソンの『* 英華字典』に依拠しており，それをさらに発展させたものと言えよう。

【諸本】日本には東洋文庫をはじめ，国会図書館，国立国語研究所，九州大学などに原本が所蔵され，早稲田大学図書館には中村正直が勝海舟から借り

て，わずか 3 ヶ月で筆写した 10 冊が残されている。台湾中央研究院近代史研究所「英華字典資料庫」データベースにも収録。

【図版解説】Book には「書，冊，籍，書本，書冊，典籍，書巻，書籍，書契，簡策，文籍…」などの訳語が発音を添えて並べられている。さらに a book press（書厨，書櫃），a bookshelf（書架）…contained in books（篇什所載），there is a benefit in reading books（開巻有益）のような book を含む句や短文の見出しが掲げられている。

148 　　　BOO

thing, 骲 pa ; a dry bone, 骼骯 kŏ wan ; the bones of the pelvis, 腰髀 yaou k'hwa, 肮脯 k'hwang lang ; the bone of the forehead, 髑 k'wa ; for the various names of bones see under 骨 kwŭh, in the Radical Dictionary.

BONFIRE, 觔喜之火 chŭh hè che hò.

BONNET, for females, 女帽 neù maóu ; a sort of cap, 弁 pĕen.

BONNY, 爽快 swàng k'waé

BCNY, 炙骨 to kwŭh, 骰 e, 體胖 mĕɛ heaɛ́, 肮髒 k'hang tsang, 骿骼 ling t'íng ; a bony horse, 瘠馬 tselh mà.

BOOBY, 戇人 chwang jìn, 笨人 pŭn jìn.

BOOK, 書 shoo, 册 tslh, 籍 tselh, 書本 shoo pùn, 書冊 shoo tslh, 典籍 tĕen tselh, 書卷 shoo keuén, 書籍 shoo tselh, 書契 shoo k'hé, 簡策 kĕen tslh, 文籍 wăn tselh, 簡笑 kĕen tslh, 錄 lŭh, 葉 yĕ ; books made of bamboo, 竿牘 kan tŭh ; a book basket, 書簏 shoo lŭh, a book chest, 書笥 shoo sze ; a book press, 書厨 shoo choŏ, 書櫃 shoo kweí ; a bookshelf, 書架 shoo kĕá ; a book case, 書匣 shoo kĕá ; a book cover, 書帙 shoo chĭh, 書衣

BOO 　　　149

shoo e ; the four books, 四書 szé shoo : book learning, 書內才 núy taaɛ́ ; contained in books, 篇什所載 pĕen shĭh sò tsaí ; there is a benefit in reading books, 開卷有益 k'hae keuén yèw yĭh ; a book (whole work,) 一部書 yĭh p'hoó shoo ; do. a volume, 一本書 yĭh pùn shoo : to say out of book, 背書 peí shoo ; to read a book, 讀書 t'hŭh shoo ; to recite a book, 念書 nĕen shoo ; to look over a book, 看書 k'hán shoo ; a sacred book, 聖經 shíng king, 經典 king tĕen ; to distribute books, 送書 súng shoo ; prohibited books, 禁書 kín shoo ; to print books, 印書 yín shoo ; to burn books, 焚書 fûn shoo.

BOOK-BINDER, 釘書之人 tíng shoo che jìn.

BOOK-KEEPER, 主簿 choò p'hoó.

BOOK-SELLER, 賣書者 maé shoo chày ; a books-ller's shop, 書坊 shoo fang, 書舖 shoo p'hoò.

BOOK-WORM, 蠹書 too shoo, 蠹魚 too yŭ, 蝸 ping, 蟬 yu, 蟬 yin.

BOOM, for a sail, 篷拄 fung choò ; a bar across a harbour, 闌澳橫木 chă gnaóu

英華字典［メドハースト］　スタンフォード大学蔵

51　英華字典［ロプシャイト］　えいかじてん

【概観】*English and Chinese Dictionary, with the Punti and Mandarin Pronunciation.* 4分冊で出版，2巻ずつの合訂本も多い。それまでの最大規模の英華字典。

【成立】1866年から1869年までにわたって，香港（Hongkong）のDaily Press Officeから刊行された。

【内容】著者ロプシャイト（Wilhelm.Lobscheid, 漢字名：羅存徳）（1822〜没年未詳）は宣教師として1848年中国に渡り，はじめ香港，後に広州で布教と医療にあたり，数種類の医学書を編集した。本書の語釈には広東語の発音や方言の用字も多く記されていることから，方言研究の資料にもなりうる。その中でも，最も注目されるのは近代漢語の訳語である。「protein　蛋白質, positive pole　陽極, adjutant　副官, bank　銀行, beer　麦酒, imagination　幻想, 想像, carbonic　炭酸, negative pole　陰極, insurance　保険, flag of truce　白旗, literature　文学, marshal　元帥, original sin　原本之罪, passion　受難, principia　原理, privilege 特権, propaganda　宣伝, right wing　右翼, rule　法則, frigid zone　寒帯, torrid zone　熱帯, writer　作者, love　恋愛, reader　読者」などの語を本書に探し求めることができる。日本で二度にわたって翻刻が行われた。1回目は，1879（明治12）年に中村正直校正，津田仙，柳沢信大，大井鎌吉訳で『英華和訳字典』（2冊）として刊行された。タイトルにあるように最初から和訳を試みたため，日本語独自の訳語をその中から拾うことができる。2回目は1883（明治16）に井上哲次郎が編纂した『訂増英華字典』である。原文の中国語読みや方言の漢字を取り除き，漢字の訳語も取捨選択している。増補した訳語はロプシャイト『＊英華字典』の一割にも及ぶ。その後，20世紀の初頭までこの『訂増英華字典』は幾度も版を重ねた。しかも，1903年の再版本奥付には，中国の年号である光緒29年，上海作新社発行とあり，また，1906（明治39）年の第3版にも同じく中国の年号が記されているところから，中国人をも想定して販路を拡げていったことがわかる。事実，『訂増英華字典』は，キングセル（Fung Kingsell, 漢字名：馮鏡如）の『新増華英字典』（1899）に受け継がれ，また，厳復が関わった『商務書館華英音韻字典集成』（1902）にも増補した訳語が多く取り込まれていることから，日本の新漢語

が中国に逆輸入されるルートの一つであると見られる。

【諸本】日本での原本所蔵は数多い。複製本には，東北大学・学術資料データベース研究会蔵本による，佐藤武義・成澤勝之共編「ロブシャイド『英華字典』」アビリティ株式会社 1995（CD-ROM 復刻版），東京美華書院による 2 冊本の復刻本（那須雅之解説，1996）がある。台湾中央研究院近代史研究所「英華字典資料庫」データベースにも収録。

【図版解説】(1) は英華字典第 3 冊の 1,410 頁に「Pyramid　金字塔, Pyramidal　金字塔形, Pyramidic, Pyramidical　金字形的」の対訳が見られる。日本で翻刻された (2) と (3) も，同じような記述が見られるが，一方は和訳を，もう一方は訳語の増補を行った。

```
Pyramid 金字塔 ,kam tsz² t'áp. Kin tsz t'áh.
Pyramidal 金字塔形 ,kam tsz² t'áp, ying. Kin tsz
    t'áh hing.
Pyramidic  } 金字形的 ,kam tsz² ,ying tik. Kin
Pyramidical }          tsz hing tih.
```
(1)

```
Pyramid, n. 金字塔, スギナリヅカ,
    sugi-nari-dzuka.
Pyramidal, a. 金字塔形, スギナリ
    ヅカノ, sugi-nari-dzuka no.
Pyramidic,   } a. 金字形的, スギナリ
Pyramidical, }    ヅカノ, sugi-nari-
    dzuka no.
```
(2)

```
Pyramid, n. 金字塔, 稜錐體.
Pyramidal, a. 金字塔形.
Pyramidic, Pyramidical, a. 金字形的.
```
(3)

(1)　英華字典 [ロブシャイト]　国立国語研究所蔵

(2)　『英華和訳字典』　国立国会図書館デジタルコレクション

(3)　訂増英華字典　（『近代日本英学資料』8　ゆまに書房）

52 英華萃林韻府 ［ドーリットル］ えいかすいりんいんぷ

【概観】*A Vocabulary and Hand-book of the Chinese Language, Romanized in the Mandarin Dialect, in Two Volumes Comprised in Three Parts.* 中国名『英華萃林韻府』。2冊3部からなる英華対訳の語彙集。

【成立】1872年に福州（Foochow）で出版された。

【内容】著者のJ.ドーリットル（Justus Doolittle, 漢字名：盧公明）（1824～1880）は宣教師として1850年中国福州へ派遣され，1873年にアメリカに帰国した。本書は1冊目が第一部で，66,000種類の英語表現を収録した英華字典である。中国に滞在する外国人，または英語を学習する中国人に役立つように編集したと，序文に記されている。2冊目の前半は第2部で，1冊目から英華対訳の決まり文句（諺）や短句を抜粋しアルファベット順に配列している。2冊目の後半は第3部で，各国の宣教師や領事館の職員，税関職員その他中国在住の人々の協力を得て編集された分類語彙集である。85の部門にわたっていて，機械・化学・物理・地理・天文暦算から仏教・道教・キリスト教の結婚式の手順，さらに中国各省の人口・面積，地方の諺や日常用語，一般知識まで広く集めている。なかでも，学術用語の執筆者に当時中国で活躍していた宣教師が多いことから，本辞書の編纂がその流布と定着に貢献したものと推測できる。日本での矢田堀鴻による翻刻版『英華学芸詞林』（1880）も，主にこの第3部の分類語彙集に絞られていて「地理学之語，数学及星学之語，機関学之語，金石学及地質学之語，船舶及船具運用之語，理学之語，商法之語，人倫之語」という，明治初期の日本人にとって必要とされる8部門を抽出し，3,200語に編集し直している。原文では部門内の下位分類による小項目の並べ方であったのに対して，矢田堀は同じ部門にある語をすべてアルファベット順に並べ替えている。そして，訳語にルビを付けたり，訳語の後に括弧入りの独自の解釈や訳文を記したりすることで日本語の中に取り入れようとした。そして，井上哲次郎編纂の『訂増英華字典』（1883），および『＊附音挿図 英和字彙』（第2版，1882）において語彙を増補するソースとして利用されたことも知られている。「Telegraph　電報, Galvanic battery　電池, Light　光線, Numerator　分子, Geology　地質論, Properties of Matter　物理,

Momentum　動力, optics　光学, Area　面積, Constant　常数, Differential calculus 微分学, Logarithm　代数, Custom house　税関, Parliament Congress　国会」などのように，数学・物理・鉱物学（「96　鉱物字彙」参照），政治の分野ではなお使用されているものが多いが，他の分野では用語の廃れたものが多い。

【諸本】1880（明治 13）年の『英華学芸詞林』（山田保蔵版），翌 1881 年の『英華学芸辞書』に続き，1884 年の『英華学術辞書』（東京 早川新三郎）へと，書名を少し替えしながら版を重ねてきたが，内容的な改変は少ない。また，杉本つとむ・呉美慧編著『英華学芸詞林の研究』（早稲田大学出版部，1989）には，影印・索引・研究が付され使用に便利である。台湾中央研究院近代史研究所「英華字典資料庫」データベースに第一部のみ収録。

【図版解説】和刻本の『英華学芸辞書』(1881)「数学及星学之語」に「Pyramid 稜錐体」の対訳があり，井上哲次郎はそれを自分の『訂増英華字典』に追補した（前項参照）。

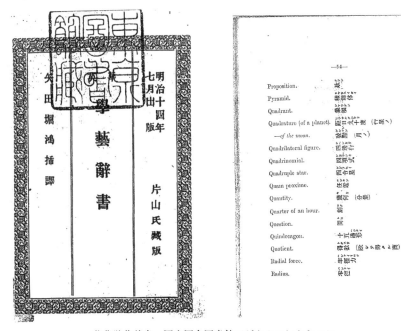

英華学芸辞書　国立国会図書館デジタルコレクション

第2節　英和和英辞書とその周辺

19世紀における欧米諸国語との接触　英和辞書と和英辞書の発達は，19世紀における諸外国との貿易・交流をはじめとした国際語としての英語の地位の確立に連動している。ただし，それに先立つ18世紀の西洋の窓口としての蘭学の果たした役割はきわめて大きく，19世紀に入ってもオランダ語に関わる辞書が著された。しかし，次第に英学がその役割を引き継ぎ，近代日本を牽引していく。同時に，ロシア語・フランス語・ドイツ語などとの関わりも看過することはできない。1804年，ロシア使節N.P.レザノフが開国と通商を促すため，ロシア皇帝の親書を携えて長崎に来航した。その親書はロシア語と満州語で記されていた。そして，1806年には，レザノフの部下がカラフトの日本人集落を襲撃した（フヴォストフ事件）。漂流民の帰国などの理由によりロシア語の通訳が松前にいたのであるが，フヴォストフがフランス語で書簡を残したため，オランダ商館H.ドゥーフに翻訳を依頼せざるを得なかった。また，1808年にはイギリス軍艦フェートン号の長崎港への侵入が起こる（フェートン号事件）。

　ヨーロッパの列強諸国との軋轢が相次いだことをきっかけに1808年に幕府は長崎通詞にフランス語の学習，翌年にはロシア語と英語の学習を命じた。こうして，フランス語，ロシア語，英語の学習が進められることになるが，フランス語はH.ドゥーフ，英語はオランダ商館の荷倉役として来日したJ.C.ブロンホフが対応し，フランス語と英語については，本木良永の息子にあたる蘭学者の本木庄左衛門（正栄）が責任者とされた。そのもとで，英語学書『諳厄利亜興学小筌』（1811）と英和辞書『*諳厄利亜語林大成』（1814），仏和辞書『払郎察辞範』（1814〜1817頃）とフランス語学書『和仏蘭対訳語林』（1817頃）がそれまでのオランダ語の蓄積のもとに成立した。

　ロシア語については，1808年から2年間にわたり，大黒屋光太夫のもと馬場佐十郎等によって江戸で進められた。1811年，幕府は，翻訳機関として幕府天文方の中に蛮書和解御用（のち独立し，洋学所（1855）→蛮書調書（1856）→洋書調所（1862）→開成所（1863〜1868））を設置した。馬場佐十郎はその一員として『厚生新編』（1811〜1839頃成立）の翻訳を行っている。

また，ロシア艦長の V. M. ゴローニンが捕虜となり（1811），面談を行う中で蘭仏辞書を駆使してロシア語を学んでいった。さらに，『魯語文法規範』（1813），仏露辞書をもとにしたと見られる『俄羅斯語学小成』（成立年不詳）も編まれた。その後，蕃書調所から英語の単語集 *Familiar Method*（1860）が，1862年には洋書調書から『*英和対訳袖珍辞書』『官版 仏郎西単語篇』『官版 独逸単語篇』が，開成所からは『英吉利単語篇』（1866），『法朗西単語篇』（1866）が刊行された。

　そして，海外における日本語への関心から，『*英和和英語彙』（1830）がW. H. メドハーストによってバタビアで出版され，医学・漢学・蘭学・フランス語に通じた村上英俊によって『英語箋 前編』（1857），『英語箋 後編』（1863）として翻刻された。また，オーストリアではA. プフィッツマイヤーによって『日本語辞書』第1冊（1851）が未完ながら編まれ，フランスではオリエンタルへの関心から日本学が開花する中，『*日葡辞書』（1603～1604）のフランス語訳『日仏辞書』（1862～1868）がL. パジェスによって著された。

英語と日本語　1854年に日米和親条約を皮切りに，欧米諸国との和親条約・修好通商条約が次々に締結されていったが，特に，日英修好通商条約（1858）ではオランダ語による文書を5年間正式なものとしながらも，以後は英語を正式とする旨が条項として記された。このような英語への関心と需要が一段と高まり，当時の知識層が蘭学から英学にシフトしていく時代背景を受け，本格的英和辞書として，洋書調書から『*英和対訳袖珍辞書』（1862）が刊行された。堀達之助を筆頭に西周・千村五郎・竹原勇四郎・箕作麟祥等が編纂したもので，H. ピカールによる英蘭辞書を主とし，訳語は多く『*和蘭字彙』（1855～1858）によっている。版を重ねる中で，1869年には『改正増補 和訳英辞書』（いわゆる「薩摩辞書」）が，薩摩学生によって上海のAmerican Presbyterian Mission Press（以下，APMP（美華書院））で印刷され，また，開拓使仮学校から『英和対訳辞書』（1872）が刊行された。

　この頃，蘭学を必死の思いで学んだ福沢諭吉は，1860年の外遊時には，通訳の中浜万次郎とともに，それぞれN. ウェブスターの英語辞書を購入し，あわせて清国人子卿による英語と中国語の対訳単語短文集『華英通語』

（1855）も入手している。帰国後，後者に基づき，片仮名の音注と和訳を加えた和刻版として『増訂 華英通語』（1860）を刊行した。また，昌平黌の漢学者として名高い中村正直は，『＊英和対訳袖珍辞書』が刊行されていたにもかかわらず，勝海舟から借り受けたメドハーストの『＊英華字典』を書写している。そして，1866 年，幕府の初の英国正式派遣の際に，幕臣の子弟の留学生達の取締として同行し，1868 年の幕府瓦解によって帰国した後は，W. ロプシャイト『＊英華字典』（1866 ～ 1869）の和刻版である『英華和訳字典』（1879）を刊行した（漢語の和訳に加えローマ字表記を載せ外国人の利用も考慮している）。他にもこのような英華字典の和刻版が出され，近代漢語の訳語の供給源となった。

来日した宣教師や外交官によっても辞書が編まれた。J. C. ヘボンによる和英英和辞書の『＊和英語林集成』（1867），そして，E. M. サトウと石橋政方の *An English-Japanese Dictionary of the Spoken Language*（『英和口語辞典』）（1876）である。なお，石橋は『＊類聚紅毛語訳』（『＊蛮語箋』に改題）（1798）に端を発する『英語箋』（1861）を編んでいる。『＊和英語林集成』初版の協力者である岸田吟香が著した『和訳英語聯珠』（1873）は『＊英和対訳袖珍辞書』に類するものである。

1872 年には P. A. ナットールの超小型辞書（1861）をもとに『英和辞典』が刊行された。その後，ナットール系の辞書は，学生向けの小型辞書（『英和掌中字典』（1873）をはじめ）として，ポケット版の簡便な類書が広く流布した。そのうちの一つに，意味や定義に日本語だけではなく英語も用いたことを書名に冠した『英和双解字典』（1885）がある。小型化の流れは 20 世紀の『袖珍コンサイス』のシリーズの刊行へとつながっていく。また，柴田昌吉・子安峻によって『＊附音挿図 英和字彙』（1873）がスコットランドの J. オウグルビー編の英語辞書をもとに編纂された。発音表記や挿絵などもそれによるところが多いが，訳語についてはロプシャイト『＊英華字典』の影響を受けている。

19 世紀の英和辞書はおよそ次の 4 つに分類されよう。

（1）蘭和系…『＊英和対訳袖珍辞書』のように蘭和辞書を根源とするもの

（2）英華系…『英華和訳字典』をはじめ英華字典を基としたもの

（3）独自系…『* 和英語林集成』（1867 他）や『英和口語辞典』（1876）など，日本で生活した英語母語話者によって成立したもの

（4）英語系…『* 附音挿図 英和字彙』のように英語辞書によったもの

英語系は，次第にウェブスターの英語辞書が発音表記も含めて，多くソースとして用いられていく。その一例として，尺振八『明治英和字典』（1884 〜 1889），島田豊による『附音挿図 和訳英字彙』（1888）ならびに『双解英和大辞典』（1892），および F. W. イーストレーキ・棚橋一郎共編『ウエブスター氏新刊大辞書 和訳字彙』（1888）のように書名を冠するものもある。また，近代辞書の形態として『* 言海』（1889 〜 1891）をはじめとした国語辞書にも大きな影響を与えた。

19 世紀は英華字典からさまざまな影響を受けていたが，20 世紀になると英和辞書の訳語が逆に英中辞書へ影響を与えるという逆転現象が起こる。特に『新訳 英和辞典』（1902）など，中国語として用いられる新語や専門分野の語彙から確認することができる。

20 世紀に入っても，ウェブスターの英語辞書の流れにある神田乃武他編『新訳 英和辞典』や増補改訂版ともいえる『模範英和辞典』（1911）が刊行された。しかし，次第にウェブスターの百科事典的な性格から，入江祝衛『* 詳解英和辞典』（1912）に見られるような語学的で専門性のより高い辞書への脱却が目指された。そのために，オックスフォードの辞書が用いられるようになり，1915 年には時を同じくして井上十吉『井上英和大辞典』と斎藤秀三郎『* 熟語本位 英和中辞典』が編まれた。さまざまな工夫が施されつつ，次第に発音表記も国際音声記号（以下，IPA）に変化していった。

和英辞書についても，ヘボン『* 和英語林集成』（1867）の日本語は，日常語に軸足を置きながら，改版を繰り返す過程で近代日本語も積極的に吸収し，その後の和英・英和辞書の範として多大な影響を与えた。さまざまな先行する辞書からの援引もあるが，見出し語の立項は，ヘボンが日常生活から集めたものによって形づくられていった。

海外でも，J. J. ホフマン『日蘭辞典』（1881, 1892）とその英語訳『日英辞典』（1881, 1892）が著された。ただし A, O, B の三つの部しか編まれていない。日本語の資料としては『* 和漢音釈書言字考節用集』（1717）が用いられている。

　また，ヘボンとの関わりからは，第3版に協力した高橋五郎が『漢英対照いろは辞典』(1888) を編集した。この書は国語辞書に英語対訳を付記する形式でもあったために，英語に関する部分を省略した国語辞書『* 和漢雅俗いろは辞典』(1888 ~ 1889) をも著した（見出し語の増補あり）。

　日本に長く滞在した F. ブリンクリーも南条文雄・岩崎行親とともに『* 和英大辞典』(1896) を刊行し，和英辞書としての『* 和英語林集成』に代わるものとしての地位を確立していく。20世紀に入ると，新渡戸稲造・高楠順次郎『新式 日英辞典』(1905)，井上十吉『新訳 和英辞典』(1909)，武信由太郎『武信 和英大辞典』(1918)，竹原常太『スタンダード 和英大辞典』(1924)，斎藤秀三郎『斎藤和英大辞典』(1928) などが刊行され，名称を変えながらも現代に続くものもある。中でも，『武信 和英大辞典』を大改訂した『新和英大辞典』(1931) は，戦時 (1942) に Harvard University Press から，漢和辞書『* 大字典』(1917) とともに刊行されている。

ロシア語と日本語　『北槎聞略』(1794) は，桂川甫周が大黒屋光太夫等の体験談を筆録したもので，このような漂流記には，ロシア語と日本語が対訳された単語や短文が収められている。一方，ロシアでは，日本からの漂流民を日本語の教師として研究が進められ，早くも18世紀中葉には，辞書，文法書，会話書などが著されている。中でも，『* 和魯通言比考』(1857) は，『* 英和和英語彙』(1830) の形式に倣い，日本語に関しては * 早引節用集を用いている。明治に入ると，緒方洪庵の子，緒方惟孝によって『魯語箋』(1873) が著され，文部省編輯局からは本格的な『露和字彙』(1887) が刊行された。

フランス語と日本語　村上英俊は火薬の研究を始めるにあたり，素養のあるオランダ語版の J. J. ベルセリウスの『化学提要』を長崎から取り寄せた。しかし，手元に届いたのがフランス語版であったことから，今まで解することのないフランス語の解読を1848年に始めることとなった。その際に F. ハルマの蘭仏辞典を筆写し，和訳を行う中でフランス語を習得していった。その結果，村上英俊はフランス語に関する辞書などを編むようになる。その著作は多く，たとえば，フランス語・英語・オランダ語の対訳辞書『* 三語便覧』(1854)，また『* 英和和英語彙』(1830) の和英の部をもとにした『洋学

捷径 仏英訓弁』（1855）などがある。そして，『仏語明要』（1864）は，藩主
（のちに幕府）に献上された『仏蘭西詞書』（1854）をもとに増補改訂された
ものかとされる。これらによって 1859 年には蕃書調所の教授手伝に登用さ
れ，明治に入ると，熟語などを補った『明要附録』（1870）を刊行した。ま
た，『＊三語便覧』の影響を受けた加藤雷洲は『仏語箋』（刊年未詳），岡田好
樹は『官許 仏和辞典』（1871）を著した。

　ただし，英語とドイツ語の関心の高さから，その後の仏和辞書の刊行には
15 年の期間を要することとなる。一方，和仏辞書に関しては，M. カション
が実質上の校長であった陸軍士官養成の性格を持つ幕末に設立された横浜仏
蘭西語学伝習所において当時伝習生であった田中弘義が『和仏辞書』（1888），
織田信義が『和仏辞書』（1899）をそれぞれ著者の一人として刊行している。
ドイツ語と日本語　独和辞書は『官版 独逸単語篇』（1862）を嚆矢とする。
また，『独逸文典字類』（1871）や，フランス語・英語・オランダ語の対訳辞
書『＊三語便覧』（1854）が一般的に知られているが，フランス語・英語・ド
イツ語の対訳辞書『＊三語便覧』（1872 頃）も刊行された。特にオランダ語
からドイツ語に切り替えられたのは，当時の需要を物語っている。日普修好
通商条約締結（1861）以後の普仏戦争におけるプロイセンの勝利によってド
イツ帝国が成立し（1871），医学においては大学東校がドイツを範とし
（1871），軍事においてもフランスからドイツへと切り替えられ（1885），法制
においてもドイツを手本とした。

　そして，1872 年以降，独和辞書では『和訳独逸辞書』（1872 ～ 1873），『孛
和袖珍字書』（1872），『袖珍字語訳嚢』（1872），『和訳独逸辞典』（1872），『独
和字典』（1873），和独辞書では『＊和独対訳字林』（1877）が刊行された。後
発であったために，成立に際しては先行の辞書類から多くの影響を受け，特
に，独蘭，独仏，独英，蘭和，英和のそれぞれの辞書に依拠していることが
序文などから読み取れる。
多言語対訳（対照）辞書　村上英俊が，日本語からフランス語・英語・オラ
ンダ語を求めることができる『＊三語便覧』（1854），日本語からフランス
語・英語・オランダ語・ラテン語を引くことができる『五方通語』（1856）
を著した。これらは「日本語から外国語を求める」もので，この時期に多い

「外国語から日本語を求める」対訳辞書とは異なる。このような辞書が出現する背景には，外国語から日本語を求める辞書が確立され，整備されつつあったことを物語っている。多言語化という方向は，英蘭辞書を蘭和辞書で解読するといった手続きの中から副次的に産み出されたものとも言える。以後，複数言語との対照を試みる辞書は数多く刊行されていく。

　また，『五国語箋』（1860）はロシア語・オランダ語・英語・フランス語の4ヶ国語を日本語で発音と意味を付してイロハ順に配列している。日本語をイロハ順で配列し，さらに意義分類する『五方通語』とは異なる。

　M. カション『＊仏英和辞典』（1866）はA〜Eの部の第1分冊の刊行で終わっているが，フランス語に対応する英語と日本語を示している。

印刷と出版　1860年代の日本の印刷技術は整版がもっぱらであったが，『＊英和対訳袖珍辞書』（1862）のように，英語は鉛活字，日本語は縦書きで木版刷りというものもあった（その後はすべて木版刷りによるものも刊行されている）。そのため，ヘボンは『＊和英語林集成』の印刷を近代的な活版印刷の設備の整った上海のAPMPで行っている。

　薩摩では折からの留学熱により，その渡航費用の捻出のため，『＊英和対訳袖珍辞書』に手を加え，「薩摩辞書」と呼ばれる『改正増補和訳英辞書』（1869）を，G. H. F. フルベッキの手配によってAPMPで印刷する（すべての見出し語に片仮名で発音を示す）。そして，その2年後には「薩摩辞書」の再訂版『大正増補和訳英辞林』（1871）を出している。ウェブスター式の発音表記が日本で初めて用いられたものである。

　また，長崎の岡田好樹『官許 仏和辞典』（1871），薩摩学生『独和字典』（1873）の印刷もAPMPで行われている。APMPの印刷技術に加え，長崎からは上海が東京よりも近いという地理的要因，それに伴う航路の存在は欠くことのできない要素である。

　印刷においては，横書きの外国語に対して，日本語が縦書きか横書きか，平仮名か片仮名か，ルビがあるかないかということも辞書の展開を考える上で重要である。分量（収録語数・頁数など），形態・内容（見出し語・品詞表示・語義・用例・類義語など），構成・体裁（段組・大きさ・巻数・装丁など），また挿絵（木村（2022a・b））の有無という視点も重要である。

対訳辞書の諸相　W. H. メドハーストの『* 英和和英語彙』(1830) は，村上英俊によって『洋学捷径 仏英訓弁』(1855) の作成に用いられたり，『英語箋 前編』(1857)，『英語箋 後編』(1863) として翻刻されたりしている。そもそも『* 英和和英語彙』自体が，和蘭辞書『* 蘭語訳撰』(1810) と蘭和辞書『* 訳鍵』(1810) や『* バスタード辞書』(1822) などを参照して編まれている。また，仏和辞書も仏蘭辞書などをもとにしている。

　明治初期の独和辞書も『* 和蘭字彙』や『* 英和対訳袖珍辞書』によっている。あわせて，独蘭辞書，独仏辞書，独英辞書も用いており，それぞれのオランダ語・フランス語・英語を日本語に置き換える二段階の手続きによることで対応をはかっている。19 世紀の諸種の対訳辞書の成立過程において依然として蘭学がその基底にあることがこのことからも分かる。そして，漢字表記のみならず，節用集類との関わりも看過できない。特に『* 雑字類編』の利用が指摘されるが，当時の知識層における近世中国語への素養をも考慮する必要がある。他にも，『* 和魯通言比考』(1857)，*An English-Japanese Dictionary of the Spoken Language* 再版 (1879)（『* 和英大辞典』(1896) も同様）のそれぞれの序文に，動植物の語彙の増補を行った旨が記されていることは興味深い。

　一方，海外では，ヨーロッパに持ち込まれたローマ字版の『* ドゥーフ・ハルマ (* 長崎ハルマ)』を利用して，シーボルトは「蘭・日・中」という 3 カ国語の対訳辞書を企図し，ホフマンは『* 英和和英語彙』の「和英の部」を利用して新たな「和蘭英辞書」を作成する動きも見逃せない（陳 (2023)）。

　著者の母語が何であるのか，外国語から日本語への対訳であるのか，それとも日本語から外国語への対訳であるのか，使用者は日本語話者なのか外国語話者であるのか，作成・印刷・刊行は国内で行われたのか海外なのか，といった点は辞書の根源的な方向性を決定づける。また，複数言語への対訳といったこともこの時期の辞書を読み解くために重要である。そして，文法書，リーダー，会話書などとともに，語学習得のツールの一つとして辞書を位置づけて考えていく必要がある。

　当初，対訳辞書は原語の辞書を基にしていたが，辞書の基盤が確立されていく中で，次第に専門性を高めながら現代に至っている。

53 諳厄利亜語林大成　あんげりあごりんたいせい

【概観】日本最初のアルファベット順の英和辞書。15巻からなる。「諳厄利亜」とは「英国」のことで，England のラテン語 Anglia に由来する。

【成立】1814（文化11）年6月にあたる序が載る。幕命によりフランス語（1808），ロシア語と英語（1809）の学習が進められる。英語はオランダ商館の荷倉役として来日した J. C. ブロンホフ（1779〜1853，再来日時は商館長）が対応し，フランス語と英語についてはオランダ通詞の本木庄左衛門（正栄）（1767〜1822）が責任者とされた。題言には本木の他に楢林高美，吉雄永保が挙がる（草稿本の凡例には馬場貞歴，末永祥守も名を連ねる）。

【内容】日本最初の英語学書『諳厄利亜興学小筌』（1811）と『諳厄利亜語林大成』（1814）が著された。いずれもオランダ語のこれまでの蓄積のもとに成立している。なお，3年先行する『諳厄利亜興学小筌』（1811）は蘭英対照の英会話教科書を底本とし，そこに現れる名詞を中心に英単語2,339語を意義分類で整理してもいる。それらの英単語に増補を行い5,910語（一列に記された異なる見出し語も組み込むと計6,174語）を収録する本書が著された。ただし，幕府に蔵され，また写本のために流布せず，後の対訳辞書に影響を与えていないようである。

　収録語彙は幅広く，品詞分類（8品詞）は W. セウェルの *A Large Dictionary, English and Dutch* との関わりが指摘される。「題言」と称する簡潔な英文法論が載る。訳語の漢字表記のソースは柴野栗山『* 雑字類篇』（1786）が一書として目され，同書に見られるような近世中国語を用いる。唐通事になじみある漢字表記を用いたとも考えられよう。

【諸本】大槻文彦旧蔵の大槻本，それを転写したものがある。幕府献上本の存在も考えられる。また草稿と抜稿（実際には定稿本）がある。複製本として，大槻本による『諳厄利亜語林大成』［雄松堂書店1976］（井田好治・永嶋大典による解説），『諳厄利亜興学小筌』［大修館書店1982］と『諳厄利亜語林大成 草稿』［大修館書店1982］（両書の解説は別に刊行）がある。

【図版解説】英語の読みが片仮名で付されている。Nature に「天理 自然」とあり，「自然」は片仮名表記と同様に小書きされている。また，上の「草稿」

には該当するオランダ語が朱書きされ（本書のうすい文字にあたる），3ヵ国語
対訳辞書の様相を呈している。

諳厄利亜語林大成　草稿
長崎市立博物館蔵
（『諳厄利亜語林大成　草稿』大修館書店）

諳厄利亜語林大成　　静嘉堂文庫蔵
大槻文彦旧蔵
（『諳厄利亜語林大成』雄松堂書店）

54　英和和英語彙　えいわわえいごい

【概観】海外で最初に編纂された英和・和英の対訳辞書。

【成立】イギリス人宣教師 W. H. メドハースト（Walter Henry Medhurst, 1796 〜 1857）著（「50　英華字典［メドハースト］」参照）。ロンドン伝道教会の一員として 1822 年バタビアへ移り，布教上の目的からマレー語・中国語・日本語などを研究し，『*訳鍵』『*蘭語訳撰』『*バスタード辞書』『*頭書増補訓蒙図彙』「節用集」などを参考にしながら，さらに『*ドゥーフ・ハルマ（*長崎ハルマ）』のローマ字本を利用し（陳（2022b）），後続の宣教師のために 1830 年にバタビアで *An English and Japanese, and Japanese and English Vocabulary.*『英和和英語彙』を編纂し，石版印刷で刊行した。1843 年以後は上海において活躍し，中国プロテスタント伝道の中心的存在となり，とくに中国語訳聖書改訂の事業に精力的に活動した。

【内容】献辞・導言・目次に続き，英和の部 156 頁，和英の部 188 頁からなる。英和の部は見出し語を意味によって 14 の部門に分類し，英語・ローマ字表記の日本語・片仮名（漢字を附す場合も）という順に並べて，約 5,500 語を収録する。他方，和英の部はイロハ順に見出し語を配列し，片仮名（漢字を付す場合もある）・ローマ字表記・英語訳の順に記して。約 7,000 語を収録する。日本語の語彙には四国・九州方言と見られるものもある。

　この辞書は漢学・蘭学に通じたフランス語学者村上英俊によって，1857（安政 4）年に『英語箋前篇』，1863（文久 3）年に『英語箋後篇』として翻刻され，近代日本の，蘭学から英学への転換期において大いに寄与したものである。J. C. ヘボンの『*和英語林集成』における英和・和英の二部立ては明らかに本書に倣ったものであり，訳語にもその影響を反映するところが多い。事実，明治学院大学図書館所蔵の本書にはヘボンのサインと鉛筆での書き込みがある。

【諸本】複製本には『メドハースト 英和・和英語彙』［キリスト教資料刊行会 1970］，Stefan Kaiser: *The Western Rediscovery of the Japanese Language*, vol.1. Curzon Press.1995.『幕末の日本語研究 メドハースト英和・和英語彙 複製と研究・索引』［三省堂 2000］がある。

【図版解説】英和の部に Empire に継いでローマ字読み，カタカナ，そして「帝国」が確認される。同書和英の部でも見出し語の片仮名「テイコク」は横転縦書きで，漢字「帝国」とローマ字表記の Te-i kokf と英語訳の An empire が横組みとなっている。訳語としての成立が早い例として「帝国」が挙げられる。

3

A fog	Ka-zoo-mi	夜夜川	
Moisture	Sits' ki	小ス サ	濕氣
Wind	Ka-ze	夕セ	
A whirlwind	Tsoo-moo-zi ka-ze	ツ以川 セ	
A Breeze	A-ra-ki ka-ze	ア小サ セ	
A Gale	Ha-ya-te	ナ +	
A calm	Na-gi	リ	
Fire	Fi		
Flame	Ho-no-woo	ホ ヽ ハ	
A spark	Fi ha-na	リ くナ	
Smoke	Ke-foo-ri	ケ ハニ	

2. TERRESTRIAL OBJECTS.
Land.

World	Se ka-i	リ ア ヽ	世界
Earth	Tsoo-tsi, Tsi	ツ小 ○ サ	地
Earth-quake	Dsi sin, Nai	サ 小小○ナ	地震
Empire	Te-i kokf'	小ヽ ハハ	帝国
Nation	Kfoo-ni	ハ川	
Territory	L'ya-oo tsi	ニ ヽ 小	属地
District	Ko-ho-ri	ハ ヽ サ	
City	Si-tsi-oo	ソハ○サニ	
Village	Moo-ra, Sa-to	ア サ	
Street	Ma-tsi	ヽ サ	
Dry land	Rikf' tsi	ニ ハ サ	陸地
Continent	Dsi tsoods'ki no kfoe-ni	ホ小ニサヘ ヽ川	
Island	Si-ma	小ハ	
Promontory	Te-sa-gi	ハ キ サ	
A cape	Sa-gi, Misa-gi	キサ○小サ	
A wilderness	A-re-tsi	ア 上サ	
A field	No	ヽ	
A plain	No ha-ra	ヽ くハ	
A meadow	A-wo no	ハ ア ヽ	

An English and Japanese, and Japanese and English Vocabulary
国立国会図書館デジタルコレクション

55　英和対訳袖珍辞書　えいわたいやくしゅうちんじしょ

【概観】英和辞書。英語書名は *A Pocket Dictionary of the English and Japanese Language.*（扉は 'Languages' ではない）。H. ピカールによる *A New Pocket Dictionary of the English-Dutch and Dutch-English Languages.* 初版（1843）と再版（1857）の英蘭辞書の部を主として利用する。英和辞書としては 1814（文化 11）年刊の『＊諳厄利亜語林大成』が最も早いが，本格的なものとしては本書が最初。書名の「袖珍」は 'pocket' に由来する。200 部が刊行された。

【成立】堀達之助（1823 ～ 1894）著。序文には，協力者として西周助（周）・千村五郎・竹原勇四郎・箕作貞一郎（麟祥）の名が載る。洋書調所から 1862（文久 2）年刊行。1863 年に開成所と改称されたため「開成所辞書」とも称せられる。

【内容】収録語数は約 35,000 語。本文は 953 頁からなる。依拠したのが英蘭辞書であるため，編集に際して蘭和辞書の果たした役割は大きく，『＊和蘭字彙』などが多くの訳語の供給元となっている（森岡健二による）。たとえば，『英和対訳袖珍辞書』に Hammock「釣寝床 舟中ニ用ユル」とあるが，『＊和蘭字彙』には Hangmat「舟中ニ用ユル釣寝床」とある（杉本つとむによる）。また，W. H. メドハーストによる『＊英華字典』も利用している。見出し語を数例挙げると，Kangaroo「獣ノ名」（1866 年版で「袋鼠」が追記），Ketchup「カケ汁」，Kitchen「煮焼處．世帯」など，現在カタカナ語として普通に用いられているようなことばに対する訳語が数多く見出せる。ほかにも，Comedy「好笑ノ戯劇（シバイ）」，Industry「勉強．産業」，Library「書物ヲ集メ置ク所」，News「新説．新聞紙」というような，訳語とのかかわりが見られる。

【諸本】複製［秀山社 1973］［早稲田大学出版部 1981］がある。当時の需要を補うため，1866（慶応 2）年に堀越亀之助によって『改正増補英和対訳袖珍辞書』が 1,000 部刊行され（柳河春三と田中芳男等が協力），1867 年にすべて木版刷りのものも刊行された（1869 にも）。1869（明治 2）年には，1866 年版を踏襲した『改正増補和訳英辞書』（俗称『薩摩辞書』）が，薩摩の学生によって上海の美華書院で印刷・刊行され，1871 年には『大正増補和訳英辞林』が作られた。開拓使仮学校による『英和対訳辞書』（1872）などもある。

【図版解説】見出し語などの英語は，オランダから献上された鉛活字と印刷機による。訳語の日本語は縦書きで木版刷りである。左面 6 行目に「牛泥棒」にあたる Abactor に「食用ニナル獣ヲ盗ム人」と見える。訳語には句や和語によるものが多く見え，略語によって品詞などが示されている。

英和対訳袖珍辞書
（『英和対訳袖珍辞書 復刻版』秀山社）

56　和英語林集成　わえいごりんしゅうせい

【概観】和英・英和辞書。アメリカ人宣教医のJ. C. ヘボン（1815～1911）が1859（安政6）年に来日後，日常生活・施療・読書などを通して，また日本語の教師の教示によって幅広く集めた日常語を中心に編集した。多くの文献を参照しているが，序文に記すのは『* 日葡辞書』とW. H. メドハースト編『* 英和和英語彙』である。英語書名はA Japanese and English Dictionary; with an English and Japanese Index. である。初版では「英和」の部分は 'Index' の扱いであった（再版で「英和の部」として確立）。

【成立】1867（慶応3）年の初版（1,200部）と1872（明治5）年の再版（3,000部）は上海の美華書院で印刷され，横浜で出版された。1886（明治19）年の第3版では版権が丸善商社に譲渡された。各版の協力者はそれぞれ岸田吟香，奥野昌綱，高橋五郎（『* 和漢雅俗いろは辞典』などを編む）である。

【内容】日本語を理解するための和英辞書という性格が強く，各収録語には語義や用例が付され，当時の日本語を知りうる国語辞書としても用いることができる（例，HATSZ-MEI, ハツメイ, 發明, *n.* Intelligent, ingenious, clever; an invention. - *na mono,* an intelligent person. - *szru,* to invent, discover. *Shin -,* a new invention. Syn. KASH'KOI, RIKŌ.）。再版では，政治や社会情勢の大きな変化を背景に，西洋の科学・文学・制度などにかかわる専門用語を含めた見出し語が増補され，第3版では大幅な改訂・増補が行われた。ローマ字綴りは初版，再版，第3版では一部異なる（例，「エ」ye→ye→e〈ただし「Ye へ 方」「Yen エン圓」〉，「ズ・ヅ」dz→dzu→zu）。第3版では羅馬字会によるローマ字綴りを取り入れた（現在のヘボン式はその後修正を加えたもの）。

【諸本】初版（和英20,772語，英和10,030語）［北辰1966］［港の人2000・2001］は上海に加え，ロンドンでも印刷された（「ロンドン版」［雄松堂書店2013]）。また，初版のもととなった手稿［三省堂2013］がある。1872年に再版（和英22,949語，英和14,266語）［東洋文庫1970]，1873年に「縮約ニューヨーク版」と称される縮約版が刊行された。1886年刊行の第3版（和英35,618語，英和15,697語）［講談社1974］以後は，多少の訂正が行われる程度で，第9版（1910）まで版を重ねたようである。ほかに再版の「縮約上海版」（1881）や

第3版の「縮約丸善版」（1887）がある。また，あまりの需要の高さから種々の偽版が出現した。他にも，第3版での協力者でもあるW. N. ホイットニーによって第4版に対応した『平文氏著 語林集成 漢字索引』（1888）が刊行されている。

【図版解説】見出し語は，ローマ字，片仮名，必要に応じて漢字表記や品詞表示があり，日本語も横書きされる。左側4行目の「ABI, -ru, -ta, アビル 浴」は『＊日葡辞書』にならっている。別箇所にSyn. として類義語を示す。

JAPANESE AND ENGLISH DICTIONARY.

ABA

Ā, アア, 嗚呼. An exclamation or sigh expressive of grief, concern, pity, contempt, or admiration.＝Ah! alas! oh! Ā *dō itashimashō*. Ah! what shall I do. Ā *kanashii kana*, alas! how sad. Ā *nasake nai*, oh! how unkind. Syn. SATEMO-SATEMO.

Ā, アア, 彼, *adv.* In that way, so, that. Ā *szru* to do in that way. Ā *shite iru to h'to ni togamerareru*, if you do so you will be blamed.

ABAI,-*au*,-*atta*, アハフ, *t.v.* To shield or screen from danger, to protect or defend. Syn. KABAU.

ABAKE,-*ru*,-*ta*, アハケル, 發, *i. v.* To break open of itself. fig. divulged, made public.

ABAKI,-*ku*,-*ita*, アハク, 發, *t. v.* To break or dig open that which confines or covers something else. fig. to expose or divulge a secret. *Tzka wo abaku*, to dig open a grave. *Hara wo —*, to cut open the belly. *Kōdzi ga dote wo abaita*, the inundation has broken open the dike. *Inji wo —*, to divulge a secret. Syn. HIRAKU.

ABARA, アハラ, 肋, *n.* The side of the chest.

ABARA-BONE, アハラボチ, 肋骨, *n.* A rib.

ABARA-YA, アハラヤ, 敗宅, *n.* A dilapidated house.

ABARE,-*ru*,-*ta*, アハレル, 暴亂, *i.v.* To act in a wild, violent, turbulent or destructive manner; to be mischievous, riotous. *Sake ni yotte abareru*, to be drunk and violent. Syn. RAMBŌ SZRU.

ABARE-MONO, アハレモノ, *n.* A riotous mischievous fellow.

ABARI, アハリ, 網針, *n.* A bamboo needle used for making nets.

ABATA, アハタ, 痘瑰, *n.* Pock-marks. Syn. JANKO, MITCHA.

ABU

ABATA-DZRA, アハタヅラ, 麻臉, *n.* Pock-marked face.

ABAYO, アハヨ, *interj.* Good bye (used only to children.)

ABEKOBE-NI, アベコベニ, *adv.* In a contrary or reversed manner, inside out, upside down. *Hashi wo — motsz*, to hold the chopsticks upside down, *Kimono wo — kiru*, to wear the coat inside out. Syn. ACHI-KOCHI, SAKA-SAMA.

ABI,-*ru*,-*ta*, アビル, 浴, *t. v.* To bathe by pouring water over one's self. *midz wo —*, to bathe with cold water. *Yu abi wo szru*, to bathe with warm water.

ABI-JIGOKU, アビヂゴク, 阿鼻地獄, *n.* The lowest of the eight hells of the Buddhists.

ABIKO, アビコ, 石龍, *n.* A kind of lizard.

ABISE,-*ru*-*ta*, アビセル, 澆, *t. v.* To pour water over or bathe another. *H'to ni midz wo abiseru*, to pour water over a person.

ABU, アブ, 蛇, *n.* A horse-fly.

ABUKU, アブク, 泡, *n.* Bubbles, froth, foam, coll. for *Awa*.

ABUMI, アブミ, 鐙, *n.* A stirrup. — *wo fumbaru*, to stand on the stirrups, (in the manner of the Japanese.)

ABUMI-SHI, アブミシ, 鐙工, *n.* A stirrup-maker.

ABUNAGARI,-*ru*-*ta*, アブナガル, *i.v.* Timid, fearful, apprehensive of danger. Syn. AYABUMU.

ABUNAI,-*KI*,-*SHI*, アブナイ, 浮雲. *a.* Dangerous. *Abunai*, take care. *Abunai koto*, a dangerous thing. Syn. AYAUI, KEN-NON.

ABUNAKU, or ABUNŌ, アブナク, 浮雲, *adv. idem. Abunaku nai*, no danger.

ABUNASA, アブナサ, 浮雲, *n.* The dangerousness.

和英語林集成 初版（ロンドン版）　明治学院大学図書館蔵

57 *An English-Japanese Dictionary of the Spoken Language*

【概観】英語母語話者による英和辞書。日本語はローマ字表記される。

【成立】イギリスの外交官 E. M. サトウ（1843 ～ 1929）と石橋政方（1840 ～ 1916）の共編で 1876 年に刊行された。サトウはイギリス公使館の通訳生として 1862 年に来日し，S. R. ブラウンから日本語の教授を受ける。*KUAIWA HEN*（1873）を著す。また，石橋は『英語箋』（1861）を編み，横浜英学所で S. R. ブラウンとともに英語を教えていた（後に外務省官吏となる）。

【内容】英単語の意味の異なりによる定義には先行するウェブスターの英語辞書を用いている。また，J. C. ヘボンによる『* 和英語林集成』を見出し語の選定に使用している。タイトルに 'Spoken Language' とあるように，口語／俗語について配慮している（『英話口語辞典』とも）。

W. G. アストンは，和英辞書は『* 和英語林集成』，英和辞書は『英和口語辞典』と評価している（The Japan Weekly Mail，1876 年 6 月 24 日号）。

初版が 1876 年，再版が 1879 年（以上，Trübner & Co.），第 3 版が 1904 年（Kelly & Walsh Ld.），そして第 4 版（Sanseidō）が 1919 年と続く。

再版改訂時には，動植物や医学に関わる語彙をはじめ増補している。25 年後の第 3 版では大規模な増補訂正が行われる（漢字表記を用いる）。斎藤秀三郎の『* 熟語本位 英和中辞典』（1915）への利用が知られるところでもある。第 4 版は絶版ながら増加する海外での日本の事物や日本語への関心にこたえるため，photographic reproduction によるリプリント版（1936）と，American Edition（1942）が存在する（村山（2015））。

【諸本】複製本として，初版と再版は *An English-Japanese Dictionary of the Spoken Language*［勉誠社 1970］（松村明によるあとがき），第 3 版は『英和口語辞典（第 3 版）』［名著普及会 1985］（森岡健二・出来成訓・武内博による解説）があり，また初版と再版は『近代日本英学資料』6, 7［ゆまに書房 1995］とがある。

【図版解説】GOOD には「江戸の人々は「よい」を「いい」と転訛する」とある。一例ではあるが，'FOUR' には '［see Aston's Grammar of the Spoken Language，§25, 26］' と，アストンの文法書を参照させる。

Goddess　　　　　(137)　　　　　**Grab**

Christians by some foreign scholars. Arai Hakuseki and other Japanese writers use *Deus.*]

GODDESS, n. *onna-gami.*

GODLESS, adj. *fushinjin* (c) *na.*

GODLIKE, adj. *kami no yô* (c) *na.*

GODLINESS, n. *shinjin* (c).

GO-DOWN, n. *dozô* (c); *kura; wooden* —, *naya,* — rent, *kura-shiki.*

GOLD, n. *kin* (c); *kogane;* — beater, *hakuya;* — colour, *kin* (c) *iro;* — beater's skin, *sok-kôshi* (c). [This is not made of gut, but of paper.]

GOLD-DUST, n. *shakin* (c); *kinsha* (c).

GOLDEN, adj. *kin* (c) *no.*

GOLD-FISH, n. *kingio* (c).

GOLD-LEAF, n. *kimpaku* (c).

GOLDSMITH, n. *kazariya.*

GOLD-THREAD. n. *kinshi* (c).

GONG, n. (flat) *dora;* (bowl-shaped) *niuhachi* (c).

GONNORHŒA, n. *rimbiô* (c); female —, *shôkachi* (c).

GOOD, adj. *yoi* (corrupted into *ii* by the Yedo people); *yoroshii;* a — deal, *yohodo; zuibun* (c); a — while, *zuibun* (c) *nagaku; shibaraku;* a — many, *zuibun* (c) *ôi;* — for nothing, *yaku ni tatanŭ;* make — (to indemnify for), *aganau,* 1; it is as — as done, *dekita to omotte yoi.*

GOOD, n. *zen* (c); — and evil, *zen-aku* (c).

GOOD-BYE, interj. *sayô nara; sayô nara go kigen* (c) *yoroshiu.*

GOOD-HUMOURED, adj. *sappari shîta; onjun* (c) *na.*

GOOD-MORNING, interj. *o hayô.*

GOOD-NATURED, adj. *shîtoyaka na.*

GOODNESS, n. (quality) *yoi koto; yoroshii koto.*

GOOD-NIGHT, interj. *sayô nara o yasumi nasai.* [Said by persons

in the same house, or by one going from it to those who remain, but not by those in the house to the person leaving.]

GOODS, n. *nimotsu; shinamono;* (property) *mochi-mono.*

GOOD-TEMPERED, adj. *ki* (c) *no yoi; yasashii.*

GOOSE, n. (tame) *gachô* (c); (wild) *gan* (c).

GOOSE - FLESH, n. *same - hada.* [*Sôke-datsu,* 1, is used for the action of the skin when it assumes the appearance of goose-flesh.]

GORE, n. (triangular piece of cloth) *machi.*

GORE, t.v. *tsuku,* 1.

GORGE, t.v. to — one's self with, *wo) tsume-komu,* 1; *wo) hara-sanza ni taberu,* 2.

GORGEOUS, adj. *rippa* (c) *na; hanayaka na.*

GORMANDIZE, i.v. *taishoku* (c) *suru.*

GORMANDIZER, n. *taishoku* (c).

GOSSIP, i.v. *shaberu,* 1; *uwasa wo iu,* 1.

GOSSIP, n. *shaberi.*

GOUGE, n. *maru-nomi.*

GOUGE, t.v. to — out, *wo) kojiru,* 1.

GOURD, n. *hiôtan* (c); *fukube;* towel —, *hechima.*

GOURMAND, n. *iji* (c) *no kitanai shito.*

GOVERN, t.v. *osameru,* 2; *shihai* (c) *suru; riô* (c) *suru.*

GOVERNMENT, n. (concrete) *seifu* (c); *kôgi* (c); (abstract) *seiji* (c); *osame-kata.*

GOVERNOR, n. (of a city) *chiji* (c); of a *ken* or prefecture, *kenrei* (c). [Under the Shôgunate the governor of a town was called *bugiô* (c); of a territory, *daikan* (c).]

†GOWN, n. *uwagi.*

GRAB, t.v. *hittsŭkamu,* 1; *hitta-kuru,* 1.

An English-Japanese Dictionary of the Spoken Language

58　附音挿図英和字彙　ふおんそうずえいわじい

【概観】英和辞書。

【成立】柴田昌吉・子安峻共編。1873（明治6）年，日就社刊。いわゆるオランダ語系の『＊英和対訳袖珍辞書』（1862）とは違って，イギリス人の J. オウグルビー編のウェブスター系辞書をもとに編集されたため，発音記号と挿絵もそれに依拠することが多い。

【内容】『附音挿図 英和字彙』初版は 1,548 頁の大著で，原語の横書きに対して，訳語と解釈は縦書きになっている。第 2 版以降は全部横書きに直された。初版の英語見出し語の収録数 54,643 語に対して，119,280 語の日本語の訳語が使われている。1882（明治15）年にはこれを改訂した『増補訂正英和字彙』が出され，そこでは 6,909 語の見出し語が増補され，それに伴って訳語も 22,876 語が増加した。その訳語は，明らかにロプシャイトによる『＊英華字典』（1866 〜 1869）の影響を受けており，「偶然，内閣，領事，園芸，反射，同情，黙示」などはこの『＊英華字典』から訳語として取り入れられたことが知られている。その意味で，近代における日中語彙の交流を物語る資料としても利用できる。また，版の推移による訳語の増補は，明治初期の翻訳語の増加期と重なることから，訳語の成立を考察する上で重要な資料となっている。特に，初版では訳語と解説には振り仮名が付けられており，その分析を通して訳語が日本語化していく過程を理解することができる。また，再版ではそれを取り去ったが，第 3 版からはまた復活させたことも，漢語の背景を考えるうえで興味深い。

　明治初期の英和辞典としてもっとも重要な一冊であり，明治中期にかけて改定増補をしたことによって，訳語の増補や変更を知る上で格好の資料となっている。また，英和辞典としても後世に大きな影響を及ぼした点から見ても近代日本語の成立を跡付けるものとして重要視される。

【諸本】『附音挿図 英和字彙』（初版 1873），再版の『増補訂正英和字彙』（1882），第 3 版（1887）がある。後に，いわゆる「英和字彙系」の真似本が数多く出ている。複製本には『附音挿図 英和字彙』［国書刊行会 1975］がある。書名が紛らわしいものに，島田豊『附音挿図 和訳英字彙』（大倉屋書店 1888）が

あるが，本書とは別物である

【図版解説】Idea の語釈にある「意，意見，想像」および下位語の訳語「卓見」「愚見」はすべてロプシャイトの『＊英華字典』（1866 ～ 1869）からの抽出である。同じ段の上にある「Iconography 偶像論」も同じ。

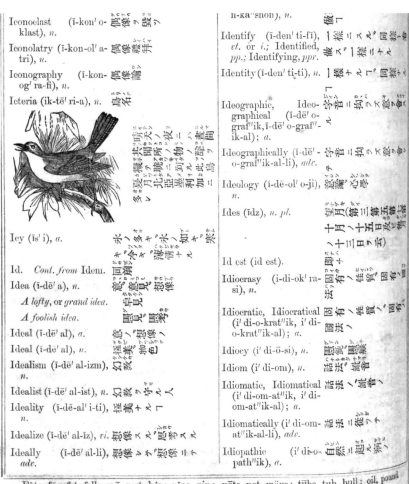

附音挿図英和字彙

59　和英大辞典　わえいだいじてん

【概観】日本語をアルファベット順に配列した和英辞書。英語書名は *An Unabridged Japanese-English Dictionary with Copious Illustrations* である。

【成立】1896 年に三省堂から刊行され版を重ねた。F. ブリンクリー（1841 ～ 1912）・南條文雄（1849 ～ 1927）・岩崎行親（1855 ～ 1928）の共編。ブリンクリーは，アイルランド出身で，イギリスの砲兵中尉として来日。海軍砲術学校，そして工部大学校の教師となり，英字新聞 The Japan Weekly Mail を発行する The Japan Mail 社を買収し主筆となる。南條文雄はオックスフォード大学でサンスクリット語学を修め，近代仏教学の礎を築いた。また，岩崎行親は第 7 高等学校造士館の初代館長で農学士であった。

【内容】英語の序文には，J. C. ヘボン，E. M. サトウと石橋政方，J. H. ガビンズのそれぞれの著作を挙げ当時の状況に触れる（ヘボンのものは先駆的ながら遠い昔のものと評する）。また，英和辞書の続編も希求している。日本語の序文に「英語ヲ学ブ者及外國人ノ日本語ヲ研究スル者ノ便ニ供スルヲ主トス」とあり，日本語への関心にも意識が払われる。挿絵（例，「編み笠」，「御所車」，「注連飾り」，「六歌仙」など）からも確認できる。動植物の語彙の担当への謝辞ととともに，藤沢利喜太郎の名と「数学辞書」とあり，数学のソースは『数学ニ用ヰル辞ノ英和対訳字書』（1889・1891（訂正増補第 2 版））と考えられる。また，日本語の概説をまとめた Introduction が載る。そして，専門分野の語彙を 87 種の略号で示す。

　『* 和英語林集成』3 版（1886）の 10 年後に新たな本格的和英辞書が著された（ただし，『* 和英語林集成』は初版（1867）から第 9 版（1910）まで版を重ねる）。日本人による和英辞書（井上十吉『新訳 和英辞典』（1909）など）の登場までをつないだものとも言える。

【諸本】1963 年にアメリカでリプリント版が出版されている。見出し語をはじめ日本語をヘボン式に基づくローマ字で記し，アルファベット順で利用しやすく，また日本を知るための辞書として着目されたと考えられる。

【図版解説】用例はローマ字に加え，漢字，平仮名を用いている。語義，用例など『* 和英語林集成』第 3 版に類するものも散見するが，語義を❶❷

❸・・で示し，その後にそれぞれの用例を 1 ヶ所にまとめている。また，挿絵が載り，略号は［　］で示される。

KAM　　　　560　　　　KAM

use of sickles, *i.e.* prohibiting to cut wood or grass in a certain forest or hill.

Kamadomushi, かまどむし, 竈馬, *n.* [*Entom.*] A cricket.
Syn. KŌROGI.

Kamado-no-kami, かまどのかみ, 竈神, *n.* The god of the kitchen.

Kamadowaku, かまどわく, 竈框, *n.* The frame of a kitchen furnace.

Kamae, かまへ, 構, *n.* ❶ The external arrangement or appearance of a building. ❷ Preparation; getting ready. ❸ Posture; attitude; position. ❹ An enclosure.
Ie no kamae ga yoi, 家ノ構ガ好イ, the external appearance of this house is fine; *Migamae wo suru,* 身構ナスル, to put one's self in a defensive posture; to prepare one's self for; *Shiro no kamae,* 城ノ構, the construction of a castle.
Syn. KEKKŌ, SHIKAKE, TSUKURI, YŌI.

Kamaeru, かまへる, 構, *v.t.* ❶ To build, construct, or frame. ❷ To enclose, or encircle with a wall. ❸ To get ready for; to be prepared. ❹ To possess, to own. ❺ To assume a position, posture, or attitude. ❻ To turn out or expel (as from a house). ❼ To plot against; to plan or devise.
Ie wo kamaeru, 家ヲ構ヘル, to own a house; *Juku wo kamaeru,* 塾ヲカマヘル, to expel from a private school; *Saku wo kamaeru,* 柵ヲ構ヘル, to enclose with breastworks; *Shiro wo kamaeru,* 城ヲ構ヘル, to build a castle; *Shūshi wo kamaeru,* 宗旨ヲ構ヘル, to excommunicate; *Tedate wo kamaeru,* 術ヲ構ヘル, to devise a plan; *Yari wo kowaki ni kamaeru,* 槍ヲ小脇ニ構ヘル, to hold a spear under the arm.
Syn. SONAERU.

Kamaete, かまへて, 構面, *adv.* Intentionally; positively; certainly.
Koto wo kamaete suru, 事ヲ構ヘテスル, to do a thing intentionally.
Syn. WAZATO, KOI WO MOTTE.

Kamai, かまひ, 構, *n.* ❶ Meddling with, interference. ❷ Minding; caring for; being concerned about. ❸ Expelling from the city as a punishment; excommunication.
Kamai tsukenu, 構ヒ付ケヌ, not caring for, not to interfere with; *Sara ni kamai nashi,* 更ニ構ヒ無シ, not to be punished.
Syn. KAKAWARI.

Kamaitachi, かまいたち, 鎌鼬, 鬼弾, *n.* An invisible monster believed to go about carrying a sickle and inflicting wounds on people. This superstition is supposed to have arisen from the bleeding and wounds which are sometimes caused by a vacuum suddenly produced in the air by a whirlwind.

Syn. KAMAKAZE.

Kamairi, かまいり, 釜煎, *n.* Boiling a person alive in a kettle (a way of punishing criminals in the mediæval ages).
Syn. KAMAUDE, KAMAYUDE.

Kamakaze, かまかぜ, 鎌風, *n.* Same as *Kamaitachi.*

Kamakeru, かまける, *v.i.* To be addicted to; to be wholly occupied with; to devote one's self to; to be taken up with; to be absorbed in.
Asobi ni kamakeru, 遊ニカマケル, to devote one's self entirely to pleasures; *Kodomo ni kamakeru,* 子供ニカマケル, to be taken up with the cares of children; *Temae ni kamakete gobusata itashimashita,* 手前ニカマケテ御無沙汰致マシタ, [*coll.*] I have been absorbed with my private affairs, and have not called upon you for a long time.

Kamakiri, かまきり, 蟷螂, *n.* [*Entom.*] A Mantis.
Syn. IBOJIRIMUSHI, TŌRŌ.

Kamakiri-modoki, かまきりもどき, *n.* [*Entom.*] *Mantispa* sp.

Kamakubi, かまくび, 鎌首, *n.* [*lit.*] Sickle-necked; a goose neck.
Hebi ga kamakubi wo tatete oikakeru, 蛇ガ鎌首ヲ立テ追ヒカケル, the snake pursues with its head curved upward.

Kamakura-bori, かまくらぼり, 鎌倉彫, *n.* A style of carving furniture or utensils prevailing in the time of the Kamakura Shōgunate. The furniture or utensils thus carved were mostly lacquered with red or brown designs in relief on a black ground.

Kamakura-ebi, かまくらえび, *n.* [*Zoöl.*] Spiny lobster.
Syn. ISE-EBI.

Kamareru, かまれる, 被噬, *v.i. and i.* [*pass or potent. of Kamu.*] To be bitten or gnawed; can bite or masticate.
Mamushi ni kamarete itami ga hidoi, 蝮ニ噬レテ痛ガヒドイ, to feel a severe pain by being bitten by a poisonous snake.

Kamasagi, かまさぎ, *n.* [*Ornith.*] Ibis.
Syn. KUROTOKI.

Kamaseru, かませる, 令噬, *v.t.* [*caus. of Kamu.*] To cause to bite; to put into the mouth of.
Uma ni kutsuwa wo kamaseru, 馬ニ轡ヲ噬マセル, to put a bit in a horse's mouth.

Kamashiki, かましき, 釜敷, *n.* A seat or stand for a kettle, pot, etc.

Kamasu, かます, 叺, 蓆囊, *n.* A straw or rush bag for packing grains, fish, etc.

和英大辞典 第 9 版（1903）
三省堂

60　詳解英和辞典　しょうかいえいわじてん

【概観】英和辞書。扉には A NEW ENGLISH-JAPANESE DICTIONARY とある。約縦 15.2cm ×横 7.3cm の縦長の判型である。

【成立】1912 年に実弟の営む賞文館から刊行されるが，販売不振により再版は博育堂からとなる。編者の入江祝衛（1866 ～ 1929）は，『和独辞典』（1902），山口造酒との共編『註解和英辞典』（1907），A. W. メドレーとの共編『袖珍和英辞典』（1913），『モダーン和英辞典』（1925）などを編む。また，新渡戸稲造・高楠順次郎による『新式 日英辞典』（1905）も手掛けている。

【内容】本文 1,427 頁，巻末に付録（前置詞用法，略語解，外国地名人名要覧など）が 255 頁続く。発音表記は当時主流のウェブスター式である。

　緒言には「本辞書は，英語学修者の為めに懇切無二の好伴侶たらしめんことを旨とし，重きを語学本位に置きて編纂せり」とある。百科事典的な内容から，語学的な内容を意識して編纂されているため，語法・文法の解説が豊富である。N. ウェブスターの英語辞書に加え，W. D. ホイットニー編 *The Century Dictionary*（1889 ～ 1891）を参考にしている。充実した語学的な内容は後の時代に引き継がれていくこととなる。

　また，「毎語用例のある限りは之れを示し，又特に須要を認めたる語には，往往細註を加へ」とあるように，用例が積極的に付され，「【註】」とする註記によって文法事項や使い分けが記されている。「起稿，浄書，校正等の一切を挙つて，編者単独に之に任じたる」とあり，6 年半の時間を要したとされる。

　後年の評価は高いながらも，1 年先んじて三省堂から刊行された神田乃武をはじめ 11 名の専門家が名前を連ねる百科事典的な『模範英和辞典』（1911）は，挿絵が充実し，読みやすい内容であったため，売れ行きは必ずしも良くはなかった。

【諸本】複製本として，『詳解英和辞典』［名著普及会 1985］（永嶋大典による解説）がある。緒言にまた，『模範英和辞典』との比較によって同時代のそれぞれの特徴が確認できる。

【図版解説】2 段組みで，see の【註】には 'see' と 'look at' の使い分けについて

説明を加えている。seesaw の図版が載るが，全体にわたり挿絵は少ない。また，漢字と片仮名で記されているが，外国の地名・人名などはひらがなにはせず，片仮名，英語，漢字表記が用いられている。

詳解英和辞典
（『詳解英和辞典』　名著普及会）

61 熟語本位英和中辞典　じゅくごほんいえいわちゅうじてん

【概観】英和辞書。扉には SAITO'S IDIOMOLOGICAL ENGLISH-JAPANESE DICTIONARY とある。

【成立】1915 年に日英社から刊行。斎藤秀三郎（1866 ～ 1929）は，英語および英語教育の学者で教科書，辞典，文法書の編纂に加え，正則英語学校を創立した。

　「熟語」とは，イディオム，成句，コロケーション，ことわざを指すと考えられる。また，『英和中辞典』とするのは『英和大辞典』の刊行を企図していたためであろう。『実用英文典』（1898 ～ 1899）と『斎藤和英大辞典』（1928）も著名である。本書はそれらの間に位置し，『斎藤和英大辞典』へのソースともなる。これらは多大な影響を後世に与える。

【内容】英和辞書部分は 1,594 頁，収録語数は約 2 万 4 千語。*The Concise Oxford Dictionary of Current English*（1911・以下 COD）を積極的に参照，援引する。E. M. サトウと石橋政方の *An English-Japanese Dictionary of the Spoken Language* 第 3 版（1904）からも用例や訳を借用している。

　編集方針は，英語を日本語に翻訳せずに，対応する日本語の表現をあてる（たとえば，Game に「The outsider sees the best of the game. 岡目八目。」Honour に「I will not compromise my honor. 李下に冠を整さず（に相当）。」とある）。英語の用例は，参照した辞書の用例も含むが文学作品や聖書をはじめ博捜されたものである。発音表記は当時主流のウェブスター式ではなく，片仮名が用いられている。

　同年刊行の井上十吉『井上英和辞典』も COD の影響を強く受け，ウェブスターの百科事典的な事柄から，言語学的な関心へのスライドを示す。

【諸本】1933 年に版権が岩波書店に移り，1936 年と 1952 年に豊田実によって増補が行われた。また，発音表記がカナから IPA に変更している。現代でも『熟語本位 英和中辞典 新版』（2016）として，初版から 100 年後に「古典としての内容はそのままに，漢字・かな遣いを改め，校注とルビを施し」たものが CD-ROM 付きで刊行されている。

【図版解説】語義ごとに用例が付され，俗語的，漢文調などに訳出されても

いる（一例を挙げると，Meet に 'I wish I could meet never to part.' とあり，「逢うて別れが無けりゃ好い。」とある）。挿絵が一切ないことからも百科事典的な内容から脱したものととらえることができよう。

熟語本位英和中辞典　明治学院大学図書館蔵

62　袖珍コンサイス英和辞典・袖珍コンサイス和英辞典

しゅうちんこんさいすえいわじてん・しゅうちんこんさいすわえいじてん

【概観】ポケット版の英和辞書と和英辞書。コンサイスシリーズの先駆け。

【成立】『袖珍コンサイス英和辞典』(1922)，『袖珍コンサイス和英辞典』(1923) ともに三省堂から刊行。『袖珍コンサイス英和辞典』の編者は神田乃武 (1857 〜 1923) と金沢久 (1866 〜 1925) である。また，『袖珍コンサイス和英辞典』は石川林四郎 (1879 〜 1939) による。

　ポケット版の需要は高く，P. A. ナットールの *Routledge's Diamond Dictionary of the English Language* (1861) を範とし，『英和字典』(1872) が生まれ，ポケット版の英和辞書が続々と刊行される。その背景には英語教育の普及や英語ゲームに加え，印刷および製本の技術の向上がある。また，個々の需要にこたえるため，辞書がさまざまに細分化されることとなる。

【内容】『袖珍コンサイス英和辞典』は『袖珍英和辞典』改訂版 (1920) をもとにし，訳語は『模範新英和大辞典』(1919) によっているとされる。

　扉には「万国音標文字附」とあり，ウェブスター式の発音表記から国際音声学会が定めた発音表記 (IPA) となる (初採用は藤岡勝二の『大英和辞典』(1921))。驚異的な販売部数のもとに，発音表記を推し進める結果ともなった。巻末には 'Christian Names of Man and Woman' が収められている。

　『袖珍コンサイス和英辞典』の日本語の見出し語はローマ字で記される。また，漢和辞書のごとく前接する形態素などを軸とし (例，「kai - 海—」に「海抜，海鳥，海岸」など)，凡例に「他面に於ては徹底的に紙面節約の一事を断行したり」とある。*bîyahōru* (ビヤホール) や *betchin* (ベッチン) も載せ，巻末に「常用外来語略表」がある。

　なお，王子製紙によって開発された薄くて不透明で滑らかなインディアペーパーが用いられ (1923 年 5 月以降)，薄さにも貢献している。

【諸本】複製本として，『袖珍コンサイス英和辞典』と『袖珍コンサイス和英辞典』の復刻版 (2001) がある。

【図版解説】左面では，見出し語の後に，IPA，品詞表示が載る。fiscal には

「大蔵大臣，財務尚書；検事［すこつとらんどニテ］；検事長［いすぱにあ及
ぽるとがるノ］.」と［　］で注記し，外来語は平仮名で記す。右面の tatami
には，用例に「畳の上の水練　*swimming on one's table.*」が載る。

袖珍コンサイス英和辞典　　　　　　　　袖珍コンサイス和英辞典

三省堂

63 三語便覧 さんごべんらん

【概観】「三語」とはフランス語，英語，オランダ語で，日本語に対応するそれぞれのことばを示した3巻3冊からなる意義分類によって配列された単語集である。日本語を軸とした多言語対訳辞書とも言えよう。

【成立】1854年，村上英俊（1811～1890）の最初の刊行物として著される。まさに蘭学から英学・仏学へシフトする時期のものである。

　村上英俊は，宇田川榕庵のもとで蘭学を修めたと伝えらえる。その後，1841年に松代に移り町医者となる。そこで，佐久間象山に出会い，勧めからフランス語の研究を1848年に開始する。1850年には松代藩医となる。

　編纂の目的は，凡例によると，フランス語，英語，オランダ語を読解するために欠かすことのできないことばを暗記するためのものとする。

【内容】見出し語は3,374語からなり，「天地」からはじまる29の部からなる。見出し語の約80%以上がオランダで刊行された仏蘭対訳の意義分類体による単語・会話集によっている。また，15%弱はバタビアでW. H. メドハーストによって著された『* 英和和英語彙』（1830）からのものである。なお，3ヵ国語を対照させるために，英蘭・蘭英辞書や仏蘭・蘭仏辞書を用いるなどして進めている箇所がある。

　また，日本語に関しては，蘭日辞書『* ドゥーフ・ハルマ（* 長崎ハルマ)』（1833）と，漢字表記辞書『* 雑字類編』（1786）を用いている。近世中国語の漢字表記を多分に含み，当時の他の対訳辞書と同様の意識に基づくものであろう。

　オランダ語を軸としていることからも，その蓄積が果たした役割はきわめて大きいことがさまざまな点から確認できる。

【諸本】複製本として，『復刻版 三語便覧』［カルチャー出版社1976］（富田仁・西堀昭による解説）がある。また，『初版本影印・索引・解説 三語便覧』［港の人2009］（櫻井豪人編著）には詳細な解説が載る。

　1872年ごろには，オランダ語をドイツ語に入れ替えた『三語便覧』が刊行される。オランダ語，フランス語，英語に遅れてのドイツ語の隆盛に即したものと言えよう。

【図版解説】後印本（1856）では改訂がなされ，「自然」の surly（シユレレイ）が nature（ナテユレ）となる。さらに明治期のものでは，発音の不正確さにより，片仮名による読み方を削除している。

三語便覧初巻　松代　茂亭村上義茂著			
	佛蘭西語	英傑列語	和蘭語
天文			
天地既成	chaos	chaos	mengelklomp
物	matière	stuff	stoffe
自然	nature	nature	natuur
全世界	univers	universe	heelal
世界	monde	world	wereld
天	ciel	heaven	hemel
恒星天	ciel stellé	starheaven	sterrenhemel
大空	firmament	firmament	uitspansel
星辰	astre	star	gesternte
星	étoile	star	ster
彗星	comète	comet	staartster
極星	étoile polaire	polar star	poolster
明星	étoile du soir	evening star	avondstar
常宿星	étoile fixe	fixed star	vaste star

三語便覧　国立国語研究所蔵

64 和魯通言比考 わろつうげんひこう

【概観】和露辞書。ロシア語書名は ЯПОНСКО-РУССКІЙ СЛОВАРЬ である。
【成立】1857 年にサンクトペテルブルグのロシア外務省アジア局で刊行される。ロシア人の J. A. ゴシケヴィッチ（1814 ～ 1875）によるが，橘斎（1820 ～ 1885）の協力のもとに著される。ゴシケヴィッチは 1853 年に遣日ロシア使節プチャーチンの中国語通訳官として長崎に来航し，再訪の 1854 年に下田で津波に遭遇し船が大破してしまう。新艦の建造のため戸田に移り，日本語学習の機会とする。その地で浪人の橘耕斎に出会い，日本語を教わり，また密出国を手助けする。1855 年の出港後，クリミア戦争の余波で，北樺太沖でイギリス軍艦に捕らえられて，9 か月間の捕虜生活の中で橘耕斎とともに執筆を行っている。
【内容】約 18,000 語を収録。イロハ順（第 2 音節以下も）で日本語（片仮名と漢字）を配列し，対応するロシア語を示す。W. H. メドハーストによって著された『＊英和和英語彙』（1830）を模している。巻末には 865 の漢字（字訓をイロハ順で配列）が草書・行書・楷書で記された常用漢字表を収載する。

　序文は「日本語の概説」，「西洋人の日本語研究略史」，「辞書編纂の経緯」からなる。参照資料は序文によると，『羅葡日対訳辞書』（1595），I. ロドリゲスと D. コリャードの文典，メドハーストによって著された語彙集（『＊英和和英語彙』（1830））（その底本を『＊蘭語訳撰』（1810）とすると考えられる指摘が載る）を挙げる。

　日本語のソースと漢字表記については，日本の友人から受け取った書物の中に 5 冊の小型辞書があったとのことで，中でも底本となったのは瓜生政和編『真草両点数引節用集』（1854）であることが明らかになっている。

　また，P. F. V. von. シーボルト『日本動物誌』（1833 ～ 1850），『日本植物誌』（1835 ～ 1870）から 500 余りの動植物名を採用した（中村（1986），岩井（1988））。
【諸本】複製本［天理大学出版部 1974］（河合忠信による解説）がある。なお，ロシア語書名が РУССКІЙ-ЯПОНСКО と逆になるものがあるが内容は同一で異同がない。
【図版解説】欧文は活版印刷の後，片仮名と漢字を書き込んだ上で石版印刷

されている。片仮名は縦書きである。

ЯПОНСКО-РУССКІЙ СЛОВАРЬ.

イ　伊　い

意　мысль, мнѣніе яп □・□

威　важность, достоинство. ⌐⌐

ᒣᒧᒑважничать.

夷　варваръ, иностранецъ ⌐⌐⌐

井　колодезь ⌐⌐・⌐⌐

亥　циклическій знакъ ⌐⌐

位　особа. ⌐⌐⌐

醫　лекарь, см. ⌐⌐⌐

猪　дикая свинья ⌐⌐⌐

易　перемѣна.

射　стрѣльба изъ лука, см. ⌐⌐

⌐⌐⌐⌐⌐⌐ т. п.

違　удаленіе, отвращеніе.

爲　сдѣлаться чѣмъ; для.

伊　онъ, тотъ.

異　отличный, другой.

以　посредствомъ ⌐⌐ употр. въ немногихъ сложныхъ словахъ

⌐ 1) рисовая каша ⌐⌐ 2) Отъ глагола ⌐⌐ говорить. Правильнѣе: ⌐⌐

⌐⌐ 異域 другой. иной городъ.

⌐□ 1) Краска, цвѣтъ. 2) Похоть, сладострастіе: — ⌐⌐⌐ продаваться похоти. 3) видъ, предлогъ — ⌐⌐⌐ подъ видомъ. 4) бѣлый трауръ.

⌐□⌐ различный, всякій.

⌐□⌐ азбука.

⌐□⌐⌐ раскрашивать, расписывать красками.

⌐□⌐ обмазка глиною, или обкладка кирпичемъ внутри очага.

⌐□⌐ цвѣтъ и запахъ цвѣтка, красота, прелесть.

⌐□⌐⌐ линять, мѣнять цвѣтъ.

1

176

65 仏英和辞典 ふつえいわじてん

【概観】*Dictionnaire français-anglais-japonais* とあり，フランス語をアルファベット順に配列し英語と日本語を示す。仏英・仏和辞書と言えよう。

【成立】1866 年パリで刊行。日本に約 12 年間滞在したフランス人宣教師 M. カション（1828 ～ 1889）による。『日仏辞書』（1862 ～ 1868）を編んだ L. パジェスの序文によると，日本語はパジェス，英語は海軍中佐・海軍海図地図保存館部長 A. ル・グラの協力を受ける。参考資料は，W. H. メドハースト，P. F. V. von. シーボルト，J. J. ホフマン，J. A. ゴシケヴィッチの著作，堀達之助『＊英和対訳袖珍辞書』（1862），フランスの著作が加わる。また，『日仏辞書』の残り 2 分冊の刊行を切望している（ル・ルー，ブレンダン（2014））。

【内容】フランス語をアルファベット順に配列。A ～ E の部の第 1 分冊には約 6,500 語（440 頁）を収録。なお，表紙には，1867 年内に第 2 分冊（全体の約 3 分の 2 を収録）の刊行が予定される旨が載るが未完である。

　左側上段にフランス語の見出し語が品詞表示とともに記され，下段に該当する英語が示される。そして，右側の日本語は漢字と片仮名によって縦書きされ，下段にフランス語式のローマ字綴りによる日本語が記される。

　該当する日本語はもっぱら語や句によるが，次のように，Acanthe「山タバコ。」，Alcali「アルカリ。」，Baume「バルサム。」，Baumier「バルサム樹。」，Brom「ブロム。」，Cacao「カヽヲ。」，Cacaoyer「カヽヲ木。」，Calomel「カロメル。」，Camomile「カモミル。」，Canari「カナリヤ。」，Caramel「カラメル。」，Champagne「サンパン酒。」，Chardonneret「カナリヤノ類。」，Danois, e「ダ子マルカ人。」，Espagnol, e「イスパニヤ人。」，Être Suprême「テンメイ。テウス。」，Évêque「エピスコポ。」と，外来語を片仮名表記したものもある。

【諸本】複製本［カルチャー出版社 1977］（富田仁による解説）がある。

【図版解説】Corrupteur, trice に「賄賂スル人。迷ハス人。Wairo sourou nin; mayovasou nin.」，Conspirateur に「一味徒党ノ人。Its'bi totò no nin.」と，「人」を 'nin（jin もあり）' とする。『＊英和対訳袖珍辞書』の漢字表記をローマ字で記す際に生じたものとして興味深い。同書からの援引も散見し，誤りを踏襲している面もある（遠藤（2001））。

CORR　— 242 —　CORR

Se correspondre, v. r. *To correspond, to communicate with one another.*	交ル。合イ叶フ。 Majiwarou; ai canó.
Corridor, s. m. *Corridor, gallery, passage.*	間道。 Aidamitki.
Corriger, v. a. *To correct, to rectify; to repair, to redress.*	改メル。直ス。 Aratamerou, naosou.
— reprendre, punir. *To reprove, to castigate, to reprehend.*	罰スル。 Battsourou.
Se —, v. r. *To correct one's self; to amend, to reform.*	自改正スル。善クナル。 Onore-o aratamerou; yocou narou.
Corrigible, adj. *Corrigible.*	改スベキ。 Aratamerou beki.
Corroborer, v. a. *To corroborate; to strengthen.*	强メル。言イ壯メル。 Tsouyomerou; ï catamerou.
Corroder, v. a. *To corrode, to cat away, to canker.*	漸壞スル。 Sabi dzoucou; chencouai sourou.
Corroi, s. m. *Currying* or *dressing (of leather).*	革ヲ消ス。 Cawa-o tsoucousou.
Corrompre, v. a. *To corrupt, to spoil, to taint.*	腐敗スル。壞フ。汚ス。 Houpai sourou, cousarou; soconò; kegasou.
Se —, v. r. *To grow corrupt, to putrefy.*	損壞スル。 Soconerou.
Corrompu, e, part. *Corrupted, putrid; dissolute, libertine.*	惡キ。 Achiki.
Corrosif, ve, adj. *Corrosive, caustic.*	鏽デ壞ル者。 Sabide iabourou mono.
Corroyer, v. a. *To curry leather.*	皮ヲモム。 Cawa-o momou.
Corroyeur, s. m. *Currier, leather-dresser.*	革ヲ消ス人。 Cawa-o namesou jin.
Corrupteur, trice, adj. *Corruptive, corrupt.*	腐レル。 Cousarerou.
— s. m. et f. *Corrupter misleader; falsifier.*	賄賂スル人。迷ハス人。 Wairo sourou nin; mayovasou nin.

仏英和辞典
(『仏英和辞典』 カルチャー出版社)

66　和独対訳字林　わどくたいやくじりん

【概観】和独辞書。J. C. ヘボンによる『* 和英語林集成』再版（1872）の「和英の部」の英語部分をドイツ語に置き換え，さらにアルファベット順による見出し語の配列をイロハ順に改めている。

【成立】1872 年になると独和辞書の刊行が開花し，和独辞書の先駆けとしては 1877 年に『和独対訳字林』が東京で刊行される。日本語の扉には「律多留富勒曼（リウドルフレーマン）校定」とあり，著述は斎田訥於，那波大吉，國司平六による。足立の日比谷健次郎と三郷の加藤翠渓によって出版された。「律多留富勒曼」とは，R. レーマン（1842 ～ 1914）のことで，ドイツで土木工学を修め，1870 年にドイツ語教師として来日している。京都中学独逸学教官編の『和訳独逸辞書』（1872 ～ 1873）を校訂してもいる。

　勝海舟による賛辞，中村正直による序（漢文）から，当時のドイツ語への関心がうかがわれる。序文には『* 和英語林集成』にならい「独和辞書」も検討していたようである。

【内容】イロハ順のため，I（イ）・RO（ロ）・HA（ハ）・BA（バ）・PA（パ）の順で配列され（第 2 音節以下も），67 の部からなる。また，『* 和英語林集成』初版（1867）と再版では，TOMONI の用例に「わたくしとともに江戸へ行く」とあるが，『和独対訳字林』では「東京」とある（以上，ローマ字表記を漢字と仮名で示す）。収録語数は，再版 22,949 語であるが，24,368 語と増補される。試みに AMA で始まる見出し語数は，再版の 52 語に対して，56 語となり，4 語削除，8 語増補，48 語共通となっている。

　日本語のローマ字綴りも一部異なりが生じる（一例をあげると，ザ dza ジ・ヂ dji　ゼ dze　ゾ dzo）。また，外国人の日本語習得を目指した『* 和英語林集成』を日本人のドイツ語習得のために活用していることには留意したい（坂本（1985），木村・大野（2017））。

【諸本】複製本として，本書に加え『孛和袖珍辞書』『和訳独逸辞典』『独和字典』［三修社 1981］（鈴木重貞による解説）がある。

【図版解説】「DJI-TEN，ジテン，字典」，「DJI-SHO，ジシヨ，字書」，「DJI-BIKI，ジビキ，字引」の見出し語が収録されるが，「JISHO，ジショ，辞書」

は『＊和英語林集成』第 3 版（1886）を待つこととなる（「JIBIKI，ジビキ，字引」は初版，「JITEN，ジテン，字典」は再版から載る）。

| DJIMEN | 221 | DJIHI |

Selbstvernichtung, *f.*, Selbstmord, Selbstruin, *m.* — *suru*, sich selbst vernichten, sich selbst ruiniren. — *wo maneku*, den Selbstruin beschleunigen.

DJI-MEN, ヂ メ ン, 地 面, *s.* die Oberfläche des Bodens; Land, Grundstück, Landgut, *n.*, Grundbesitz, *m.*, Ländereien, *pl. Omaye no* — *wa nani hodo aru*, wie viel Grundbesitz haben Sie? *Hiroi* —, ein groszes Landgut, eine weite Strecke Landes. *Syn.* DJI-SHO, DEN-DJI.

DJIMI, ヂ ミ, 地 味, *a.* einfach, unverstellt, schmucklos, nicht geziert, nicht geschmückt, nicht geputzt, nicht prachtvoll, natürlich, nicht kostbar. — *na kimono*, einfache Kleidung. — *na hito*, ein redlicher, unverstellter, aufrichtiger, einfacher Mensch. — *na moyō*, ein einfaches od. kleines Muster in einem Gewebe *Syn.* SHITSU-BOKU.

DJI-MITSI, ヂ ミ. チ, 地 道, *s.* ein leichter Gang, ein elastischer Schritt; eine ruhige, friedliche, mäszige, od. bescheidene Weise. — *ni aruku*, mit leichten Schritten gehen. — *no saisoku de wa torenu*, durch bescheidenes Mahnen ist es nicht zu bekommen.

DJIMI-DJIMI, ヂ ミ ヂ ミ, *adv.* feucht, nasz, dunstig. — *ase ga deru*, von Schweisz nasz. — *shita tokoro*, ein feuchter Platz. *Kimono ga* — *suru*, die Kleider sind nasz.

DJI-SHO, ヂ シ ョ, 字 書, *s.* Wörterbuch, Lexikon, *n. Shūtsin* —, Taschenwörterbuch, *n.*

DJI-SHO, ヂ シ ョ, 地 處, *s.* eine örtliche Lage; Platz, Ort, *m.*, Land, *n.*, Örtlichkeit, Lokalität, *f.*

DJI-SHŌ, ヂ シ ャ ウ, 地 性, *s.* die Beschaffenheit des Landes od. Bodens, Bodenart, *f.* — *ga yoi*, die Beschaffenheit des Bodens ist gut, es ist guter Boden. — *ga warui*.

DJI-SHOKU, ヂ シ ョ ク, 辭 職, *s.* das Niederlegen des Amtes, das Aufgeben des Dienstes. — *wo kō*, um seine Entlassung einkommen; seinen Abschied nehmen, od. bitten dasz man

sein Amt niederlegen od. seinen Dienst verlassen dürfe.

DJI-SHA, ヂ シ ャ, 侍 者, *s.* der Diener, Begleiter, oder Kammerherr eines Fürsten. *Syn.* OSOBA.

DJI-SHA, ヂ シ ャ, 寺 社, (*tera yashiro.*) *s.* Buddhistische= und Sintoo-Tempel.

DJI-SHAKU, ヂ シ ャ ク, 磁 石, *s.* Magnet, *m.*; Seecompasz, *m.*

DJI-SHI-SEN, ヂ シ セ ン, 地 子 錢, *s.* der Zins od. die Pacht von einem Grundstück, welche an den Grundherrn od. Besitzer bezahlt wird; Grundzins, *m.*, Grundrente, *f.*

DJI-SHIN, ヂ シ ン, 地 震, *s.* Erdbeben, *n.* — *ga yuru*, od. *iru*, es ist ein Erdbeben. *Syn.* NAI.

DJI-SHIN, ヂ シ ン, 自 身, *pro.* selbst, sich selbst. — *de koshirayeru*, selbst machen. — *wo homeru*, sich selbst loben. *Syn.* DJI-BUN, MIDZUKARA.

DJI-SHIM-BAN, ヂ シ ン バ ン, 自 身 番, *s.* die Wache, welche von den Bürgern der Stadt gestellt wurde.

DJISSHI, ヂ ッ シ, 實 子, *s.* das leibliche oder rechte Kind, eigene Kind, — nicht ein adoptirtes.

DJISSHI-ISSHŌ, ヂ ッ シ イ ッ シ ャ ウ, 十 死 一 生, *s.* zehnfacher Tod, grosze Lebensgefahr; Tollkühnheit, *f.*; gefährlich, waghalsig, tollkühn. — *no tatakai wo nasu*, sich mit blinder Wuth in den Kampf stürzen. *Syn.* KIŪ-SHI-ISSHŌ.

DJISSHŌ, ヂ ッ シ ャ ウ, 實 正, *a.* tüchtig von Gesinnung, rechtschaffen, von klarem Verstand, treu, redlich, auf Treu und Glauben, in ehrlicher Absicht, von starkem Herzen. *Shinutoki* — *de atta*, in der Todesstunde war er bei klarem Bewusztsein. *Kin-su shakuyō tsukamatsuri soro tokoro* — *nari*, ich habe das Geld in ehrlicher Absicht geliehen.

DJI-HI, ヂ ヒ, 慈 悲, *s.* die elterliche Liebe, Gnade, Barmherzigkeit, Gunst, Güte, *f.*, Mitleid, Erbarmen, Wohlwollen, *n.* — *wo hodokosu*,

和独対訳字林
（『和独対訳字林』　三修社）

第3節　漢語辞書・漢和辞書

明治期漢語辞書の流れ　日本語の語彙史の展開において，前代と画する「近代」を規定する現象が「漢語の大流行」であったとするならば，辞書史においては，これと並行的に「漢語辞書の出現」を措定し得る。幕末から明治以降，文明開化の波に乗って，欧米の文物や知識が大量に移入されるようになったが，これに伴い，漢語が急激に増加する。翻訳書や新聞・布令に用いられるこれらの難字，難語の読解に供すべく漢語辞書は編纂された。それは，当初，特定の文献を読解するための注釈書的なものであったが，その後，さまざまな文献の読解に役立つ，より汎用性の高い辞書へと発達した。松井利彦「明治期漢語辞書の諸相」（『明治期漢語辞書大系別巻三』大空社 1997）は，前者を「順次掲出辞書」と呼び，後者を「組織配列辞書」と呼称するが，本格的な漢語辞書は後者の出現を待つことになる。順次掲出型辞書の最も早いものは，1866（慶応 2）年刊行の『* 砲術訳名字類』であり，これが近代漢語辞書の始まりである。最初の新聞用語辞典である『内外新報字類』（1868）もこれに属し，『内外新報』の難字難語を収録するが，いずれも 200 語に満たない小規模なものである。

　組織配列辞書は，その組織，配列にさまざまなヴァリエーションのものが認められる。大月清可の『訳書字類』（1867）は単字本位で頭字の総画数順に配列されており，荻田嘯編『* 新令字解』（1868）は見出し語の第 1 音節をイロハ順に並べる。さらに，黙山四方『* 日誌必用御布令字引』（1868）は部首順，伊藤正就『令典熟語解』（1869）は頭字と尾字に基づき収録されており，また，林三益『漢語新字引』（1876）は五十音順に配列し，梅岳山人『漢語便覧』（1870）は意義分類の漢語辞書である。このように収録語が増加し，庄原謙吉『* 漢語字類』（1869）や『漢語便覧』の如き 4,000 語を超える規模の辞書も編纂されるに及び，いかに大量の漢語を組織し配列するかの模索が続く。さらに 1874（明治 7）年には湯浅忠良『広益熟字典画引部』や岩崎茂実『新撰字解』のような 10,000 語を超える規模の辞書が出現し，漢語辞書の出現から僅か 10 年足らずで急成長を遂げるのである。当初は翻訳兵学書の読解を目的として編集され，次に新聞を読むために，さらに建白書・

布令に及び，近代になって新たに出現する出版物を追うように収録対象を拡大しつつ編纂されてゆく。

　このような近代漢語辞書の流れの中で後続辞書に特に大きな影響を与えたのが『＊漢語字類』である。この影響を直接受けたと見られる辞書には，『校正増補漢語字類』『布令必用新撰字引』『新撰字類』『漢語便覧』『大全漢語解』『布令字弁（第 2 〜 4 編）』『漢語都々逸（第 2 〜 5 編）』『漢語図解（第 1 〜 3 編）』『漢語註解』『掌中早字引集』等があり，『新撰字類』はさらに『増補新撰字類』『布令字弁（6 編）』に，『漢語便覧』は『漢語類苑大成』に，『大全漢語解』は『大増補漢語解大全』に継承される。

　これとは別に『＊新令字解』の系統がある。『太政官日誌』に使用されている漢語を多数収録した本書は，上記『＊漢語字類』の掲出語を増補して東条永胤編『増補新令字解』（1870　荻田嘯の増補改訂版とは別）を生み出す。この『＊新令字解』の 1 面 12 行，2 段という横長本の形態は，『布令字弁（第 1 〜 7 編）』『令典熟語解』などにも見られるが，『増補新令字解』が編集された 1870（明治 3）年以降の辞書は『＊新令字解』ではなく，直接には『増補新令字解』の影響を受けたものである。また，内容面でも『＊新令字解』よりはむしろ『増補新令字解』の影響を受けた辞書の方が多く，後続辞書への影響を論ずる上では両者を分けて考えるべきである。なお，『＊新令字解』の影響を直接，全面的に受け継がれた辞書としては，『＊日誌必用御布令字引』『内外新聞ога図引』『令典熟語解』『日誌字解』があり，また『掌中早字引集』及び『漢語都々逸（第 1 〜 2 編）』『漢語図解（第 1 編）』の成立にも関わるとされる。

　『＊新令字解』や『＊漢語字類』の発展型のやや特殊なタイプのものとして，これらの掲載語を絵入りの啓蒙辞書に改編した，山々亭有人編『＊童蒙必読漢語図解（第 1 〜 3 編）』（1870）もある。

　近代漢語辞書はその後も増補改訂を重ね，1901（明治 34）年には約 40,000 語を掲載する山田美妙『＊漢語故諺熟語大辞林』の刊行に至る。この辞典はその収録語数の多さもさることながら，その収録漢語の内容面においてもこれまでの漢語辞書とは異なる面がある。

　収録漢語の出自という観点から，明治期の漢語辞典は，当時書かれた通常

の漢字仮名交じり文の漢語を掲出した当代漢語辞書と，中国及び日本の漢字文中の漢語を掲出した漢籍漢語辞書と，両者の性格を併せた内容をもつ折衷漢語辞書との三種に分けられるとされるが，『＊漢語故諺熟語大辞林』は3つめの折衷漢語辞典に属する。当代語に限らず，中国及び日本の漢文にも収録範囲を拡大した結果の増補ということになろう。

漢語辞書から漢和辞書へ　今日の漢和辞書の内容は，見出し字（親字）に対して字源・字解を記し，該字の音読みと訓読みを示した上で，この字を頭に置く熟語を列挙し，それぞれの熟語に語釈及び用例を付加したものである。この見出し字はまず部首毎に纏められ，画数順に並べられるのが通例である。これに検索の便を図るべく，音訓索引，総画索引等が備わっている。こういった体裁の辞書を漢和辞書というとき，これはいつ，どのようにして成立したのであろうか。

　まず，見出し字に対して，伝統的漢字学に言うところの「形音義」を説く，すなわち，字源・字解（形）を記し，音読み（音）と訓読み（義）を示す辞書というのは単字字書と呼ばれる。これは，日本においては平安時代の『＊新撰字鏡』にその淵源を求めることができ，平安時代末には『＊類聚名義抄』といった本格的漢和字書が成立する。さらに，これを承けて，鎌倉時代には『＊字鏡集』，室町時代には『＊倭玉篇』が生み出された。この『＊倭玉篇』が江戸時代中期まで栄え，さまざまな改編が加えられる。その後，『＊倭玉篇』は『字彙』の影響により画引きの体裁をとり，以降，『字彙』『字林』『玉篇』の名を持つ単字辞書が版行されるに至る。

　次に，この字を頭に置く熟語を列挙し，それぞれの熟語に語釈を施すという性格は，前述の明治期漢語辞書の体裁と合致するのであり，江戸時代の節用集の類と異なる点は，収録語彙が漢語に限られることと語釈を施す点にあった。

　従って，漢和辞書は，この単字辞書と漢語辞書とが折衷・統合されて成立したということができる。この体裁を持ち，「漢和」という呼称を冠した最初の辞書が，重野安繹等監修『＊漢和大字典』（1903）であった。掲出字を『康熙字典』，熟語を『佩文韻府』によりながら，熟語を改行して配列し，平仮名で語釈を施し，総画索引を添える点など，これ以降の漢和辞典のモデル

となった。明治時代には「漢和」を冠する森訥監修『熟語註解漢和中辞典』
(1905)，郁文舎編輯所『増補改正漢和大辞林』(1906)，内海弘蔵『新漢和辞
典』(1909)，古川喜九郎『熟語集成漢和大辞典』(1910)，石田道三郎・広池
長吉『字源詳解漢和新辞典』(1910)，鶴見直次郎『新式排列漢字典』(1911)，
浜野知三郎・三島毅・大槻文彦監修『新訳漢和大辞典』(1912) などが続々
と刊行された。大正に入り，栄田猛猪が発意・実務を行って編纂した上田万
年等『* 大字典』(1917) が刊行され。以後世間に広く盛行した。見出し字
14,924 字に通し番号を施して検索の便を図った点や，熟語の豊富さといった
利便性が世に受け入れられたためであろう。このほか，簡野道明『字源』
(1923) は固有名も多く収録している点で特色があり，後藤朝太郎・上野三
郎『* 線音双引漢和大辞典』(1911) や宇野哲人『明解漢和辞典』(1927) の
ような，親字を音読みで五十音順に配列する辞書もある。なお，『* 線音双
引漢和大辞典』には「発音訓読仮名遣索引」という表音式仮名遣いによる音
訓索引も創設される。

　大正の末から大規模な漢和辞書の刊行を目指していた諸橋轍次は第二次世
界大戦中，戦渦でその組版を失ったが，戦後幾多の困難を乗り越えて，1955
年から 1960 年にわたって，親字 50,000 字，熟語 530,000 余，篆文 10,000 字，
図版 2,800 枚を収録する『* 大漢和辞典』(全 13 巻) の刊行を成し遂げた。

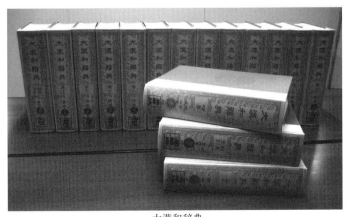

大漢和辞典
大修館書店

67　砲術訳名字類　ほうじゅつやくめいじるい

【概観】漢語辞書。最初の近代漢語辞書であり，訳語辞書としても最も古い。

【成立】加納中柴中編。1冊。1866（慶応2）年10月，滝原蔵板。題字は揚子学人大昕（開成所教授柳河春三）の手に成る。

【内容】翻訳兵学書を読むために編集された漢語辞書。掲出語は，和語が24語，漢語が73語，外来語2語，混種語46語の，計145語を収録する。小冊子ながら，幕末期における翻訳語辞書の成立を具体的に物語る資料として，また，翻訳語に用いられた漢語の性格を知る資料として貴重である。「圧迫」「援護」「確定」「垂直」「適宜」のような，和語を基にして出来た新造漢語と見られるものが指摘できる。

　江戸時代天保年間に『歩操新式』と呼称される，オランダ語の兵学書が度々輸入され翻訳された。このうち，1861年版の蘭書を翻訳した高島秋帆は講武所（後の陸軍所）師範役を務めた人物であるが，彼の題字を持つ『生兵教練』『大隊教練』2編中に用いられている語を順次掲出して解説を施し編纂したのが本書である。見出し語の字訓，語義を示し，以下には，百科事典的な説明を加え，さらに出典となった兵学書の文脈に即して具体的に解説されている箇所も見られる。

【諸本】滝原蔵板（九州大学文学部所蔵）以外に，改版本として，この滝原蔵板の内題「砲術訳名字類」及びその左の「加納中柴中著述」の2行を削除し，「砲術訳語字類」と彫り，奥付を「慶応内寅秋」に改めているもの（山田忠雄氏旧蔵本）と，滝原蔵板より匡郭の縦が3糎余り短くなっているもので，奥付が「慶応三丁卯年」「青虹堂」とあり，内題なく，扉を削除し，外題を「訳名字類」とするもの（山田忠雄氏旧蔵本・香川大学神原文庫蔵本）の2種類がある。

【図版解説】
　図版は，7丁ウ・8丁オ，「抵触」「圧迫」の漢語は，それぞれ秋帆題字本『生兵教練』の「隣兵ノ肘軽々嚮導ノ方ニ抵触スルヲ度トス」「嚮導ノ方ヨリ圧迫シ来ルトキハ之ヲ避ケ」の箇所から抽出した漢語について解説を施している。「抵触」は，「抵触トハ，フレ，フルヽ，トヨミテ嚮導ノ方ニフレルヤ

ウニシテハナレヌヤウニスルヲ云ナリ」と説き，「圧迫」については，「（圧迫）トハヲシセマレルトヨミテ嚮導ノ方ヨリヲシ来ルトキハ夫レニサカラワヌヤウニシ…」と注する。

抵綱	纜	諭	捷速	告諭	整頓
トハフレフル、トヨミテ嚮導ノ方ニ フレルヤウニシテハナレヌヤウニス ルヲ云ナリ	トハ、ツカ、トヨミテ生兵其ヲ グラスハワツカニ月ノ線クニルニ 至ルヲ度卯極トナスナリ	トハゴヘルトヨミテ生兵揃其學 コヘテトマリ而シテ小マタニテ又 其線ニツクルヲ云ナリ	トハスニクヲクコマヤカニハ、モテ スペテニクヲクコマヤカニナルヲ云ナリ テカガヌヤヌヤウニナルヲ云ナリ	トハ、ヤカニ、ハ、シトヨミテ生兵 兵士ニツクルヲ云ナリ 即大聲ヲ以テ下ス令ニハコレヲ 唯ツク、ベキ令ナリ	トハヨクト、ノ義ニシテ各ノ 兵士ェナ、ヤ、ニ、ツク線ニナラ ヒノクフヲ云ナリ

蜿蜓	誤謬	連綴	抵丈	推排	壓迫
トハ、ウダカマル、ヨミテマスガニ スンニヲウ、子リマガラヌヤウニ スルヲ云フナリ	トハ、アヤマリ、アヤマルトヨミテ教 師ヨリ其アヤマリオカヒシウ、ア ゲラス、ミナスハスヲ云ナリ	トハ、ツレヅラ、ナルトヨミテ五ニ ヨリツラブリユガマヌヤウニ 行クヲ云フナリ		ヨリ・抵丈トヲシテヘツタル ベレ	トハヲシセマルトヨミテ嚮導ノ方ヨ リヲシ来ルトキハ夫レニサカラワヌ ヤウニシ嚮導ノアラサルカ方ヨリ ・推排トヲシ来ルトキハコレラ

砲術訳名字類　東北大学附属図書館蔵

68　新令字解　しんれいじかい

【概観】漢語辞書。明治期の漢語辞書の源流の一つとされる。見出し語の頭字のよみのイロハ順配列。後続の辞書への影響は甚大である。

【成立】荻田嘯編。1冊。1868（慶応4）年6月大坂（心斎橋通）の大野木市兵衛・松村九兵衛・柳原喜兵衛により刊行され，1868（明治元）年12月に官版として，東京（日本橋南）の須原屋茂兵衛により刊行。

【内容】最初の新聞用語辞典『内外新報字類』に次いで出版され，『布令字弁』へと繋がる漢語辞書の系譜に位置づけられる。「新令」を書名に掲げることで新政府が布告した用語を収録した辞書と受け取られ，多くの購読者を獲得したが，その内容は必ずしも布告に限られず，「凡例」に明記されるように，むしろ，太政官日誌，行在所日誌，新聞記事など，新政府の施政方針に関する文書，外国公使との交渉，天皇の行幸・倒幕軍と佐幕軍との戦況報告，諸大名の建白書などを資料として，特に難解な漢語を抜き出し，読みと語釈を施して，これらを頭字のイロハ順に配列している。

　先駆的な辞書ゆえにその後改訂が行われた。たとえば，荻田嘯自身による増補版では，漢字音は当時の通常音に改められ，語釈も平易を旨とし，通俗性を持たせている。東条永胤『増補新令字解』は，イロハ順配列の『新令字解』を土台としつつも，これに収録される878語に，部首配列の『*漢語字類』から3,768語，さらに独自に807語を追加して5,453語の規模の大きな漢語辞書として成長させ，後続辞書に多大の影響を与えた。

【諸本】刊記に「慶応四年戊辰六月上梓」とある，題言二丁，本文二四丁の本の他，以下の諸本が知られている。すなわち，この本に凡例「慶応四年戊辰六月」が一丁増え語釈に漢字表記が多い本，刊記に「官板／明治紀元辰十二月」とあり，版元が東京日本橋南一丁目の須原屋茂兵衛となっている本，また，『増補新令字解』と題して，荻田嘯増補，刊記に「明治二庚午秋刻」とある本，荻田嘯編・東条永胤増補，刊記に「明治元戊辰年刻成／明治三庚午年増補」とある本の4種。この他異板本及び異本が多数ある（土屋(1995)）。

【図版解説】1 面 12 行，2 段の体裁。頭字の音のイロハ順で，ここはイ部の途中とロ部・ハ部の前半部分（1 丁ウ・2 丁オ）。2 字漢語が多いが 4 字のものも見られる。漢語の右側に読み方を示し，下に語釈を施す。「憂慮」を「シンパイシテカンガヘルコト」，「叛逆」を「ムホン」と説くなど，語釈は簡潔で平易な語に言い換えている。

新令字解　　国立国会図書館デジタルコレクション

69 日誌必用御布令字引 にっしひつようおふれいじびき

【概観】漢語辞書。『＊新令字解』の影響を直接受けて編纂された辞書。『＊新令字解』より日常的，一般的になっている。部首配列。

【成立】黙山四方茂苹編。1冊。1868（明治元）年11月皇都書林の平野屋茂兵衛・升屋勘兵衛・堺屋仁兵衛・村上勘兵衛により刊行。

【内容】『＊新令字解』の904語のうち825語を継承し，251語を増補している。配列をイロハ順から部首順に改めた点に特徴がある。『＊新令字解』の影響を直接受けて編纂された辞書ではあるが，内容上，以下の点でそれとは異なりを見せている。

　まず，本書は2字漢語本位となっており，『＊新令字解』の3字漢語，4字漢語は基本的に引き継がなかった点が異なっている。次に，掲出語の読みが改められている点も注意される。大まかな傾向としては，「没収」をボッシウからモッシユに変えているなど，漢音読みから呉音読みにする事例が多いようで，『＊新令字解』が漢文訓読的な，学問的辞書であるのに対して，本書は当時のより身近で日常的な読み方を示していると見られる。さらに，語釈においても両者に違いが見られるが，その多くは本書の方が適切で，当時の漢語の意味をよく示しているという点において優れていると評価される。ただ内実はもう少し複雑でそれぞれの編者の文化的背景により漢語理解に制約が生じたものと見られ，個別の語ごとに語釈の適否を検討しなければならない。

　なお，『＊新令字解』の影響を直接受けて成立した辞書は必ずしも多くはないが，他に『内外新聞画引』がある。

【諸本】版種に異なるものがあるといった指摘はなく，1種であったと考えられる。

【図版解説】

　図版は，27丁オ・ウ。頭字の部首順に配列されている本書の，火部の後半，爿部，牛部，犬部を掲げる。「熟察」に「トクト見コミヲツケルコト」，「物議」に「イロイロノギロント云コト」，「犬羊」に「チクシヤウノゴトキヤツト云コト」と日常平俗の語で語釈を施す。

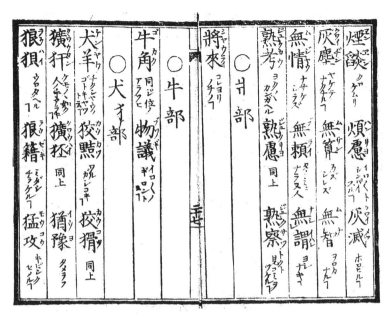

日誌必用御布令字引　国立国会図書館デジタルコレクション

70　漢語字類　かんごじるい

【概観】漢語辞書。頭字による部首引き。掲出語数の多さや組織の点において明治維新期最初の本格的な漢語辞書。これ以降の漢語辞書に多大の影響を与える。

【成立】庄原謙吉編。1869（明治2）年1月東京書林（小石川伝通院前）の雁金屋（青山堂）清吉により刊行。序例の日付が「明治戊辰授衣月」となっているので，1868（明治元）年9月頃には原稿が成っていたと見られる。

【内容】庄原謙吉序例によれば，「朝廷ノ制令方伯ノ啓奏」から「市井閭閻ノ言談論議」に至るまで幅広く，「童蒙ノ士」が難解な漢語を理解することができるように編纂された辞書と言う。収録語数4,340語。明治初期に刊行されたほとんどの漢語辞書は，体裁，掲出語の枠，語釈のいずれか一つを『＊新令字解』か本書，または双方に基づいて編纂されている。但し，本書はこれに先行する『＊新令字解』とは関係なく，独自に編纂したらしい。また，辞書の引き方の模索された近代初頭において，独特の部首「新部」を含む頭字による部首排列を採っている。

　掲出語には字音語だけでなく，まま訓読み（「使レ酒」「環而攻レ之」）や音訓混読（「制日可」「悠悠度レ日」）のような熟字句が挙がっている点，また，「誇誕」に「エバル」，「裂レ胆」に「タマゲル」と意義解説を付すように，語釈が東京の俗語，方言でなされることがある点，「条約」について「タシカナトリキメ」，「連合」に「ダイミヤウガカタンスル」というように，文脈に即した語釈がなされることがある点などの特徴を有する。

　こういった観点を軸として，後続の『校正増補漢語字類』や『新撰字類』，『漢語便覧』への影響の有無その度合いの考究がなされている。

【諸本】版種に異なるものがあるといった指摘はなく，1種であったと考えられる。

【図版解説】図版は，118丁ウ。頭字の部首順に排列されている本書の，辵部の箇所を載せた。「遅」「遵」「遷」「選」「遺」の諸字を頭字とする熟語について，最初の熟語は頭字も省略せず，二つ目以降は「─」と略記して並べる。右側に平仮名で読みを付した行草体表記の下に割書して楷書表記を示し，片

仮名で語釈を加える。「遺訓」には「ムカシノヒトノイヒヲカレタキヤウクン」とあり，文脈に即した語釈が施される。

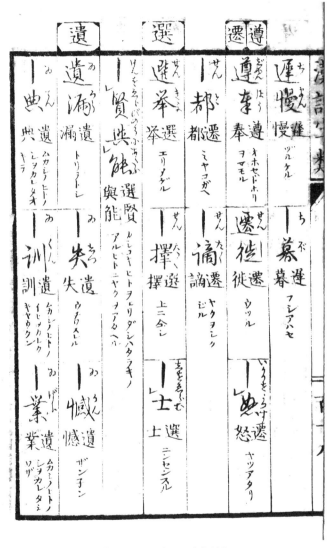

漢語字類　八戸市立図書館所蔵

71 童蒙必読漢語図解 どうもうひつどくかんごずかい

【概観】漢語辞書の一種。絵入り。『＊新令字解』『＊漢語字類』の二次的産物として，掲出の漢語に戯画的な絵が添えられている。

【成立】弄月亭（山々亭有人）編。全3編。1870（明治3）年秋に東京書肆丁子屋平兵衛・丁子屋善五郎・丁子屋忠七により初編刊行。3編は同東京書肆から須原屋茂兵衛以下15名，3編は同東京書肆の須原屋茂兵衛以下16名により刊行された。

【内容】絵入りの部分を重視すれば非辞書体に位置付けることもできるが，ここでは漢語辞書の一種として取り上げた。明治初頭の漢語流行の波に乗って，意図的に漢語を読み込んだ都々逸を集めた『漢語都々逸』が刊行される（1870（明治3）年春）が，この編者山々亭有人は，続いて本書を成した。都々逸の漢語は，当時の日常漢語に加えて語釈を要する生硬な漢語が用いられている。後者の漢語使用にあたっては当時の漢語辞書を利用したところが大きい。『漢語都々逸』では，まず『＊新令字解』を利用し，それから『＊漢語字類』を使用しているが，本書初編も同様の方法が用いられている。2編では『＊漢語字類』を継承するところが多く，3編も多くの漢語をここから採っているが，山々亭有人の独自に掲げた漢語がやや多くなっている。このような『＊漢語字類』からの影響は序文にも投影しており，これを平易，戯作文体風になぞったものになっている。仮名垣魯文『万国航海西洋道中膝栗毛』（初編明治3年9月序）に登場する北八の言葉に，弥次郎兵衛が「此ころ漢語図解なんぞをひねくりまはして」いると『漢語図解』の書名が出てくる。『＊新令字解』や『＊漢語字類』のごとき正統な漢語辞書ではなく，絵入りの『漢語図解』を弥次郎兵衛が愛用していると記すところに，幼稚さを皮肉る滑稽さが表出していると言う。

【諸本】初編末尾の近刊予告「三編追々近刻」が，「二編三編追々近刻」となっている本，書肆が15名であるもの，3編が合冊となって書肆が16名となったものなどの諸本が知られる。

【図版解説】図版は初編の8丁ウ掲出語の上部「航海」「舳艫相属」「軍艦」に対する絵図，下部「亡命」「脱走」「私情」に対する絵図を載せる。掲出語

の右には平仮名で振り仮名を付け，「舳艫相属」の語釈「舟がつゝくをいふ」
の「舟」にも「ふね」と読みを付す。

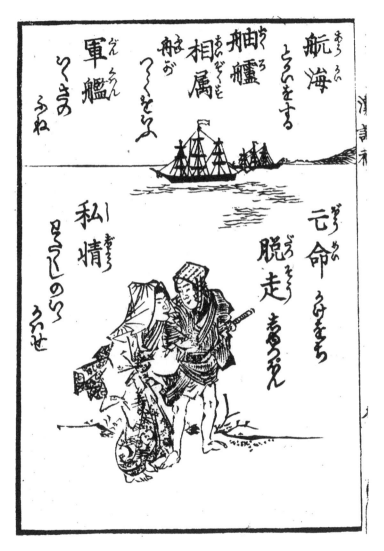

童蒙必読漢語図解　　東京学芸大学附属図書館望月文庫蔵

72 ^{漢語}_{故語}熟語大辞林　かんごじゅくごだいじりん

【概観】漢語辞書。明治初頭の当代漢語を収録しつつも，漢籍漢語に傾いた折衷漢語辞書の一つ。

【成立】山田美妙（武太郎）編。1冊。1901（明治34）年12月16日，青木嵩山堂蔵版。

【内容】明治期の漢語辞書は，当時書かれた通常の漢字仮名交じり文の漢語を掲出した当代漢語辞書と，中国及び日本の漢字文中の漢語を掲出した漢籍漢語辞書と，両者の性格を併せた内容をもつ折衷漢語辞書との3種に分けられると言うが，本書は折衷漢語辞書の一つで，どちらかと言えば，漢籍漢語辞書の性格が強いものである。山田美妙は，本書の他に『新編漢語大辞林　一名熟語六万六千辞典』（1904）の折衷漢語辞書と『＊日本大辞書』（1893）という国語辞書を編纂しているが，それぞれの目的，立場に応じて収録漢語やその語釈の性格も異なっている。本書の場合には，その凡例に述べているように，熟語と一口に言っても中国で作られた熟語と日本において作られた熟語があるとし，このうち「此編の主とする所は前者」であり，これを標準として編纂している。逆に『新編漢語大辞林』は日常，普通の漢語を多く収録し，当代漢語辞書に傾いている。

　出典漢籍として『易経』以下，『史記』『後漢書』『文選』『論語』『孟子』など230点ほどの文献が列挙されている。中に『一切経音義』『華厳経音義』のような仏書の音義類，さらに『水滸伝』『金瓶梅』あるいは英華字典なども含まれ，仏典漢語や白話漢語も取り込んでいることが窺われる。このように漢籍漢語を軸に据えていることから，日本製の漢語には特に「和」と注記を施している。

【図版解説】図版は117頁。配列は頭字の音のイロハ順で，この箇所は「ほ之部」の「北」の末尾と「木」の冒頭部。1行目「一（北）光」に（和）と注記があり，日本製漢語であることを示す。3行目「木訥」には『論語』子路から「剛毅ーー」，4行目「一（木）強」には『漢書』周勃伝から「勃為人，ーー敦厚」とあるなど，多く漢籍から例を引く。

木

◉は之部

■帶（ボクタイ）回踏線。

■光（ボククワウ）（和）北極の天に夜間見ユル、ツクシイヒカリ。

■史（ボクシ）南史と共に唐の李延壽の撰に係ル。北朝後—シテ臣の座にツイタとイフ。二百四十二年間の事蹟を記シタモノ。本紀十二、列傳八十八。

■艾（ボクガイ）艾葉の一名。

■味（ボクミ）五味子の一名。

■海（ボクカイ）キタのウミ。

■陲（ボクスヰ）北のハテ。

■斗魚（ボクトギョ）ベニ。

■庭砂（ボクテイサ）ドリサ。攀水の一名。

木訥（ボクトツ）シッボクでアルコト。論語、子路、「剛毅—」。フ、ツツでカザリのナイコト。＝素樸。漢書、周勃傳、「勃爲人—敦厚」。

■強（ボクキョウ）

■屐（ボクゲキ）木ヅクリのクツ。

■糠（ボクカウ）ノコギリのクツ。＝オガクツ。

■頭（ボクトウ）マルタのキレハシ。

■石（ボクセキ）木と石と。○非情の

■工（ボクコウ）

■行（カウ）＝タクミ。＝木匠。イモクゴヤ。＝杉行。

■偶（ボクグウ）ニンギャウ。○デクのバウ。クにタタヌ人をノノシル語。

■料（ボクレウ）

■材（ボクザイ）木植（ボクショク）サイモクのクツ。

■星（ボクセイ）大陽系の大星。＝歳星。

■匠（ボクシャウ）サイモクのオキバ。＝木匠。

■ダイク＝タクミ。＝木匠。

木作（ボクサク）＝木匠。禮記、曲禮、「—」。

モノ。○人非—」。

■工（ボク）

■鐸（ボクタク）スズの名。政教をホドコス時、フリナラシテ人をイマシメルモノ。聖賢ナドが教へをホドコスのに轉用シテ言フ。論語、八佾、「天下之無道也久矣。天將以夫子爲—」。

■菫（ボクキン）ムクゲ。＝舜華＝王蒸。

■槿（ボクキン）ムクゲ。＝舜華＝王蒸。禮記、月令、「—榮」。

■賊（ボクゾク）草の名。トゲサ。

■車（ボクシャ）キヂのママでツルシナドをヌラメ車。周禮、巾車、「—」。

■産（ボクサン）木に巣をカマへテ井ルモノの稱。＝巣捷類（後漢書、馬融傳注）。

百十七

漢語故諺熟語大辞林　国立国会図書館デジタルコレクション

73 漢和大字典 かんわだいじてん

【概観】最初の近代的漢和辞書。英和辞書を参考として作られた。漢語と和語の対訳辞書。現代の漢和辞書の形式を創始した。

【成立】重野安繹・三島毅・服部宇之吉監修。1冊。1903（明治36）年2月，三省堂。

【内容】漢和辞書の定義にもよるが，漢字に和訓を対応させた漢和字書としては，古くは『*新訳華厳経音義私記』や『*新撰字鏡』があり，平安時代末には『*類聚名義抄』といった本格的部首引き漢和字書が完成する。この流れは中世の『*倭玉篇』のような単字字書へと受け継がれるが，本書は，こういった単字字書や漢語辞書の影響を受けつつ，英和辞書の形式をも学んで，見出し字（親字）に意義分類（訓釈）を施し，これを原義から転義へと配列し解説している。さらに，字義解説の後に，熟語を掲げて用例を示しつつ語釈を施すが，その用例には典拠（出典文献名）も記している。附録として国訓と国字をあげている。

　実質的な編集は，三省堂編輯所の斎藤精輔が中心となり，同郷で読売新聞社にいた足助直次郎を招き入れ，深井鑑一郎や福田重政とともにあたらせたという。監修と編纂の名義を区別した点も最初とされる。

　収録した漢字は30,732字，熟語は54,862語の大規模なもの。現代の漢和辞書と異なっている点は，音や韻が異なっていて字義も異なる場合，同じ親字を載せて区別していること。もう一つは，熟語は末の字が親字と同じものを掲載していることである。この熟語は，中国の『佩文韻府』という，漢詩のための韻書を手本にしている。

　ただし，熟語について末の字が親字と同じものを掲載している点が不便なため，翌年その大部分を削除した『漢和新字典』（重野安繹等監修，1904）が出た。また，1915（大正4）年には修正増補版の刊行があり20頁本文を増加した。さらに，後付に「首部総画索引」「首部字音索引」「字音系統漢字便覧」の計212頁が追加されている。

　なお，国立国会図書館デジタルコレクションで公開されているほか，「三省堂辞書の歩み第12回『漢和大字典』境田稔信執筆」（三省堂ワードワイズ・

ウェブ）にも紹介されている。

【図版解説】図版は24頁。人部5画の「佔」から「佛」までを掲げる。親字
「何」字について，〈なに〉〈いくばく〉の字義であるものと，〈になふ〉の字
義であるものとは区別し，同じ親字を2度掲げている。字義は一，二の大分
類の下に（い）（ろ）（は）とさらに小分類を施し，階層的に示されている。
字義解説の次に熟語を並べ，語釈を施し用例を引くが，〔奈何〕〔如何〕〔誰
何〕などのように，親字を末の字とする熟語を並べている。

漢和大辞典
三省堂

74　縮音双引漢和大辞典　せんおんそうびきかんわだいじてん

【概観】見出し字（親字）の字音によって五十音順に配列した，最初の漢和辞書。

【成立】後藤朝太郎・上野三郎編。1冊。1911（明治44）年3月東雲堂（共同刊行：集文館）。

【内容】目次によってその構成を見るに，序跋・凡例を除くと，「本文」の前に「本書に採取せる語数統計表」「字形正誤に就ての謬見」「熟語の誤用」「現任正教員漢字書取の実験」「漢字部首の名称」「総線索引」を置き，後には「国字」「発音訓読仮名遣索引」を配する。

　本書の特色は，序にも謳っているように，従来の「部首引」「画引」を「非科学的」として採らず，見出し字（親字）の字音を基準にして，これを五十音順に配列し，当該字の熟語，成語を字数によって列挙している点にある。本文の巻頭の親字は概ね漢音に基づき，アの字音を持つ「亜」に始まり，以下「唖・堊・阿・婐・婀・閼・蛙・鴉」，続いてアイ「愛・靉・曖・埃・挨・娃・哀・藹・靄・欸・隘」，アウ「央」と続く。たとえば，親字「行」には下に右「カウ」左「ギヤウ」とあり，漢音が右に主音として示されるが，左に呉音も表記している。但し，唐音「アン」は示さない。親字の字義は一般的なものを意味分類して解説し，後に仏教語など，特殊なものを（仏）などとして示す。続いて熟語を掲げ，その意味を記すが，そこには「行脚（アンギャ）」「行宮（アングウ）」「行燈（アンドウ）」の如き唐音の漢語も扱う。「総線索引」は補助的に置き，初学者向けとして「発音訓読仮名遣索引」を付す。「語数統計表」によれば，カ・サ行で始まる字音を持つ漢語がおよそ半分であり，漢語の構成字数では2字漢語が四分の三を占めることなどを知ることができる。

　現代の「五十音引き漢和辞典」の源流とも言える本書は，『＊辞林』の影響を受けつつ，登載漢語も「未着」「郵送料」「半永久的」のような新規のものを多く取り入れ，漢字漢語を軸とした明治語辞典となっている。

【図版解説】図版は246頁。親字「行」の箇所を載せる。当該親字の字音（漢音）を基準にして，これを五十音順に配列している。上欄には五十音を

示す。親字【行】の下に双行右漢音，左に呉音を示し，字義を解説する。字義の末尾（佛）は仏教語であることを示す。続く熟語は，「行行（カウカウ）」「行媒（カウバイ）」のように漢音読みのもの，「行書（ギヨウシヨ）」「行儀（ギヨウギ）」のように呉音読みのものの他，唐音読みの「行脚（アンギヤ）」のようなものも掲出されている。

總音双引漢和大辞典　国立国会図書館デジタルコレクション

75　大字典　だいじてん

【概観】漢和辞書。親字のすべてに通し番号を施すなど新機軸を数多く打ち立てた辞典として著名。

【成立】上田万年・岡田正之・栄田猛猪・飯島忠夫・飯田伝一編。1冊。1917（大正6）年，啓成社。

【内容】1907（明治40）年に栄田猛猪が発意，実務を行い，上田万年と岡田正之の指導を仰いで，飯島忠夫と飯田伝一らの協力を得て11年の歳月をかけて編輯した。親字は14,924字で，これに算用数字で通し番号を施し，また，部首にも漢数字の番号を付して，検索の便を図る上で新しい方式を打ち出した。『康熙字典』に準拠しながらも，日本の新聞・雑誌など世間一般に慣用となっている俗字，略字なども採録している。各親字について，まず直下に漢音・呉音の音形および声調を示し，異体字などを示す。親字の左にはその訓や意味を解説し，品詞名も注記する。本文は字源を説いた上で，同訓異義，名乗，弁似，応用，特訓，注意，和義の見出しを掲げて解説を加える。熟語を豊富に掲げ，その熟語に意味説明を加えながら，要所に中国古典の出典名を冠して用例を引いている。

　検索や学習の利便さが広く受け入れられ，初版刊行以後世間に広く盛行し，数多くの版を重ねた。今日でも漢字文献の索引などに利用され，漢字字体の整理，処理を行う上でも本書の掲出字や通し番号が採用されている。

【諸本】1917（大正6）年初版が啓成社より刊行。以降，1920（大正9）年増補縮刷版，1921年増補訂正版，1924年復興版，1928（昭和3）年昭和新版，また，1940年華語増補版と改訂重版を繰り返し，戦後は1963年に特装版が講談社より出て，1965年普及版の刊行，現在では1993（平成4）年『新大字典』（講談社）として新字体，現代仮名遣い，口語表現に改めて全面改訂を施し，『大字典』は絶版となった。また，1942年にはHarvard University Pressからも刊行されている。

【図版解説】啓成社発行の1932（昭和7）年3月22日400版。【　】による見出し字（親字）を掲げ（冠する1の数字は通し番号），直下には音の情報，漢音イツと呉音イチ，声調（入声）を示し，さらに異体字「弌」を掲げる。見

出し字の左側に和訓を掲げ，（数）（副）（名）などの品詞情報も添える。「名乗」は人名用。本文では「字源」を指事とし，「注意」に，金銭に関して別体の字「壹」「弍」を用いるといった用法を示す。以下には，熟語を掲げるが，【　】と〔　〕により階層化を図る。語釈の後には中国古典の典拠や類語を挙げる。

大字典　昭和新版

76　大漢和辞典　　だいかんわじてん

【概観】大型の漢和辞書。著者諸橋轍次（1883〜1982）の名を冠して，「諸橋大漢和」とも通称される。

【成立】1925（大正14）年に大修館書店社長鈴木一平が，漢字学者諸橋轍次に漢和辞典編纂を依頼し，1943（昭和18）年に巻1が刊行されて以後，戦災により途絶するも，1955年に再興1巻が刊行され，1960年に全13巻（最終巻は索引）の完成を見る。なお，従来の活版方式を切り替え，いち早く写真植字を導入したことも刊行を遂げた一因とされる。

【内容】親字数約5万字，熟語数53万余，篆文1万字，図版2,800枚に及ぶ，大規模の漢和辞書である。『康煕字典』『中華大字典』などの中国で編纂された字典類や学術書から親字を選定・採録し，俗字や略字，さらに国字も網羅し，配列は『康煕字典』による。親字の音・反切は『集韻』を用い，音訓は歴史的仮名遣いに従い，現代中国語の音はピンイン・ウェード式で表記する。親字の字源や篆書は『説文解字』を主として用いるが，近年の甲骨文字学や音韻学の学説からすると修正の必要な点もある。語彙を充実させ，字数毎に並べ，熟語を五十音順に配列する。一般の語彙だけでなく，故事成語の類，人名・地名・書名などの固有名詞にまで及び，百科事典的な内容をも兼ねている。語彙の採録は『佩文韻府』『駢字類編』などから集め，四書五経，史記・漢書などの史書，また，文学書，辞書類と広範に及び，仏典の漢語や和製漢語も扱う。ただし，仏典の漢語はやや扱いが軽く，また，日本側の文献しか挙がっていない漢語も中国撰述書に用いられていないわけではないので，直ちに用例を見て和製漢語と判断することはできない。

　検索の便を図り，索引は，総画索引・字音索引・字訓索引・四角号碼索引から構成される。修訂第2版では語彙索引1巻が加わった。近年では，漢字研究や漢字の電子化の問題をめぐって本書が取り上げられるようになり，書誌や辞書としての達成と限界について精密に調査することが必要とされる。

【諸本】1943年巻1刊行，1956年再興巻1刊行，1960年全13巻刊行を完遂。1966〜1968年縮写版刊行，1984〜1986年修訂版，1989年語彙索引刊行，1989〜2000年補巻を加え，全15巻として修訂第2版が完結した。

【図版解説】1984（昭和 59）年 4 月 20 日修訂版第一刷発行による。本文の巻頭部「一之部」の最初の頁。【　】に親字を挙げ、通し番号をその下に付す。漢音イツと呉音イチ、韻・声調（質韻・入声）を示し、ピンインを表示する。次いで、小篆・古文の字体注記を施し、以下に字義を示し（現は現代中国語）、その典拠を挙げる。さらに「名乗」や「解字」を示し、以下、熟語の解説になる。

大漢和辞典 修訂版
大修館書店

第 4 節　国語辞書

普通語辞典への道程　国語辞書を，五十音順に見出し語を配列し，語義を多岐に渡って記述して，用例・出典を示したものと規定するならば，『*和訓栞』（谷川士清）をその嚆矢と見ることができる。古語・雅語・方言・俗語から外来語に至るまで 20,897 語を五十音順に見出しとし，詳しく語義を記述したのが大きな特徴で，1777 年に刊行を開始し，完結したのは実に百年を優に超す 1887 年であった。『*俚言集覧』（太田全斎，19 世紀初めごろ）は俗語・方言・ことわざなどを収めた俗語辞書で，見出し語の仮名の第 2 字めまでを，五十音図の「アカサタナハマヤラワイキシチニ…」という段の順序に従って配列したものである。ただ，江戸時代において見出し語の配列に五十音図を利用するものは依然として少数派であった。実用性を旨とする節用集はそのほとんどがイロハ引きの辞書で，さまざまな検索法のものも編集された。19 世紀においても前代からの節用集が広く行われた。

　元号が明治と改まり，西洋化を国是とする風潮のなかで，国家的な事業として本格的な国語辞典が求められられることとなった。木村正辞・横山由清を総裁とし，岡本保孝ほか六名の共撰で，官撰（文部省編集寮，後に文部省編輯局の編）によって『*語彙』が編集され，アの部が刊行されたのが 1871 年 11 月であった。五十音順に配列し，普通語（日常語）を中心に雅語・俗語・字音語のほか外来語なども見出しとし，語義も簡潔でまとまっている。その後 10 年ほどかけてイ・ウ部が 1881 年 5 月に，さらに 3 年後の 1884 年 7 月にエ部が刊行された。しかし，官費による支出にも限界があって，結局エ部刊行で，この事業は中断に追い込まれた。

　この明治初期ごろには漢語辞書および雅俗対照辞書・雅語辞書が盛行した。前者は漢語（熟語）を見出しとして，その下に簡潔に語義を示したもので，次第に漢和辞典の熟語見出しへと解消されていった（「第 4 章第 3 節　漢語辞書・漢和辞書」参照）。後者は，雅語を俗語で，もしくは俗語を雅語で説明したもの，または雅語（古語）を中心に見出しとしたもので，『日本小辞典』（物集高見，1878），『*ことばのその』（近藤真琴，1885），『ことばのはやし日本大辞典』（物集高見，1888）などがあった。このうち，『*ことばのその』はす

べての見出し語に品詞表示をした最初の辞書で，字音語を片仮名表示をしたり，語釈に括弧を効果的に用いたりするなど創意にあふれている。他方，J. C. ヘボン著『＊和英語林集成』の編集を手伝った高橋五郎が編集した『漢英対照いろは辞典』（1888）はイロハ順を語末まで徹底させ，56,000 余語の見出し語に品詞名を記し，類義の語句，対応する英語を記載したもので，挿絵入り横組みという斬新さも見られる近代的性格を有する。後に，英語の部分を削除して『＊和漢雅俗いろは辞典』（1889）を刊行した。ちなみに，イロハ引きは，その後も『日本大辞典』（大和田建樹，1896），『新註いろは引国語大辞典』（中村徳五郎，1917）などがある。前者は収録語数約 37,400，雅語を除き，俗語やオノマトペなど通俗性を特徴とし，後者は序文に収録語数「二十有余語」と記されている（実際は 10 万語弱ほどかと言われる）。

近代的国語辞典の出現　『＊語彙』編集中止後の 1875 年，文部省は大槻文彦一人に日本語辞書の編纂を任せた。大槻は，ウエブスターのオクタボを規模の基準として，発音・品詞・語源・語釈・出典の記述に配慮し，それまでにない辞書を企画する。1883 年 9 月に初稿完成，その後 1886 年 3 月に再訂を終えた。しかし，文部省はその出版を見送り，1888 年 10 月に稿本を下賜した。これを自費出版したのが『＊言海』（1889 〜 1891）である。見出し語約 39,000。見出し語の五十音配列はその後主流となり，その精確な語釈によっても，近代的国語辞典の祖として高く評価されている。1912 年その大増補に着手したが，1928 年草稿半ばで大槻は死去した。その遺志を受け継ぎ刊行されたのが『＊大言海』（1932 〜 1935）である。『＊言海』を継承したこの書はその名声によって，後述する『＊大日本国語辞典』と並び称えられた。

　この『＊言海』に刺激されて，山田美妙は『＊日本大辞書』（1892〜1893）を思い立つ。『＊言海』刊行直後に編集に着手し，口述筆記によって驚異的な早さで完成させた。口語体による語釈，東京アクセントの表示，類義語の解説など，初めて試みられた点は注目されるが，『＊言海』に対抗しようとするあまり，その揚げ足取りのような説明が多すぎる嫌いがある。五十音に配列した見出し語がカ行まででですでに全体の 5 割を超えるというように竜頭蛇尾の編集も手伝って，評判は芳しくなかった。ただ，この版権を譲り受け編集された『帝国大辞典』（藤井乙男・草野清民共閲，1896）は，そのまま内容を踏襲

する一方で，語釈を文語体に改め，紙面を一新
した。

『*言海』の影響のもと，その後の辞書は大
型化する一方で，小型化も図られた。大型化で
は，『*日本大辞典ことばの泉』（落合直文，1898
〜1899）は百科項目を収録した最初の辞書で，
見出し語数は約 92,080 語を数える。百科語彙
を大幅に取り入れた『大辞典』（山田美妙，1912）
は実に見出し語が約 180,600 語にのぼる。他
方，小型化では，『帝国大辞典』を縮約し袖
珍型とした『*日本新辞林』（林甕臣・棚橋一郎，

帝国大辞典

1897）は見出し語数約 46,000，当代通行の字音語や俗語も大幅に取り入れて
いる。『国語漢文新辞典』（井上頼圀，1905）は見出し語数 74,370 余，1 項目を
多くは 1 行に収め，語釈は小字とする。

大正時代に入って，『*大日本国語辞典』（上田万年・松井簡治，1915 〜 1919）
が刊行された。実質的な編集は松井ひとりの手による。この編纂を思い立った
のが 1897 年頃，本格的に着手してからも 15 年を要して第 1 巻が刊行された。
古典語から現代語に至るまで，さらに専門用語・ことわざ・成句などを含む約
204,000 語を収録し，歴史的仮名遣いの五十音順で配列されている。直接出
典から引用した用例は高い評価を得，後の国語辞典に大きな影響を及ぼした。
国語辞書の発展　この近代的な大型辞典の出現によって，国語辞書は一段と
整備され，充実したものになっていく。その後，『*辞林』を改編した『広
辞林』（金沢庄三郎，1925），『*ことばの泉』を改修し，百科語彙を豊富に収
載する『改修言泉』（芳賀矢一，1921 〜 1928），公称 700,000 余語を見出しとす
る『大辞典』（下中弥三郎，1934 〜 1936）などが刊行された。このうち，『大辞
典』は 1933 年 5 月に本格的な編集に着手，翌 1934 年 8 月から 1936 年 9 月
まで，全 26 冊がほぼ各月 1 冊のペースで刊行された。子見出しはなく，見
出し語は表音式の片仮名による表記で，歴史的仮名遣いは漢字表記の右傍に
記す。百科語彙だけでなく，多くの方言・隠語・専門用語のほか，漢詩の一
節などあらゆる分野のことばを収録するが，極めて短期間の編集作業であっ

たためか，国語項目を含め語釈には荒さ，不十分さが見られる。

　他方，当時珍しかった口語体で簡明平易な語釈を付した『* 辞苑』（新村出，1935）は約 16 万語を収録する中型国語辞書として世を風靡することとなった。この姉妹書『言苑』（新村出，1938）も，同じく口語体の語釈で国語項目を中心とした約 10 万語を収録する学習用辞書として好評を博した。

　小型国語辞書では，その後，実務用として高い評価を得る『* 小辞林』（金沢庄三郎，1928）がコンサイス判で刊行された。その文語体の語釈を口語体に改める過程で生まれたのが『* 明解国語辞典』（金田一京助，1943）であった。見出し語を現代語中心としたもので，今日の小型国語辞典のモデルとなった。戦後は『例解国語辞典』（時枝誠記，1956）のように，辞書の語釈を補強する用例重視の国語辞書が刊行されるなど，各方面で特色のある辞書が刊行された。中でも，『* 明解国語辞典』の改訂に着手した見坊豪紀，山田忠雄が，それぞれの辞書観によって，『三省堂国語辞典』（見坊豪紀，1960 初版）と『* 新明解国語辞典』（山田忠雄，1972 初版）へと分化していくことは注目される。山田が中心となった『新明解』は個性的な語釈で特色を発揮し，見坊が編者となった『三省堂国語』は，新語の採取に力を注ぎ，語釈に用いる語も簡明なものに心がけることで幅広い支持層を得ることとなった。その姿勢は第 4 版の序文に見坊が記したいわゆる「辞書＝かがみ論」として知られる。すなわち，辞書は規範的な鑑であると同時に，時代の反映たる鏡であるという思想である。この姿勢は，今日の第 8 版（2021）まで受け継がれている。

　さて，近代辞書の嚆矢として知られる『* 言海』には，収録語の品詞別，語種別の詳細な内訳が掲載されている。こうした辞書の内訳は，『* 言海』以降の国語辞書には示されなかった。こうした状況を打破したのは，『新選国語辞典』（金田一京助・佐伯梅友ほか，1959 初版）である。第 6 版（大石初太郎・野村雅昭ほか，1987）からは，収録語の品詞別内訳が示され，第 8 版（2002）からは語種別の内訳も示すようになった。こうした内訳の開示は『* 言海』以来，類書には例を見ない画期的な試みであった。第 10 版に基づく収録語の内訳を 11 頁に掲げた。

　その他，語法の解説に詳しい『明鏡国語辞典』（北原保雄，初版 2002，第 3 版2021）なども刊行され，それぞれが特色ある辞書として世に迎えられている。

77　語彙　ごい

【概観】官撰の国語辞書。正式の名前は『官版 語彙』。明治政府は近代的な辞書編纂を企画し，文部省編輯寮において当代有数の学者が集まり議論を重ねて，編集されたもの。しかし，共編者が大勢であることもあって，「あ」〜「え」の編集刊行にも10年以上を要するなど，官費の支出にも限界があって，事業は頓挫した。

【成立】木村正辞・横山由清を総裁とし，岡本保孝・小中村清矩・榊原芳野・黒河真頼・間宮永好・塙忠韶が共撰して，1871（明治4）年に巻1から巻5までの「阿（あ）」の部が刊行された。その後，巻6から巻12までの「伊（い）」の部と「宇（う）」の部が1881（明治14）年に，「衣（え）」の部が1884（明治17）年に刊行されたが，その後は中断した。

【内容】国語辞書としての近代性を示す点として，五十音順配列であること，普通語を中心に語釈を加えたこと，語種や意味わけを標記したことが挙げられる。見出しは7,200語。雅語が中心であるが，俗語㊰・字音語㊥・洋語なども収録し，略号を付して示している。1879（明治12）年刊の漢語辞書『必携熟字集』にも「俗語」という三角の印が482語に付されており，この時期，言葉を新旧や雅俗などによって幾層にも分けようとしているが，そのいわば先駆けとなっている。字音語は漢語を指す。ただし，洋語の見出しは少ない。また，動詞・形容詞の場合には，活用語尾を明記している。そして，意味・用法に応じて語釈も加える。その後には出典の資料名を示し，古典などから例を引用する。その意味で，『＊俚言集覧』や『＊雅言集覧』などの名残も感じられる。

　品詞表示がなく，語源情報も少ないなどの欠点もあり，使用者の便があまり考慮されていない。ただし，語釈の示し方が単に類義語で言い換えるというのではなく，文として説明を加えている点は後世の国語辞書に与えた影響は少なくない。

【諸本】本文は版の推移が見られず，付録としての『語彙別記』『語彙活語指掌』は1871（明治4）年に刊行後，版を重ね，1882（明治15）年7月に大阪府平民藤原熊太郎によって翻刻出版されたものなどがある。

【図版解説】巻一「あくび」には「あくぶの体言なり」と解釈し，引用文献に漢字表記の「吹呿」が見られる。また『源氏物語』などの例を掲げる。そのすぐあとの草の名前の「あくび」を紀伊熊野の「俗語」とする。そして，動詞「あくぶ」に活用語尾を示し，意味解釈と出典例を挙げる。なお，同じ名詞の「あくば」について，「悪婆」を「俗」とし，「悪馬」を「音」とするなど，漢語の位相を反映するものとして注目される。

語彙
文部省編輯局

78 ことばのその ことばのその

【概観】雅語辞書。分かち書きによる辞書の最初。

【成立】近藤真琴著。1884（明治17）年〜1885（明治18）年刊。発兌書林は瑞穂屋卯三郎・米倉屋順三郎・共益商社。

【内容】その凡例に平家物語頃までの文章に見られるものに限った旨を記しているように，雅語（古語）14,150語を見出しとする。見出し語の下には，品詞・漢字表記・語釈を示す。見出しの字音語および混種語は字音の部分を片仮名で表記している。また，すべての見出し語に品詞を示したのは本書が最初で，次のような略号で示す。「ナ」は名詞，「カヘ」は代名詞，「ワ　カケ」は他動詞，「ワ　ヒトリ」は助詞を伴わない自動詞，「サ」は形容詞，「ワ　スケ」は助動詞，「ヲゴト　テ」は助詞，「ヲゴト　ツナギ」は接続詞，「ヲゴト　ナゲキ」は感動詞，「ヲゴト　ソヘ」は副詞に相当する。語釈はすべて平仮名で分かち書きをする。その語釈に対する注釈や補注は括弧内に記すことがあり，また俗語（口頭語）による言い換えは片仮名で示している。「あ」「い」「う」などの仮名一字ずつも見出し語として掲出し，その音節の発音のしかたを説明する記述も本書が初めてである。第5巻の末尾には「まくらことばのまき」「じおんかなづかひ」が付され，後の辞書はこの形式を踏襲した。

　すべて平仮名によって語釈するのは「かなもじ運動」の主張によるものであるが，分かち書きを徹底した辞書は他にほとんど類例がない。ちなみに，版元の瑞穂屋卯三郎とは清水卯三郎のことで，『明六雑誌』第7号（1874年5月）に「平仮名ノ説」を発表するなど仮名文字論者としても知られ，1888年には『ことばのはやし』（物集高見，みづほや刊）も発行している。

【諸本】1884（明治17）年7月第1巻刊，1885年9月首巻刊。美濃半截の和装本で，本文5冊に首巻「ことばのその　はじめのまき」（「ふみまなびのおほむね」を含む）1冊からなる。

【図版解説】図版は巻頭部分。見出しの平仮名表記の下に，「ナ」（名詞），「カヘ」（代名詞），「ヲゴト，ナゲキ」（感動詞）のように品詞を示す。動詞の活用も「アイス」（愛す）は「ヲ，カケ」（他動詞）の次に「カハリ」（変格活用），「あいだる」は「ヲ，ムカヒ」（ニ・ヘ・ト・マデ・カラなどの格を伴う自

動詞）の次に「シモニ」（下二段活用）と示し，形容詞では「あいだちなし」が「サ」（形容詞）の次に「く」（ク活用）であることを示す。その下に漢字表記する。「アイギヤウ」の項では語釈の後の「○」に続けて「あいぎやうこほる」「あいぎやう こほれたつ」などの使い方を示し，「アイス」の項では「いとをしむ」の語釈のあとに（ひと などを）というように，人物などをヲ格にとるという共起情報を記す。

ことばのその 一のまき

あ

あ　のむど より いづる こゑ かさたないはまやらわ の こゝのつ の こゑ ハ ながく

あ　くひけ ば みな あ と なる まと いうえに の こゑ の はじめ なり

あ　カ、あぜ、た、えた の あひだ の ほうき みち

あ　畔。我。われ、もの いふ ひと あれ の が な に かへて もちふる ことば ○あれ

　あが、あい など まさ あが せ（わがせに）、あがきみ（わがきみ）

あ　ヲゴト、ナゲキ　こゝろ に かんずる こと ある とき いひいづる こゑ、あゝ

アイギヤウナ　ナゲキ　愛敬。やさーく うれーげ なるさま、めづ べき さま ○あいぎやう こほ=

アイシナ　ヲ、カク、カハリ　愛子。めづる こ、いつくーみ いとをーむ こ、れもひご

アイス　ヲ、カク、カハリ　愛。めづ、いつくーむ、いとをーむ（ひと など を）

あいたちなー　サ、く フンベツ なー、また アイサウ も なー、スグ も なー

あいだる。ヲ、ムカヒ　サ、く フンベツ シモニ あまゆ

ことばのその

79 和漢雅俗いろは辞典　わかんがぞくいろはじてん

【概観】イロハ引きの国語辞書。欧米の辞書様式を手本に作られた近代辞書のさきがけと言えるようなもので，当時好評を博した。

【成立】高橋五郎（1856 ～ 1943）著。辞書つくりのほか，著書・訳書は百を数え，新橋の駅前には彼の作詞した「鉄道の歌」の歌碑がある。1888（明治21）年から翌年にかけて 3 分冊で出版された。1889（明治22）年には 1 冊本も出版された。

【内容】高橋五郎は，J. C. ヘボン編『＊和英語林集成』第 3 版に編集協力したことがその序文によって知られる。その影響が彼の『漢英対照いろは辞典』（1888）に反映されている。その「著作顛末」に「此書タル英語ノ対照有ルガ為メ用途多少狭隘ニシテ未ダ偏ネク世ニ行ナハルルニ至ラザラン事ヲ恐レ，茲ニ体裁ヲ一変シ，英語対照ヲ省キ，更ニ遺漏ニ係レル有用ノ和漢語ヲ補充セシメテ斯ク和漢雅俗ノ部ヲ完成スルニ至ル」と見える。この辞書の英語対訳を省き，3,000 語を補充して編集したのが本書である。上下 2 段の縦組で，本文 1,272 頁，見出し語約 7,3000。「我国ニ於テ西洋法ニ倣ヒ著作シタル和漢字書ハ此いろは辞典ヲ以テ嚆矢トス」と自負するように，一般語彙のほか，人名・地名・動植物名や有職故実などを含め，挿絵もつけて百科事典的な色彩が濃いものとなっている。特徴の一つとして，見出し語に対して「名・自他・形・する・副形」などの品詞を付けていることが挙げられる。たとえば，和語動詞や形容動詞について，「おこる（自）起，生，發，興，興起，興作，發起，發作，できる，あらはる。」「おごそか（形）嚴，嚴然，威，嚴重，嚴格，莊嚴，威重，ゐせいある，いかめしき」のように，漢字表記のほか，漢語の類義語，和語による解釈を添えて語釈としている。漢語の表現を多く並べたのは，当時の作文に資するものである。また，「れいをいふ　拝謝，礼謝，鳴謝，厚謝」など多くの熟語を収録し，「やうがく（名）洋学（西洋の学問）」のように，漢語の収録も『＊言海』より多いのも特徴である。

【諸本】1889（明治22）年に再版，1893（明治26）年に増訂第 2 版，1898（明治31）年に増訂第 3 版，さらに 1913（大正 2）年まで幾度も版を重ねた。

【図版解説】「らっこ」の挿絵があり，漢字表記「臘虎，獺虎」のほか，括弧

中に「北海の獺にして其皮珍重せる」と語釈を示す。下段の「らうにいれる」という句に対しては，漢語表現の「繋獄，入牢，収監，監禁，監獄，禁錮」に続いて，和語表現の「ひとやにいれる」を対訳的に並べる。

和漢雅俗いろは辞典　国立国会図書館デジタルコレクション

80 言海 げんかい

【概観】五十音順で並べられた初の本格的な国語辞書。

【成立】大槻文彦（1847〜1928）著。『* 語彙』編集の失敗に鑑みて，文部省より，一人で辞書編集に取り組むことを命ぜられ，ウェブスターの辞書を手本に近代的辞書の作成を目指した。J. C. ヘボンによる『* 和英語林集成』からの影響も大きい（田鍋（2022））。1882（明治 15）年に初稿を完成し，その後清書を経て 1886（明治 19）年に再訂を終えた。文部省内にしばらく保管されたままだったが，稿本の下賜を受け，『日本辞書言海』と題して 1889（明治 22）年から 1891 年にかけて私費で 4 分冊にして刊行された。

【内容】本文約 1,110 頁，巻末にある「言海収録語 … 類別表」によれば 39,103 語を収録する。「む」は撥音の前に示している。冒頭に「本書編纂ノ大意」と「語法指南」が掲げてある。見出し語のほかに，品詞，動詞の自他，語釈が詳しく記されている。独自の語源説を展開されるところも多く，その点でも評判を博している。表記の面では，漢字語を「和ノ通用字」「和漢通用字」「漢ノ通用字」というようにとらえ，漢字・漢語を新旧，雅俗などによって区別している。漢語に限って言えば，いわゆる由緒正しい古来の漢語を「和漢通用字」，近世唐話や白話表現に使われる語彙を「漢ノ通用字」とし，そして「和ノ通用字」には，日本語に溶け込んだ日常漢語「料理人，立身」（日本語的な意味になったもの），和訓から音読みへ変わったもの「支障，心配」，さらに明治以来新しく造られた新漢語「流体，零点，絶対」などを含めている。これは，日本的に意味変化した漢語を明らかに意識したもので，近代日本における「和製漢語」という意識を芽生えさせたものとして評価できる。しかし，総語数 39,103 語のうち，漢語は 13,546 語で全体の約 35％を占めているに過ぎず，『言海』の漢語収録数の少なさ，とりわけ新漢語の収録の少なさはよく指摘されることである。「漢ノ通用字」を見出し語として数えてはいなかったことも一因と思われる。

　大槻はこの辞書にほとんど全精力を注ぎ，困難を乗り越えて刊行にこぎつけた経緯は『言海』末尾の「ことばのうみの おくがき」に詳しい。

【諸本】初版は 4 分冊だったが，1 冊本として刊行されるようになった後も印

刷を重ね，1949 年には第 1,000 刷を迎えた。さらに，著者の死後，増補改訂
された『* 大言海』(1932) も刊行された。

【図版解説】『私版 日本辞書 言海』［大修館書店 1979］第 4 冊。「れうり」を
歴史仮名遣いで見出しを示し，「料理」を「和漢通用字」として，語釈に使
う類義語「割烹」「調理」を「漢ノ通用字」とする。一方，「料理菊」「料理
茶屋」「料理人」「料理長」，そして他動詞「れうる」の漢字表記「料理」な
どを日本独自の「和ノ通用字」として，その日本的要素を強調している。

言海
（『私版 日本辞書 言海』　大修館書店）

81 日本大辞書 にほんだいじしょ

【概観】国語辞書。各語にアクセントをつけたものとしては最初の辞書。

【成立】山田武太郎（美妙，1868〜1910）編。第1巻〜第10巻，第10巻補遺，附録の12分冊として，1892（明治25）年〜1893（明治26）年刊。日本大辞書発行所。

【内容】『＊言海』への対抗意識で編集が始められ，1,400頁からなる大著として刊行された。付録に「日本音調論」がある。五十音順配列で，促音や撥音は「を」の後に配列する。当時の東京アクセントを記す初めての国語辞書である。字音と和訓を混ぜて文字表記による「和漢通用字」「和ノ通用字」を強調する『＊言海』よりも一歩進んで，和訓の漢字表記語を除いて，音読語のみを対象に「漢語」「字音」が表記された。「符号の解」では，

　　　　　　　｛｝……日本ノ通用字　　　｛（）｝……支那ノ通用字

と，記されたように，明らかに前者を「和ノ通用字」，後者を「和漢通用字」と見立て，『＊言海』同様の扱い方をしている。いわゆる「漢ノ通用字」に相当するものには触れていないが，語釈のなかに，＝の後に出てくることがある。すなわち，本書は「漢語」を「和漢通用字」と同一視し，「字音」を和製漢語としてより鮮明に捉えている。「心配，支障，仕様，支配」などのような訓から音へ変わったもの，「社会，宗教，出版，進化，神経，心理，政党，広告，商標」などの新語訳語を，字音語としている。そして，『＊言海』の分け方に対しても幾分修正を加えている。たとえば，「理論，臨済宗」を「和ノ通用字」から「漢語」へ，「論説，旅費，累年，連年」を「和漢通用字」から「字音」へと変えている。意味による改正の点は特に注目される。たとえば出典は漢籍でありながら，日本において起った意味的変化を捉えて，同じ熟語内の「分立」を図っている。

　　三国　（一）漢語。蜀，呉，魏ノ三ツノ国。

　　　　　（二）字音。日本ト支那ト天竺。

　　接待　（一）漢語。應接。＝アヒシラヘ（客ナドニ）。

　　　　　（二）字音。ホドコシ。＝フルマヒ。＝施與。

「三国」は日本と中国で指す対象が違うので，もっぱら別々の意味で区別

されているのに対し，「接待」は日本における意味変化の部分を「字音」を
もって区別している。ほかに，本名山田武太郎の名で編集された『大辞典』
が新漢語の収録の多さで知られる。

【諸本】12 分冊版の後に合冊として版を重ねる。複製本［ノーベル書房 1978］
［名著普及会 1979］［大空社 1998］。

【図版解説】第 10 巻補遺「れうけん」には「｢(第一上) 名。｛(料簡＝了簡)｝
(一) 漢語。思案。(二) 字音。堪忍。＝宥恕。(三) ココロ。「悪イれうけ
ん」。」と記している。「(第一上)」はアクセントを示している。「料簡」(一)
の意味「思案」を漢語とし，(二) 以降の意味の発生および形成は日本にお
いてなされたものとみて，それを「字音」として識別している。

日本大辞書

82　大日本国語辞典　だいにほんこくごじてん

【概観】日本初の近代的大型国語辞書。上田万年が共著者としてみえるが，実質的な編集は松井簡治（1863 ～ 1945）の手になる。

【成立】上田万年・松井簡治共著。初版は 1915（大正 4）年～ 1919（大正 8）年。冨山房・金港堂刊。当初英語を学んでいた松井は後に文科大学で国語漢文を専攻する。この経歴が，ウェブスターをはじめとする英語辞書の充実に比べ，当時の日本語辞書の遅れを自覚させ，国漢を学ぶに至り，日本での索引作成の遅れに不便を感じるようになって，辞書編纂の志を立てたと考えられる。本格的に辞書編集に着手したのが 1903 年ごろとすれば，初版全 4 巻の完結まで 17 年を要したことになる。この準備段階として，古典籍を渉猟し，索引を作成した結果約 40 万語に達したため，その半数の約 20 万語を立項しようと考えたらしい。松井は初版刊行後も項目の増補訂正に努め，修訂版の松井自身による序文から，近世以降の新項目や新語項目を増補巻として別冊 2 巻の出版を計画していたことがわかる。ただ，増補版は組見本までできていたものの，太平洋戦争の影響で日の目を見なかったという（松井（2002））。

【内容】見出し語は約 204,000 語。収録語は上代語から現代語に至る幅広い時代をカバーし，専門語・外来語の通用語も収める。方言は東京・京都地方のみとし，地名・人名・書名等の固有名詞は神仏の名称を除いては一切とらない方針をとり，国語辞書としての性格を徹底させている。配列は全ての語を 50 音順とし，「ん」は「む」の位置ではなく最終に置く。簡治の孫である栄一（しげかず）が中心となった本書の改訂作業は『＊日本国語大辞典』（小学館）として結実する。

【諸本】初版は本文のみの全 4 巻だが，修正版（1928）は全 4 巻に索引 1 巻の全 5 巻となる。1939 ～ 1941 年に修訂版として本文全 5 巻を刊行。ただし，初版から修訂版までの語数に大きな変更はなく，記述の訂正や近世および漢籍の用例を若干追加するにとどめている。1952 年に修訂版を縮刷した 1 巻本の新装版が刊行されている。

【図版解説】見出し語は語種にかかわらず，平仮名で掲出し，和語は歴史的仮名遣いによる。「あんばい／あんぴ」などの字音語には漢字表記の上に｜

を付すが，混種語には付さない。「あんぱふ」の右傍には「ポゥ」のように
カタカナを小書きして発音を表示する。外来語は「あんぱいや」のように原
綴を示し，見出し語だけでなく語釈中でも棒引き仮名遣いを用いる。専門語
は【理】【植】などの分野表示を行い，品詞は（　）に入れて示す。

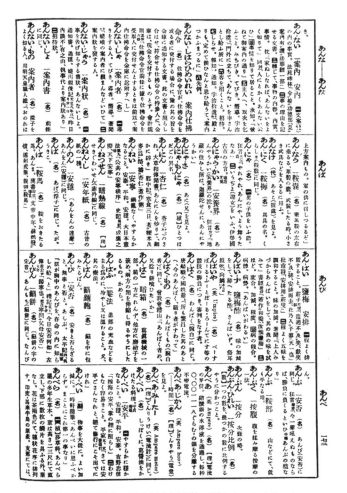

大日本国語辞典　国立国会図書館デジタルコレクション

83　日本新辞林　にほんしんじりん

【概観】小型化された普通語辞書の最初。

【成立】林甕臣・棚橋一郎合編。1897（明治 30）年 10 月，三省堂刊。

【内容】三省堂が明法堂から『＊日本大辞書』（山田美妙著）の版権を買い取って改編し，1896 年 10 月に『帝国大辞典』（藤井乙男・草野清吉編。本文 1,407 頁，菊判（縦 226mm））を刊行した。三省堂初めての国語辞書であった。古語から現代語に至るまで通行の普通語を収録し，見出し語数約 57,000。『＊日本大辞書』と同じく，見出し語の配列は促音・撥音を五十音の最後に置く一方，見出し語は活用語尾の表記を片仮名ではなく平仮名に統一する，アクセントを示さない，語釈を口語体から文語体に改め平仮名主体にする，補説を削除するなど，従来の辞書の形式に戻した点も多く，語釈も穏当な記述に書き改められた。1 年余りの極めて短期間で編集されたこともあって，「あきらか」を副詞，「あきらかさ」を形容詞とするなど品詞表記に混乱もあったが，見やすい紙面構成によって好評を博した。

　これを縮刷改編して，1 年後に刊行されたのが『日本新辞林』である。文字の大きさをそのままにしつつ，版型を四六半截（14.9 × 11.2cm）に小型化しながらも，新しい時代にふさわしく，当代通用の字音語・俗語を加えて収録語数約 46,000 を誇る。全体の分量を削るために，一字漢字などを大幅に削除し，語釈を簡略にしたほか，語釈を前の行（場合によっては後の行）に折り返す，古典の用例を「『』」の下に小字で示す，類義語を「◎《同義》」の下に小字で記すなど，紙幅を確保するためさまざまな意匠が加えられた。見出しの示し方も「あいくるし〔形動〕」の見出しのもとに，「ーさ〔形名〕」「ーき，ーい〔形〕」「ーく，ーう〔副〕」のように，小見出しとして追い込むなど簡略化を図っている。また，品詞については，形容詞は文語形見出しで「形動」とし，「形容詞」は「あまい」などの連体形，「あたら」などの形状言をさす。また，動詞も文語形見出しを原則とするが，口語形「あっためる」では〔動ま下一〕のように示す。一字漢語サ変動詞は品詞を示すが，熟語のサ変動詞は〔名〕とし，語釈の最後に「ーす〔動〕」と示す。活用語の名詞形は，たとえば「親知らず〔活名〕」のように示す。見やすい紙面であ

ることから版を重ね，後の三省堂刊の『＊辞林』そして『広辞林』『＊小辞林』の編集に大きな影響を与えた。

【諸本】1897 年初版。本文 1,875 頁。2 段組，1 段 23 行。

【図版解説】図版は巻頭部分。上段「あ［名］」では語釈の 2 行目に小字で古典の用例を示す。小口に「（　）通用字」と注記されているように，「あ［代名］」のあとに慣用表記を示すが，語釈の最後の（　）にも，それ以外の慣用表記を示す。上段最終行の「ああ［感］（嗚呼）」の語釈の最後は，別の慣用表記（嗚呼，於戲）を次行に折り返している。同じ項目に小字「《同義》」の下に「あな。あら。」と類義語を示している。

日本新辞林
三省堂

84　日本大辞典 ことばの泉　_{にほんだいじてん ことばのいずみ}

【概観】中型国語辞書。百科語彙を見出しとした最初。

【成立】落合直文編。1898（明治 31）年〜1899（明治 32）年，大倉書店刊。

【内容】落合直文は 1888（明治 21）年から語彙を収集しはじめ，1894 年秋に一応終了した。その 9 月より本格的な編集に入り，1896 年秋にはほぼ完成したという。しかし，『帝国大辞典』『日本大辞林』が出版されたため，出版を延期して，その後さらに語彙を追加し，本体の全 4 分冊は 1898 年 7 〜 12 月に刊行された。当時の分冊による出版では，『* 日本大辞書』の，11 分冊が 1 年 2 ヶ月で刊行されたことに匹敵するスピードぶりである。「語法摘要」と「画引」（見出し語表記の漢字を第一字めの総画数によって読みを求める索引で，赤堀又次郎の発案によるという）を収める首巻は翌 1899 年 5 月に刊行された。所収語 92,076 語で，五十音順に配列する。普通語のほかに，俗語・方言や古語，さらに人名・書名・地名，神社仏閣の名など百科的な語彙も広く収録する。いわゆる百科語彙を国語辞典の見出しとした最初のものである。ただし，その語釈は繁簡一定せず，不統一である感が否めない。

　のち，直文は増補訂正を始めたが，途中で没した。これを落合直幸が父の門弟とともに引き継ぎ，1908 年に『大増訂日本大辞典ことばのいづみ補遺』を刊行した。約 7 万語を増補したという。さらに改修が加えられて，見出し語約 268,300 を収録する『改修言泉』（芳賀矢一，1921 〜 1928，6 冊）も刊行された。

【諸本】四六倍版の和装本で，本文 4 冊，首巻 1 冊。本文 1,533 頁。第 1 分冊は 1898（明治 31）年 7 月，第 4 分冊は同年 12 月，さらに首巻が 1899 年 5 月に刊行。訂正増補版（第 12 版）は，首巻の「語法摘要」を巻頭に，画引き索引を巻尾に収め，補遺・枕詞を付している。いずれも大倉書店刊。

【図版解説】二重傍線は引用の語句に相当する「れうず」には「動佐変自」とあり，「サ変」という名称が用いられている。「れうし」は書名，「れうた」は人名で，これらの固有名は『* 言海』『* 日本大辞書』にはもちろん立項されておらず，また，両書に同じく見えない「れうかく」「れうきやく」「れいくわ」「れいくわく」「れうくわん」なども見出し語とされている。

れい-へい-ゑ　さまよふこと。

れい-へい-ゑ　例幣使。

れい-へう-ゑ　洋槐。海をとひ。みをとふし。

れい-へう-ゑ　靈廳。動物。獸の名。

れい-へう-ゑ　靈廳。

れい-ぼく　ゑ　靈木。うねてうれなし。

れい-ぼく　ゑ　靈木。ほんぼく（靈水）

れい-ぼく　ゑ　諸演。めしつかひの男。

れい-ほん　ゑ　零本。はほんよれなし。

れい-まひり　ゑ　禮参。

れい-みん　ゑ　黎民。たみ。

れい-む　ゑ　靈夢。神佛の示現せる

れい-めい　ゑ　令名。れいぶん（令聞）

れい-めい　ゑ　黎明。夜のひきわけ。あけがた。

れい-めい　ゑ　黎明。

れい-やく　ゑ　靈藥。奇異なる功能ある藥。

れい-よ　ゑ　藐餘。

れい-よ　一訓　れいよ。

れい-よう　ゑ　羚羊。

れい-ゐく　ゑ　靈育。

れい-ゐう　ゑ　伶儅。

れい-りん　ゑ　怜悧。かしこきこと。

れい-れい　ゑ　零零。

れい-ろう　ゑ　玲瓏。

れい-ろ　ゑ　靈露。

れい-ろ　ゑ　露路。

れう　ゑ　料。用ゐるべきもの。

れう　ゑ　寮。二階に屬する官舎。學校。

れう-くわい　ゑ　理會。さとりあること。

れう-じ　ゑ　療治。病を癒すこと。

れう-ぜん-と　副　瞭然。あきらかに。

れう-ぜん　ゑ　料箋。料理に。

れう-そく　ゑ　料足。ぜに（錢）

れう-た　形　了。居士と説ず。

れう-てん　ゑ　瞭然。

れう-とく　ゑ　了得。さとること。

---

85 辞林 じりん

【概観】中型国語辞書。実用的な国語辞書の典型。

【成立】金沢庄三郎編。1907（明治40）年初版，三省堂刊。

【内容】見出し語数約 82,000 語。当代通行の語を中心として，字音語や新造語・俗語・学術用語などをも積極的に収録した。複合語・派生語は子見出しとして大幅に取り入れたり，専門用語には，哲学・仏教や化学・数学などの別を示したりするなど，見出し語の選定は今日の国語辞典に一段と近づいている。用例は典拠付きのものを載せず，作例が示されるだけで，語釈も簡潔でバランスのとれたものとなっている。字音語の見出し語は歴史的仮名遣いによる（『広辞林』では，字音語だけ表音的仮名遣い「写音的仮名遣」に改めた）。促音「っ」は小書きで表記され，「つ」の部に準じて扱われている。また，長音府「ー」は短音の後に配列され，「あ」の後に「アーチ」「アール」などが位置し，その後に「ああ」が配列される。見出し語・漢字表記・編集の実務は足助直次郎が担った。1911（明治44）年の改訂版では大幅に見出し語を入れ替え，語釈も改められた。現代語辞典の嚆矢ともいうべきものである。

　同じ編者によって，これを大幅に増補改訂した『広辞林』が1925（大正14）年に刊行された。現代語の収録にさらに力を注ぎ，その結果，昭和初期において中型国語辞書の典型という評価を得，広く用いられた。

【諸本】1907 年 4 月初版。本文 1,637 頁，四六判（縦 187mm）。1909（明治 42）年増補再版（本文頁数に増減なし），1911（明治 44）年に改訂された（本文 24 頁増加）。1918（大正 7）年に 3 段組を 4 段組に変えた縮刷版，1923 年に中形版を刊行した後，1925 年『広辞林』に引き継がれた。いずれも三省堂刊。

【図版解説】図版は巻頭部分。『＊日本新辞林』と異なり，見出し語の下に［　］内に慣用の漢字表記を示し，次に品詞を示す（この形式が現代に至る）。ただし，語釈の最後の（　）にも他の慣用表記を示すのは前書を踏襲したものであることがわかる（『広辞林』では最初の慣用表記欄に列記するようになる）。ただし，欄外下には「古語・俚語・字音」の 3 種が示されるだけで「通用字」は示されていない。また，『帝国大辞典』『＊日本新辞林』では「ああめん」は平仮名見出しであったが，本書では外来語を片仮名見出しにする。冒

頭「あ」の語釈中に「韻（ヒビキ）」というように漢字の読み方を記している
るが，『* 日本新辞林』では括弧のない形式であったのを改め，「慕（シタ）
ひ」（「あい［愛］」の項），「傷（イタ）む」（「あい［哀］」の項）のように読み
やすくしている。見出し語・慣用表記・品詞表示をより大きく示し，語釈の
字をそれより小さくして紙面を見やすくするなど，語釈・用例などともに，
一段と実用的な紙面構成となっている。

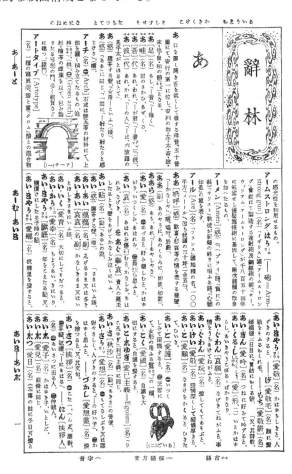

辞林
三省堂

86　小辞林　しょうじりん

【概観】コンサイス判の小型実用国語辞書。

【成立】金沢庄三郎編。1928（昭和3）年9月，三省堂刊。

【内容】『広辞林』（1925年刊）の見出し語を適宜取捨選択し，携帯用としての小型辞典を目指したもの。いわゆるコンサイス判（三五判変形，縦152mm）で，本文975頁，見出し語数は約8万。『広辞林』の4段組み1段32行を，4段組みのまま1段27行で組んだ。見出し語は古典に関するものを削除し，「新時代の用語並びに外来語」を大幅に増補したという。見出し語は子見出しとして示す場合がある。たとえば，熟語は一字漢字「宿」の見出しのもとに「－あ［宿痾］」「－あく［宿悪］」から「－ろう［宿老］」までを載せる。和語でも「こひ［恋］」のもとに，「－あかす」「－あまる」「－か」「－かぜ」などを子見出しとして追い込んで示すなどの方式をとっている。見出しは和語では歴史的仮名遣いにより，漢字音の場合は「写音的仮名遣」と称する表音式仮名遣によって示し，下に片仮名で字音仮名遣を添える。外来語の長音符号「ー」は読まずに，短音の後に配列するので，「アークとう（灯）」は［あくとう（悪党）］の後に置かれる。促音の「っ」や拗音の「ゃゅょ」は見出しだけでなく語釈にも用いるのは見出しの示し方なども含めて『広辞林』をそのまま踏襲したことによる。また，品詞表示は動詞の場合，和語および一字漢語動詞の自他のみを示すだけで，活用の種類は記さない。熟語のサ変動詞は示さない。また，「あきらか」は名詞とし，形容動詞は認めない。語釈は文語体を用い，簡明にして平易な記述を徹底させている。そのため，見出しの一語について，語釈を含め一行で記述が収まるものも多い。その紙面の見やすさ，実用性に富む点によって，執務用の小型辞典として昭和前期において広く世に受け入れられた。

【諸本】1928年初版。翌1929年に3段組にした大型判（新書判とほぼ同じ判型）では本文を3段組として読みやすくし，外来語約2,000語を増補した。1954年には内題に「新版」と表示し，大型版を四段組に組み直して刊行された（本文998頁）。また，1957年2月には改訂版の『新小辞林』が刊行された。

【図版解説】図版は初版の巻頭部分。現代仮名遣いによる「あい［間］」「あい［藍］」なども見出しとして立てるが，それぞれ歴史的仮名遣いによる本項目に送っている。二段目の「あいきょう」の最後に（愛嬌）とあるのは，『広辞林』と同じく，（　）内に別の慣用表記を示したもの。

小辞林
三省堂

87　大言海　だいげんかい

【概観】『＊言海』を大きく改訂した国語辞書。

【成立】大槻文彦著。全4冊，1932（昭和7）年〜1935（昭和10）年，冨山房刊。

【内容】大槻文彦は1912（明治45）年に冨山房の自著『＊言海』の大増訂に着手したが，1928年（昭和3年）に没したため，その後は，協力者の大久保初男（1866〜1938）等がその遺志を継いで完成させた。第1巻の冒頭に，新村出の序文（1932（昭和7）年10月），兄の大槻如電の刊行緒言（1930（昭和5）年2月）に次いで，文彦自身の一文「本書編纂に当たりて」（1919（大正8）年11月），子の大槻茂雄の序を載せる。編集方針は『＊言海』を引き継ぎつつも，語源について独特の考証を加えたものとなっている。その理由として「最近の物の注釈には困却すること尚多し。たとへば，飛行機の如き，骨折りて調べて，その構造など記すに，半年過ぎぬに，その製造全く変ず。かくては，二年も経なば，辞書の解は誤となりて，却つて人を惑はすこととなるべし。（中略）辞書は，古き書を読み，不審なる語にあへる時，引きて見るといふこと多ければ，余は古き語に力を致すべし。新しきには，作者，自らその人あるべし。語原研究の話，一寸思ひつきたるところ，此の如し。」と自ら記している。見出し語は歴史的仮名遣いによって，和語・漢語は平仮名，外来語は片仮名で示す（右傍に表音的仮名遣いを付す）。語釈は片仮名，引用の語句を平仮名で示す。促音・撥音は片仮名の小字を用い，語中・語末の「ん」は「む」に準じる。見出し語数約98,100語。百科語の語釈が極めて詳しい項目や，用例も20行以上に及ぶ場合（ふけしゅう［普化宗］の項）もある。巻末には「語法指南」，新村出による後記のあとに，「ことばのうみのおくがき」を付す。『＊大日本国語辞典』とは異なる趣があり，その個性的な語釈によって広く世に受け入れられ，後の国語辞書に多大な影響を与えた。

【諸本】1932年第1巻，その後1935年の第4巻刊行をもって完結。本巻4冊。のち，索引1冊1937（昭和12）年刊。1956（昭和31）年に『新訂大言海』（縮印合冊本），1982（昭和57）年に見出し語を現代仮名遣いに改めた『新編大言海』を刊行。すべて冨山房刊。

【図版解説】見出し語配列で「ん」は「む」の後に置くことから，「かまま

ろ」「がまん」「がまむしろ」という順に配列される。「がまん」の次の漢字表記（「コ」に二重の傍線）の「我慢」は和漢通用字，語釈中の二重傍線部「耐忍」は漢の通用字であることを示す。「かみ」［神］では，語原を記す〔　〕に「隠身（カクリミ）ノ意ナリト云フ，…現身（ウツシミ）ニ対ス」と記されている。なお，『＊言海』では「上（カミ）ノ義カ，或云，赫身（カガミ）ノ約カト」と見える。

大言海
冨山房

88　辞苑　じえん

【概観】実用的な中型国語辞書。

【成立】新村出編。1935（昭和 10）年，博文館刊。

【内容】収録語は古語より現代語まで，また人名や百科語も多く所載し，その数は 158,164 語。本文 2,208 頁，四六判（縦 197mm）。当時としては斬新であった口語体によって，語釈が簡潔かつ平易に記述されている。岡書院店主の岡茂雄が 1930（昭和 5）年末に新村出に中高生から家庭向き国語辞典刊行を依頼したことに端を発する。そして，新村の教え子の溝江八男太の助力によって百科語彙を含めた辞書を目指すこととなった。編集が博文館に移譲された後も，岡茂雄は編集の事務を担当し，編集に協力した。見出しは表音的仮名遣いによって配列され，「ぢ」は「じ」に，「アー」は「ああ」と同じ扱いとした（したがって，「アークとう（灯）」は「ああ」の後，「あい」の前におかれるようになった）。また，va の類は「ヴァ」で記され，「ヴァージン」「ヴァイオリン」というように見出し表記された。形容詞の活用の種類は，ク活用を「形一」，シク活用を「形二」，また，古語には語釈の末尾に（古語）と明示されている。当時の需要に応えた辞書であったことから，刊行されるや，わずか 1 年ほどで 100 版（1936 年 3 月）に達する大ヒット商品となった。「辞苑」とは，東晋の葛洪の『字苑』にちなんだもの。ちなみに，1938（昭和 13）年に『辞苑』の姉妹書として，同じく口語体の語釈による学習用国語辞書『言苑』が刊行された。見出し語数約 10 万，『辞苑』をもとに百科項目のうちの人名・地名などは付録にまわし，現代語に重きを置いた編集となっている（1949 年以降は博友社刊）。

【諸本】1935（昭和 10）年 2 月初版。初版刊行後ただちに改定作業に入ったが，戦中・戦後の混乱もあって完了せず，1955（昭和 30）年に至ってようやく『＊広辞苑』（岩波書店刊）としてその改定増補が実現した。

【図版解説】見出し語はすべて表音的仮名遣いによったため，「つずき」［続］，「つずみ」［鼓］と表記される。その下に歴史的仮名遣いの扱いで「つづき」「つづみ」を示す。ただし，語釈には「つづく」というように慣用的な表記を記す。古典の用例は挙げず，「つずしる」の項のように（古語）とのみ示

す。「つずら」の子見出し「－こ」［葛籠］の語釈にある（つずら）は，表音的仮名遣で（　）に記した語が「同意語」（同義語）であることを表す。

辞苑　国立国会図書館デジタルコレクション

89　明解国語辞典　めいかいこくごじてん

【概観】日本初の現代語中心の小型国語辞書。

【成立】金田一京助編。1943（昭和 18）年初版，三省堂刊。

【内容】引きやすいこと，わかりやすいこと，現代的なことを根本的な方針としたことが序で述べられている。見出し語数は約 72,000 語（改訂版では約 66,000 語）。実務用として定評のあった『* 小辞林』（金沢庄三郎編）の語釈を文語体から口語体に改めつつ，『言苑』（新村出，1938）などをも参考にして現代的な語彙を増補したものである。実質的には見坊豪紀が独力によって編集したもので，1939 年に編集に着手し，1941 年には執筆を完了した。山田忠雄が編集を，金田一春彦がアクセントに関して補佐した。徹底した表音式の見出し語表記を採用し，たとえば，「公正」を「こお - せえ」，「続く」を「つず・く」とする（改訂版では「音楽」を「おん がく」というように鼻濁音を表示するなどの変更が加えられた）。見出しの下に⓪・①などの標準語アクセントを，さらに表記欄の下には片仮名で歴史的仮名遣いを示す。そのアクセントについては金田一春彦による「標準語アクセントの解説」が凡例の後に 19 頁に渡って掲載されている。わかりやすくするため，語釈には簡潔で平易な表現を用い，仮名を多用している。他の辞書には見えず，初めて立項された語は「隣組・ナイトクラブ・撃墜・空襲警報・ロケット・フレンチドレッシング・ドラム缶・無血」など多数にのぼる。

　本書を基礎として，見坊が主幹の『三省堂国語辞典』（三省堂，初版 1960），および，山田が主幹の『* 新明解国語辞典』（三省堂，初版 1972）が生まれた。

【諸本】1943 年初版，1952 年改訂版，1967 年新装版。1971 年まで刷りが重ねられた。1997 年には初版の復刻版が出された。いずれも三省堂刊。

【図版解説】見出し語の長音は表音的に「アアケエド」などのように母音を添えて記す。見出しは表音式であるが，語釈は「ああ」の項目に「あのやうに」とあるように歴史的仮名遣いによる。ただし，たとえば「愛育」の説明が『* 小辞林』では「大切にしてそだつること」というように文語体であったが，本書では口語体によって「かはいがってそだてること」と記される。「あいえん」（愛煙）の項目では『* 小辞林』には見えない「－か」という子

見出しも加えられていて，当時通用していた語が増補されていることがわか
る。また，読みにくい漢字には「四阿（アヅマヤ）」（「あ」[阿]）屋根覆（ヤ
ネオホヒ）」（「アアケエド」㊁）などのように，読み仮名を付けた個所が随所
に見えることも読み手に配慮したものである。

かいあ─あ　　　　　　　(1)

あ

あ①[吾]（代）[古]われ・わたくし。
あ②[彼]（代）[文]かれ・かれ。
あ（感）[古]ああ（嗚呼）。㊁よびかけの声
「─君」。㊂応答・返事の声。あい・はい。
あ①[鴉]（名）㊀つぎ・犬位。㊁きなゐ・位。
[イ]ナ・アジヤ（亜細亜）。[ロ]ナアルゼンチン
（亜爾然丁）。
あ─あ①[阿]（感）㊀返事・承諾する時の声。
ねること。㊁むね・承諾する時の声。
あ①（感）㊀むね・四阿（アヅマヤ）㊁おも
あ①（名）㊀しろっち・㊁かく・「白─」。
あ①（感）あのやうに。
アガス─カメラ④（名）前方を向いてひそかに横を写し得る。寫眞機・探偵カメラ。
アク─とお①[argus-camera]（名）向かひあった
方を向いてひそかに横を写し得る。寫眞機形前。
アク─ライト④[arc-light]（名）アアクク燈。
アク─ラムプ④[arc-lamp]（名）アアク燈。
アクーーライト④[arc-light]（名）アアクク燈。
アク-ランプ④[arc-lamp]（名）アアク燈。
アスス[arth]（名）㊀地球・大地。㊁（イ）[理]
アス①[arth]（名）㊀地球・大地。㊁（イ）[理]
ラジオの受信機と地面との間に電路を作る
二本の炭素棒に電流を通じて白熱した光を
放たせる電燈。アク─ラィト、弧燈。
下`拱場`キヤウラウ（感）㊁圓屋根のある廊
 アクーーエエド④[arcade]（名）㊁圓屋根のある廊
ながること。㊁地氣。
アチ[arcl]（名）地氣。
アチ[arcl]（名）㊀追持（セリモチ）。㊁緣。

明解国語辞典
三省堂

90　広辞苑　こうじえん

【概観】百科事典を兼ねた中型国語辞書。初版から第6版までの公称発行部数は累計1,100万部ののぼり，しばしば「国民的辞書」と呼ばれる。版が改められる際の増補語は社会的に認知された語という位置づけを得たと解され，マスコミが取り上げる。

【成立】新村出編。岩波書店刊。『＊辞苑』（1935，博文館刊）を改訂するかたちで編集作業が進められ，第二次大戦をはさんで1955（昭和30）年に刊行される。書名は中国の辞書『字苑』（東晋，葛洪）によるとされる。

【内容】もととなった『＊辞苑』の編纂方式を踏襲し，語釈は簡潔でありながら，百科項目，特に地名・人名・書名の多さは重宝される。収録語数は古代語から現代語までを広く収め，初版は約20万語，『＊辞苑』の約15万8千語を上回る。語釈は語源に近いものから順次時代を下るという歴史的配列を行い，用例も古典中心で，現代語の用例は簡潔な作例となっている。見出し語の表記は，第3版以降「現代かなづかい」（「現代仮名遣い」）が採用されたが，それ以前の版では「続く」を「つずく」とするような表音式を採用していた。また，品詞分類では形容動詞語幹を名詞扱いとし，代名詞は別立てしている。第2版補訂版まで，見出し語の活用語は文語形で示し，口語形は項末に語形のみ示されるため，現代語を検索するには不便であり，古語辞典に近い性格をもっていたが，第3版以降は口語形を親見出しに立てるという立項方針を転換した。原語に［v］を含む外来語で「外国語の感じが多分に残っている語」の表記には「ヴェニス」のように「ヴ」を採用するものがあり，バ行とヴァ行双方を検索する必要がある。

　初版から第6版までの公称発行部数は累計1,100万部にのぼり，しばしば「国民的辞書」と呼ばれる。版が改められる際の増補語は社会的に認知された語という位置づけを得て，マスコミに取り上げられる。

【諸本】初版（1955.5.25）約20万語，第2版（1969.5.16），第2版補訂版（1976.12.1）では約2万語入れ替えたという。第3版（1983.12.6）約21万2千語，第4版（1991.11.15）約22万語，第5版（1998.11.11）約23万語，第6版（2008.1.11）約24万語，第7版（2018.1.12）約25万語。第2版補訂版は

270万部の売り上げがあったという。1987年に第3版をCD-ROM化して以来，電子辞書などの電子媒体でも販路を広げ，第6版ではDVD-ROM版も同時に発売される。なお，第4版刊行後に『逆引き広辞苑』が刊行されている。

【図版解説】見出し語は「つず〈づ〉く」のように表音式を原則として，〈　〉内に現代仮名遣いを示している。また，口語で「続く」「続ける」のように活用の種類が異なる語は「つず〈づ〉く」の項末に「口語つずける（下一）」とし，「続ける」の見出しは「⇒つずく（下二）」のような空見出しとしている。

広辞苑 第2版補訂版
岩波書店

91　日本国語大辞典　にほんこくごだいじてん

【概観】日本で最大規模の大型国語辞書。略称「日国」また「日国大」。

【成立】1961（昭和36）年から作業が始まり，1972年〜1976年初版刊行（小学館）。全20巻。編集委員は，市古貞次・金田一春彦・見坊豪紀・阪倉篤義・中村通夫・西尾光雄・林大・松井栄一・馬淵和夫・三谷栄一・山田巌・吉田精一。1979〜1981年縮刷版10巻刊行。第2版は2000〜2001年刊行。全13巻に別巻を添える。編集委員は，北原保雄・久保田淳・谷脇理史・徳川宗賢・林大・前田富祺・松井栄一・渡辺実。

【内容】初版は，『＊大日本国語辞典』（1915〜1919，冨山房）を拠り所として，その編集を行った松井簡治の孫栄一が中心となって編集し，小学館の英断によって完遂した。10年にわたり，約400名の協力者によって作られた。古語から現代語，和語・漢語・外来語また方言にわたる，約45万語を採録し，各見出し語について，歴史的仮名遣い，漢字表記，品詞，語釈，用例，語源説，発音，アクセント，古辞書の出典，補注を記述する。従来の国語辞書がともすれば古代語，中古語に重点があったのに対して，明治期の語や用例も豊富に盛り込んでいる点に特色がある。

　第2版は，さらに30年以上かけて3,000人の協力者によって改訂され，新規項目約5万語，主として中世から明治期の漢語および近世・近代の口語，方言，百科項目を増補した。また，用例も約25万例を追加し，文献の成立年（刊行年）を表示する。この他，表記，同訓異字，上代特殊仮名遣いなどの欄を新たに増設する。特に，語誌欄を新設し，語の成り立ちから意味用法の変遷，類語との関係，文化的意味の記述を行ったことは第2版を特徴づけるものである。その後，2006年に精選版3巻を刊行し，2007年にはIT時代に対応するため，オンライン版のサービスを開始した。辞書・事典を中心としたデータベースJapanKnowledgeで公開されている。

【諸本】1972〜1976年初版20巻。1979〜1981年縮刷版10巻。2000〜2001年第2版13巻・別巻。2006年精選版3巻。

【図版解説】第2版。「おしえる」の項に「書紀（720）」「竹取（9C末〜10C初）」と見えるように，第二版では出典文献の時代を西暦や世紀で明示する。

「語誌」では，この動詞のとる構文について和文と漢文訓読文とでは異なる点や，関連語の「をしゆ（る）」について述べている。「語源説」は科学的根拠の乏しいものも多く含むが，各時代の語源意識をうかがう上では有益であるとの見解から網羅的に示してある。方言情報に詳しい点も注目される。

日本国語大辞典 第2版
小学館

92　新明解国語辞典　しんめいかいこくごじてん

【概観】小型国語辞書。第6版まで（2004現在）初版以来の累計で1,950万冊の売り上げがあるという。第6版の収録語数は約76,500語。

【成立】山田忠雄ほか編。三省堂刊。「新明解」の書名は，直接的には『＊明解国語辞典』（1943）の発展形を意味するが，書名としての「明解」は『明解漢和辞典』（三省堂，1927）が早い。本書は『＊明解国語辞典』の改訂から始まり，『明解』の編集に関与していた山田忠雄が『新明解』の主幹となった。同じく『＊小辞林』の改訂以来『明解』の編集に携わっていた見坊豪紀は『三省堂国語辞典』（1960初版，見坊は第3版（1982）から編集主幹）に精力を注ぐこととなり，奇しくも『明解』の関係者から現代の特徴ある2点の国語辞書が生まれることとなった。

【内容】初版以来主幹を務める山田忠雄の個性が反映した辞書としても知られる。語釈の筆致はときに世相風刺，文明批評となり，読む国語辞書としての評価が高い一方で，語釈に中立性を欠くとする批判もある。「漢語的表現・古語的表現・老人語・雅語的表現」などの用語で類義語間の文体差を示すことも特徴的である。第5版からは，基本構文の型や助数詞の情報を与え，第6版から「運用」欄を新設して対人関係にかかわる表現の補説を行うなどの工夫がみられる。山田忠雄は1996年に没し，第6〜7版では倉持保男が編集幹事として実質的な編者となった（2018年没）。

【諸本】初版（1972.1.24），第2版（1974.11.10），第3版（1981.2.1）。この間の編者は金田一京助・金田一春彦・見坊豪紀・柴田武・山田忠雄。第4版（1989.11.10）編者は金田一京助・柴田武・山田明雄・山田忠雄。第5版（1997.11.3），第6版（2004.11.23），第7版（2011.12.1），第8版（2020.11.19）。第5版以降の編者は山田忠雄・柴田武・酒井憲二・倉持保男・山田明雄だが、第7版から上野善道・井島正博・笹原宏之が加わり、第8版では山田忠雄・倉持保男・上野善道・山田明雄・井島正博・笹原宏之を編者としている。判型は主としてB6変型判だが，このほか，小型版（A6判）机上版（A5判）もある。第5版以降「大きな活字の新明解国語辞典」とするB5判もある。

【図版解説】見出し語の直下にある丸数字はアクセント核のある拍を示す。

「どくしょ【読書】」の語釈の前後にあるような〔　〕内に，語源，位相，使用場面の限定など，種々の情報を補筆する。「特殊」のように，重要語にはその度合いによって＊＊，＊を付す。「特集」「独習」の表記欄には，常用漢字音訓表や現代の一般的な漢字表記以外の表記例も加える。造語成分となる単漢字については，囲みの中で解説を行う。「特昇」の語釈にみえる「圧縮表現」はいわゆる略語を表す『新明解』特有の用語。

れる性質。「元祖タ文化の一」

とく①【得失】利益と損失。損得。〔広義では，プラスの点とマイナスの点にも用いられる〕

とくじつ①【篤実】—な 誠実で，相手の立場を考える気持が強い様子。「一な人柄」

とくしゃ①【特写】—⇦ その人だけが特別に（写真に）うつすこと。「一①本誌」

とくしゃ①【特赦】—⇦ 恩赦の一つ。有罪の言渡しを受けた者のうち，特定の者に対して，刑の執行を免除し，有罪の言渡しの効力を失わせること。⇨恩赦

どくしゃく①【独酌】—⇦ ひとりで（自分でつぎながら）酒を飲むこと。

どくじゃ①【毒蛇】牙②に毒液を分泌する腺②を持つヘビ。コブラ・ハブ・マムシなど。

どくしゃ①【読者】新聞・雑誌・単行本などの読み手。

*とくしゅ①【特殊】—には 一他の同種の物事（場合）とは異なった面を持っている様子。「一なケース・一性①」⇔普遍 二平均水準からすれば，特別扱いをする必要がある様子。「一児童④」 —児童④「⇔心身の発達に障害のある児童。 —教育④「⇔特殊児童の教育」 —学級④「⇔特殊児童の教育」 —学校④「⇔盲学校・聾学校など」 【—鋼】ニッケル・クロムなどを加えた，硬度の高い鋼鉄。 —撮影⑤「⇔映画製作などで，特別な高度の技術やトリックなどによる撮影法。特撮。

子。「一の薬剤」

とくしゅう①ジ【特需】特別の需要。〔狭義では，在日アメリカ軍が日本で調達する物資や役務の需要を指す〕一産業①

とくしゅ①【特種】—な その物だけ，他と種類が違う様子。

どくしゅ①【毒手】危害を加えたり 損害を与えたりしようとする，相手の悪だくみ。

どくしゅ①【毒酒】毒を交ぜ入れた酒。

どくしょう①【読誦】—⇦ 〔古〕声を出して 経文（本）を読むこと。

とくしゅう①ジ【特集】—⇦ 〔雑誌や新聞のある面を〕特定の問題を中心に編集すること（したもの）。表記 もと「特輯」。

どくしゅう①【独習】—⇦ 参考書と首っ引きで，他の力を借りずに規定の学科や課程を学び終えること。「一書」表記「独修シウ」とも書く。

どくしょ①【読書】—⇦ 〔研究調査のための興味本位ではない〕勝義の読書には含まれない〕一家①・一力②・一三昧・一百遍「古くは，「とくしょ①」

とくしゅつ①【特出】—⇦ 特別にすぐれていること。

とくしょう①【特称】〔一般的な意味ではその資格を備えているものすべてに適用されるはずの名称が〕歴史的・社会的に特に限られたものだけに適用されるもの。例，「太閤」

とくしょ⑨【特昇】「特別昇給」の圧縮表現。「人事院規則による」

【匿】とく。かくまう。「匿名・隠匿・秘匿」

【特】とく 一般の水準とはかけ離れている。すぐれている。「特急ホウ・特注」

【得】①専らその事のために設けられる。手に入れる。「得意・得失・得心タ②会得トク・納得ホ②」①自分のものにする。「得票・獲得・所得」①わかる。さとる。

【督】とく とりしまる。「督励・監督・提督・督戦」①せきたてる。「督促」

【篤】トク ①あつい。熱心。「篤学・篤志・篤農・懇篤」②病気が重い。「危篤」

【瀆】けがす。「瀆職・瀆神・冒瀆」

どく
【独】〔老いて子供の無い人の意〕一(一)つれが無い。ひとり。〔二〕①ひとりで。独善・独自・独白・孤独・単独 〔二〕②（略）ドイツ（独逸）。「独和辞典④・日独①」

【読】〔書いてある文字を声に出してよむ〕音読・朗読・代読

新明解国語辞典 第4版
三省堂

93 大辞林 だいじりん

【概観】百科事典を兼ねた中型国語辞書。大辞林を冠した辞書には『日本大辞林』（物集高見纂，1894）『国語漢文大辞林』（国語漢文研究会編，1908），『新選大辞林』（松田弘毅編，1934）などもあるが，これらと直接の関係はなく，三省堂から刊行された『＊辞林』（金沢庄三郎編，1907）に由来する。しばしば『＊広辞苑』と対比される現代の代表的中型国語辞書である。

【成立】松村明編。1988年三省堂刊。『＊広辞苑』が現代語よりも古典語重視の傾向があったことことに対抗し，1959年ごろから企画が立ち上がった（倉島（1995））。しかし，三省堂の倒産などもあり完成まで約30年を要した。

【内容】古代から現代までの日本語に加え，固有名詞，専門用語などの百科項目を収める。見出し語は現代仮名遣いにより，外来語はカタカナで示すが，「ヴ」は用いない。見出し語の下にはアクセント核となる拍を数字で表し，それを四角で囲む方式によって共通語アクセントを示している。品詞表示はほぼ学校文法に準じており，形容動詞も認める。ただし，代名詞は別に立てる。見出し語の漢字表記は，常用漢字音訓表との対応関係を記号によって示す。語釈の配列は，『＊広辞苑』が歴史主義的であるのに対し，現代語でよく使われる意味を先頭に掲げ，以下は歴史的な配列を行う方式である。現代語優先主義の編集は『角川国語中辞典』（1973）ですでに行われているというが（石山（2004）），同規模の『＊広辞苑』と対比すれば，『大辞林』の大きな特色の一つである。出典表示は古代から明治までの用例を掲げ，現代語は作例を示す。字音の造語成分をまとめて掲出したり，日本語の基本的知識をまとめる特別頁を用意するなどの工夫も見られる。

【諸本】初版（1988.11.3）約23万語，第2版（1995.11.3）約23万3千語，第3版（2006.10.27）約23万8千語，第4版（2019.9.5）約25万1千語。すべてB5変型版だが，第2版ではB5拡大版の机上版や3分冊版なども発売され，第2版刊行後『漢字引き・逆引き大辞林』（1997）も刊行される。初版発行部数は80万部にのぼる。第3版からDual大辞林と称してWeb版のサービスも行い，冊子体に先行して新語を増補する試みが行われている。

【図版解説】「ありがたい」は現代語と古語とで意味の異なる代表的な語だが，

現代語の意味を□に，古語は□に配し，〔　〕内に歴史的変遷を簡潔に記す。また，見出し語の下には「（文）クありがた・し」というように文語形を示す。項末には派生語を掲げ，それぞれの品詞表示を行っている。「ありがたい」のような使用頻度の高い重要語は見出し語を大きな活字で示す。

アリーナ【arena】一般には周囲に観客席のある競技場・演技場のこと。アレナ。❷古代ローマの円形劇場場内の闘技場。

アリウス【Arius】古代キリスト教会で異端とされたアリウス主義の祖。アタナシウスの三位一体説を批判。父なる神とその被造物であるイエスの異質性を主張。三二五年ニカイア公会議で弾劾され追放された。

あり・う【有り得】➡ありうる

ありうち【有り内】〔「有り内」の気絶するのは→です／鉄仮面淚香〕世間でよくあること。ありがち。「女の─」

ありう・べき【有り得べき】（連語）あっても不思議はない。「─事態。」

ありうべからざる【有り得べからざる】（連語）〔「有り得べからざる」の連体形「ざる」〕あるはずがない。あってはならない。

ありう・る【有り得る】（動ア下二）図ア下二　あり・う　可能性が十分ある。あることが考えられる。「─うるケース」「そんなことは─うる」「あって当然で─」〔現代語でも「ありえる」という形にならないで、例外的に下二段活用を保っているもの〕

ありえ・ない【有り得ない】（連語）小詠唱。あるはずがない。「そんなことは─ない」　→有り得る

アリエッタ【❼arietta】小抒情曲。短いアリア。

アリエス【Philippe Ariès】❶❻〔人〕フランスの歴史家。子供・死生観・性を中心とした家族史研究に新生面を開いた。著「死と歴史」「子供の誕生」など。

ありおう【有王】❶僧俊寛の忠僕。平家物語では、鬼界ヶ島に俊寛を訪ね、その死後に遺骨を高野山に納めて出家し主人の菩提を弔ったと伝える。

ありおうざん【有王山】❷京都府綴喜郡井手町の東方にある丘陵、後醍醐天皇が笠置山から逃げ落ちた地。

アリオスト【Ludovico Ariosto】❶❻〔人〕イタリアの詩人。長編叙事詩「狂えるオルランド」は八行韻詩で綴られた

ありがた【有り難】（形容詞「ありがたい」の語幹）─な─み❺〔有り涙〕ありがたくて流す涙。感謝の涙。「手厚き取扱ひに呉れける／露小袖二❼羽〕─めいわく❺〔有（り）難迷惑〕（名・形動）因ナリ　親切や好意に感じられること。まともに思いながら、かえって迷惑に感じられること。─そのさま。─がる人❶〔有り難がる人〕権威ある人の説をむやみに信じてありがたがる人。─やま❶〔有り難山〕「ありがたい」の意をしゃれていう語。「これは─あ、やまれ」

あり・がた・い【有り難い】（形）因ク　ありがたし

一❶（人の好意や協力に対して）感謝にたえない。かたじけない。「ご配慮ほんとうに─」「─く頂戴いたします」❷自分にとって都合がよい。好ましい。「─ことに晴れてきた」

二❶ありそうにない。ほとんどない。尊い。「─お経」「宇津保蔵開下」❷めったにない。めったにないほどすぐれている。「あしこにある子の母いとよく─き人なり／源東屋」❸生存することがむずかしい。「世の中は─くもあるかな〔万〕」

三❶生存の意で用いると二❸、❷を存在の意で用いると二❷、❸、「あり」を存在の意で用いると一❶の意。生存の意から二の意が生じ、中世以降はほめられる婚姻〔枕七五〕

四〔有り難〕─のとんぼ（形）図ク　ありがた─さ（名）─み（名）

あり・げ【有り気】（形動）因ナリ　よくあるさま。しばしば起こりやすいさま。「若者に─なあやまち」

ありがち【有り勝ち】（形動）因ナリ　❶〔有り難〕（形容詞「有り難い」の連用形的にも用いる。下に「ございます」「存じます」を付けて用いる）「教えてくれて─」「どうも─」丁寧な言い方では「有り難く」のウ音便〕❷感謝の気持ちを表す言葉。感動詞

ありがとう【有り難う】（動）❶〔有り勝ち〕若者に─なあやまち。しばしば

ありがね【有り金】今、もっている金。手もとにあるだけの金。「─をはたいて買う」

第5節　特殊辞書・専門語辞書

特殊辞書の性格　普通語に対する特殊語を集めた辞書を特殊辞書と呼ぶ。「普通」とは、『*言海』「本書編纂ノ大意」に記された用法と同じで、今日で言う「一般的」「日常的」などを意味する。ここでは「特殊語」を「非普通語」の総称と考える立場に立ち、広義の特殊語を、学術用語から趣味・娯楽に至るまで、あらゆる分野の専門語を含み、狭義の特殊語は、語彙を性格づける名称として、社会動向に連動する新語・流行語、地域差のある方言、民俗語彙、使用層に注目する隠語、若者語、女性語などを想定している。これらには「〜辞典」と称する典型的な特殊語辞書もある。そのほか、アクセント、表記、比喩、敬語、類語、反対語、慣用句、故事、ことわざ、オノマトペなどの辞書もある。語彙を歴史的に観察し、語源、古語はもとより、近世上方語や東京語など、特定の時代と地域の語を扱う場合もある。小峰大羽『*東京語辞典』(1917) は方言としての東京語を紹介する。語種という観点では、和語、漢語、外来語それぞれに特殊辞書が成り立ちうるが、やはり、漢字、漢語の位置づけは日本語の中で別格であり、漢字・漢語の辞書は中心的存在なので、ふつうは特殊辞書に含まない。しかし、外来語は、その性格や新語辞典との関係から特殊辞書と判断し、本項でふれる。現代語で和語の辞書と呼べるものは稀である。ただ、ローマ字論者が耳で聞いてわかる日本語のことばづくりを目指し、漢語を和語中心の口語に改める試みをした岩倉具実・福永恭助『*口語辞典』(1939) は特色ある特殊辞書である。また、ろう者の第一言語である手話には、米川明彦監修・日本語手話研究所編 (1997)『日本語—手話辞典』(全日本聾唖連盟出版) があり、改訂増補版『新日本語—手話辞典』(2011) が刊行されている。次では特徴的な分野を概観することにする。

本草学と蘭学　学術用語を考える際、中国本草学を日本で受容した歴史を踏まえる必要がある。特に、李時珍『本草綱目』(1596) を考察した本草学者小野蘭山の存在は大きく、蘭山の講義録を孫の職孝がまとめた『本草綱目啓蒙』(1803) は近代の学術用語の基盤となった。同書は単に動植物・鉱物・薬物の研究だけでなく、各地の異名も採取し、方言研究にも寄与した。一方、

18 世紀は『解体新書』(1774) に象徴されるように，医学を中心に蘭学が盛んになり，自然科学の関連分野も発展した。たとえば，宇田川榕庵『舎密開宗』(1837 〜 1847) では「酸素・窒素・硫酸」など，後の化学用語の基礎となる語が見える。なお，「舎密」は蘭語 Chemie の音訳だが，川本幸民『気海観瀾広義』(1851 〜 1858) で「化学」が採用され，以後これが定着した。オランダ語の語学的研究（蘭語学）も発達し，中野柳圃（志筑忠雄）は「品詞・形容詞・自動詞・他動詞」などの文法用語の訳定に寄与した。柳圃はケンペル『日本誌』の抄訳『鎖国論』(1801) で，歴史用語「鎖国」を初めて使用したことでも知られる。こうした江戸時代の専門用語や学問領域への命名が明治以降にも生かされる。

近代の専門語辞書　幕末・明治以降は蘭語に代わり，英仏独露の対訳辞書が発達する。明治前期には，奥山虎章『医語類聚』(*A Medical Vocabulary in English and Japanese*(1872))，宮里正静『化学対訳辞書』(*Chemical and Mineralogical English and Japanese Dictionary*(1874))，伊藤謙『薬品名彙』(*Medical Vocabulary in Latin, English and Japanese* (1874))，山田昌邦『英和数学辞書』(*English & Japanese Mathematical Dictionary* (1878))，松村任三『* 日本植物名彙』(*Nomenclature of Japanese Plants in Latin, Japanese and Chinese* (1884))，野村龍太郎『工学字彙』(*Engineering Dictionary* (1886))，小藤文次郎・神保小虎・松島鉦四郎『* 鉱物字彙』(*Vocabulary of Mineralogical Terms The Three Language English, German and Japanese* (1890)) など，自然科学分野の対訳専門語辞書が続々と刊行される。『鉱物字彙』は村上瑛子編で 1880 年に同名の書が刊行されているが，こちらは対訳形式ではなく，用語をイロハ分け・音節数順の配列で，* 早引節用集に擬した体裁である。

　人文科学の分野でも漢語が多用され，中国書の影響も見落とせない。井上哲次郎『* 哲学字彙』(*A Dictionary of Philosophy*(1881)) は人文科学を中心として，一部自然科学の分野に及ぶ学術用語を英語に漢語で対訳する形式にした書で，中国書から訳語が採用されており，後世への影響も大きい。その他，法律関係の辞書でも漢訳洋書からの訳語採用が指摘されており，幅広い分野の辞書が刊行される。明治後期には，徳谷豊之助・松尾雄四郎『普通術語辞彙』(1895) のように日本語の学術用語を見出し語とし，それに英・独の訳

語を対応させ，概念を詳述するタイプの辞書も出現する。外国語から訳出した用語が安定した頃の専門語辞書の在り方として注目される。また，軍事が国家の近代化に重要であったことから，兵語辞書も現れる。参謀本部『五国対照兵語字書』(*Dictionnare Polyglotte Militare et Naval Français, Allemand, Anglais, Neerlandais et Japonais. Avec Figures*(1881))が早く，西周の序があり，対訳形式となっている。明治期は独和，仏和，英和の対訳兵語辞書が多いが，後には見出し語も語釈も日本語で記述される原田政右衛門『大日本兵語辞典』(1918)が刊行される。

外来語辞書・新語辞書　新制度や新概念を漢語による造語や翻訳でまかなっていた時代には，一部の漢語辞書が新語辞書の役割を担っていた。漢語による造語が一段落し，西洋語を日本語の一部として受け入れる頃になると，外来語辞書が出来する。外来語は出自が外国語でも日本語であるから，見出し語は原則として仮名で書かれる。棚橋一郎・鈴木誠一『* 日用舶来語便覧』(1912)は外来語辞書としては最も早く，勝屋英造『外来語辞典』(1914)が続く。後者は，付録に「新語小解」があり，主に西洋起源の概念を漢語で表した新語が掲載される。付録とはいえ全頁数の 1 割近くを新語解説に充てており，外来語と新語に対する意識の接点をうかがわせる。続く上田万年他『日本外来語辞典』(1915)は言語学者らが参加した点で特色があり，西洋語だけでなく，アジアの言語も目配りがされており，荒川惣兵衛『* 外来語辞典』(1941)は出典付用例が豊富で，外来語の歴史的研究にも寄与した。

　ところで，石黒魯平 (1934) の中で「いはゆるモダン語なるものは，《略》特殊社会の流行語たることが多く」と述べられるように，当時の社会では外来語を新語，流行語としてとらえ，位置づけも混沌としていたようである。大正デモクラシーと称される 20 世紀初頭には社会に自由な空気が漂い，「モダン語」があふれた。新語・流行語を収める辞書は社会の種々相から新奇な語を集めて陸続刊行されていった。そうした新語辞書ブームの先駆けとなったのが下中芳岳『* ポケット顧問や，此は便利だ』(1914)である。服部嘉香・植原路郎『* 新しい言葉の字引』(1918)も版を重ね，以後，「尖端語・常識語・文化語・モダン語」などを冠する多様な新語・流行語辞書が生まれた。これらには，芸能用語，学生用語，犯罪用語，商業符帳など，多方面か

ら新奇で好奇心をあおるような語も盛り込まれた。その中では「新聞語」と呼ばれる政治，経済，労働運動，などの社会情勢にかかわる語を集めた辞書も刊行された。竹内猷郎『袖珍新聞語辞典』(1919)，改造社出版部『最新百科社会語辞典』(1932)，千葉亀雄『新聞語辞典』(1933) などがある。戦中は志摩達郎『戦時社会常識百科事典』(1939)，野田照夫『百万人の常識時局新語辞典』(1940) などで「時局語」とも称された。戦後は朝日新聞社『新聞語辞典』(1949 ～ 1971)，時局月報社（後に自由国民社）『現代用語の基礎知識』(1948 ～現在) が年刊で発行されている。

隠語辞書　狭義の隠語は秘匿を目的とする口頭語である。広義の隠語は，本来の秘匿目的が無くなり，その語を使う分野の「通」を自認したり，仲間として結束したりするために使われる語である。狭義の隠語の典型は，犯罪者用語で，警察関係者によって収集された。近代隠語辞書の嚆矢は稲山小長男『* 日本隠語集』(広島県警，1892) で，犯罪捜査のために全国の囚人から隠語を収集したという。富田愛次郎『* 隠語輯覧』(京都府警察部，1915)，司法警務学会『司法警察特殊語百科辞典』(1931)，樋口栄『隠語構成様式並に其語集』(警察協会大阪支部，1935) なども警察関係者が反社会集団の隠語を調査する目的で作成された。性愛に関する語も典型的な隠語で，風紀上の理由で発禁処分を受けたものもある。宮武外骨『猥褻廃語辞彙』(1919 年)，同『売春婦異名集』(1921)，桃源堂主人『日本性語大辞典』(1928) などがある。

　広義の隠語は，新語・モダン語辞書でも犯罪者隠語や学生隠語，花柳界，芸能界の隠語，商業符帳などを収めているものもあるが，「新語」と謳わない勝屋英造編『通人語辞典』(1922)，宮本光玄『かくし言葉の字引』(1929，誠文堂)，津田異根『新かくし言葉辞典』(1930) などでは収録語の範囲が広く，隠語を俗語・流行語ととらえている場合も少なくない。この時期の新語・隠語辞書は，安直な編集も多く，先行辞書の書名を変えただけで内容はそのまま，という偽版も多いので注意が必要である。一般に辞書はその語の規範性が求められるが，隠語辞書は隠語の記録それ自体に意味があり，その点で他の辞書とは性格が異なる。

94　哲学字彙　てつがくじい

【概観】日本最初の哲学を含めた人文学関係の英和対訳語彙集。

【成立】井上哲次郎『哲学字彙 附清国音符』東京大学三学部，1881（明治14）年4月初版；井上哲次郎，有賀長雄『改定増補哲学字彙』東洋館，1884（明治17）年2月第2版；井上哲次郎，元良勇次郎，中島力造『英独仏和哲学字彙』1912（明治44）年12月3版。第3版は第2版から28年もたって出版され，1921（大正10）年4月に再版された。

【内容】初版の緒言には，底本がイギリス人 Fleming の哲学辞典であることを記し，第2版も同じ。第3版に関しては明記されていないが，著者の手沢本の書き入れにより，*Alexis Bertraud. Lexique de Philosophie Paris*（1892）という原文辞書が何らかの意味でかかわっている可能性が高い。

　初版から和田垣兼三，国府寺新作，有賀長雄がかかわっていて，先輩の訳語で妥当なものはことごとく採用し，新たに訳字を下すものは，『佩文韻府』『淵鑑類函』『五車韻瑞』などのほか，儒仏の諸書を参考にして定めたと，序にいう。ただ，その引証は意義の艱深なるものだけ割註の形式で加えたが，これは童蒙のためであるとも述べている。収録語は哲学以外の分野として「倫理学・心理学・論法・世態学・生物学・数学・物理学・理財学・宗教・法理学・政理学」を挙げていた。

　初版が本文99頁の小冊子で1,945語を収録，短期間に売り切れた。本書は当時の東京大学において西洋人の講義をいち早く日本語化するための「虎の巻」的な性格があったことと無関係ではない。「清国音符」の漢字もそうした外国語の発音を音訳漢字として充てるためのものであろう。3年後の第2版は初版より777語（うち小見出し136語）増補しての2,722語となる。初版と第2版は英語中心の見出し語であったのに対し，第3版は書名のとおり，英独仏のほか，サンスクリット語の見出し語も見せる。第3版の本文と補遺（SUPPLEMENT）をあわせて見出し語数は10,420語にも上り，第2版の3倍強になる。

　井上哲次郎はドイツ留学後，帝国大学教授となり，以後日本哲学界の指導者として君臨した。ロプシャイトの『＊英華字典』を増補・改訂した『訂増

英華字典』（1883）がある。

【諸本】名著普及会による復刻版（初版・第 2 版・第 3 版，1980）。飛田良文編『哲学字彙　訳語総索引』［笠間書院 1979］，飛田良文・琴屋清香『改定増補哲学字彙　訳語総索引』［港の人 2005］。

【図版解説】「Absolute　絶対」「Abstract（抽象）形而上」の後ろに漢籍出典を初版から並べて訳語の典拠を示すことで，一種の権威性をもたらすように見受けられる。実際に第 2 版も第 3 版もこの方針を受けつぎ，新訳語を創出させるための典拠ではなく，すでに定着した漢語にわざわざ漢籍出典を並べたものが多かった。

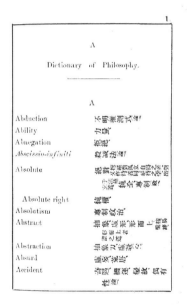

哲学字彙　国立国会図書館デジタルコレクション

95 日本植物名彙　にっぽんしょくぶつめいい

【概観】本草学と西洋植物学の成果を結ぶ植物名辞書。

【成立】松村任三編・矢田部良吉閲。1884（明治17）年，丸善刊。

【内容】「はしがき」に本書成立の経緯が記される。それによると，オランダの「ほふまん（＝ Hoffmann, J. J,）しゆるつ（＝ Schultes, H.)」が Noms indigenes d' un choix de plantes du japon et de la chine（＝ラテン語和漢植物名対訳集）なる植物の本を著したが，わずか600語で古名も混じっていて現在では使用に耐えない。フランスの「ふらんしえ（＝ Franchet, A. R.)　さわちえ（＝ Savatier, L.)」も Index nominum japonicum を刊行したが，和名に誤りが多い。そこで，前者をモデルにし，後者の誤りを正しながら，「べんさむ（＝ Bentham, G.), ふうける（＝ Hooker, J. D.)　まきしもゐくつ（＝マキシモヴィッチ：Maximowicz, C. J.」等の業績も加えて出版した，とのことである。ここに見える人名は，ホフマンはシーボルト門下，シュルツは中国語に詳しかったようで，和漢名の付与をホフマンから依頼されたとされる（市古（2008))。また，マキシモヴィッチは，ケンペルからシーボルトまで続いた日本の植物調査の蓄積を日本人側に受け継いだ重要人物として知られる。「はしがき」には松村の参考書として，「わみ - や - う，かんみ - や - う　と　は，草木図説，本草図譜，本草啓蒙（＝本草綱目啓蒙か），本草薬名和訓抄，物品識名，品物名彙，植物名実図考，の　ほ　ん　ど　も　よ　り　とりいでつ」とあるから，本草学と洋学とをつなぐ学術用語集を目指したものと言える。辞書の構成は，ラテン語のアルファベット順で，和名と漢名を対応させる。A～Zまでの各語に連番を付しており，総語数2,406語であることがわかる。付録に「いろは　じゆん　かたかな　みだし」「INDEX OF JAPANESE NAMES.」「漢名索引」の索引3種がある。著者は植物学者で，刊行当時は東京大学助教授。牧野富太郎を助手に迎えるが，後年，確執もあったようで，『牧野富太郎自叙伝』には「松村先生の『日本植物名彙』の植物名と牴触し」などの記述も見える。

【諸本】初版以降，改訂を重ね，1895年『改正増補植物名彙』（丸善刊，1冊本）が第2版に当たる。その後，改正増補版は，1906年の第8版まで出版さ

れる。1915 〜 1916 年『改正植物名彙　漢名之部前編』『同　和名之部後編』（丸善刊）では分冊となる。2 冊本となった改訂版は第 9 版にあたる。

【図版解説】左の「はしがき」は，平仮名分かち書きで，和漢書のみ，漢字表記である。右の冒頭には英語の書名として，*Nomenclature of Japanese Plants in Latin, Japanese and Chinese* が見える。本編はラテン語のアルファベット順に植物名を配列し，片仮名とローマ字を併記して和名を対応させ，末尾に漢名を置く形式になっている。

NOMENCLATURE

OF

JAPANESE PLANTS

IN

LATIN, JAPANESE AND CHINESE.

A.

1. Abelia serrata, *Sieb. et Zucc.*—Caprifoliaceæ.
コツクバチウツギ　*Kotsukubane-utsugi.*　忍冬科

2. Abelia spathulata, *Sieb. et Zucc.*
ツクバチウツギ　*Tsukubane-utsugi.*

3. Abies brachyphylla, *Maxim.*—Coniferæ.
アヲボウモミ (日光)　*Awobō-momi.*　松柏科

4. Abies firma, *Sieb. et Zucc.*
モミ　*Momi.*　樅

5. Abies Mariesii, *Masters.*
トヽマツ　*Todo-matsu.*

6. Abies Veitchii, *Henk. et Hochst.*
シラビソ　*Shirabiso.*

7. Abrus precatorius, *L.*— Leguminosæ.
ヌワアヅキ　*Tō-adzuki.*　相志子　荳科

8. Abutilon avicennæ, *Gaertn.*—Malvaceæ.
イチビ　*Ichibi.*　莔麻　錦葵科
キリアサ　*Kiriasa.*

9. Abutilon megapotamicum, *A.S.H.*
ウキツリボク　*Ukitsuri-boku.*

10. Abutilon striatum, *Dicks.*
レウジヤウクワ　*Shiojiokwa.*

11. Acacia Farnesiana, *Willd.*—Leguminosæ.
キンガウクワン　*Kin-ga-kwan.*　荊徳花　荳科

Index nominum japonicum と いふ を もの の 名 を ……

Noms indigènes de plantes du Japon et de la Chine.

はしがき

日本植物名彙

96 鉱物字彙 こうぶつじい

【概観】前編「英独和の部」と後編「和英独の部」からなる3ヶ国語対訳辞書。

【成立】小藤文次郎・神保小虎・松島鉦四郎著，1890（明治23）年11月，丸善商社書店より出版された。

【内容】編纂の趣旨によれば，「地学会ニ於テモ地質学及鉱物学ノ辞書編著ノ議」があったが，1890（明治23）年の時点で「尚ホ今日ニ至ルモ決行ヲ見ル」までに至らず，そこで編者自身は既存の訳語の統一整理を図り，新たに訳語を増加して鉱物の術語を整備したいがために友人二人の力を借りて編集したという。後編「和英独の部」の見出し語総数850語のうち，漢語が主として，622語で約8割を占めている。その背景を考えると，1871（明治4）年に柳原前光は日清修好条規を締結するために上海に行き，そこの江南製造局からの購入した『地学浅釈』と『金石識別』とに関係がある。1876（明治9）年に出版された『金石学』（和田維四郎訳，田中芳男閲校，農商務省博物局蔵板，有隣堂發兌）にある博物局長町田久成の序に，当時としては物理，医学，理科，経済などの本が多く訳されているが，この「金石学」については未だ訳されていないのが残念であるとし，凡例の中に訳名に関する部分では，「金石ノ中本邦ニ産セザル者少ナカラズ又産スル者ト雖モ其名號一定セザル者アリ故ニ或ハ漢名ヲ用ヒ或ハ和名ヲ用ヒ又近来漢訳ノ書ニ因リテ新名ヲ下シ或ハ洋名ヲ義訳シ又洋名ヲ音訳スル者アリ」というような経緯があることを記している。その付録の『金石対名表』（1789）では，32語の「漢訳名」を挙げている。そして1877（明治10）年，東京大学理学部から出版された『金石識別表』（和田維四郎編集）は漢語訳語を中心に構成し，その後ドーリットル『＊英華萃林韻府』（1872）の和刻本『英華学芸詞林』（1880）の「金石学及地質学之語」をも吸収し，日中近代科学語彙において類似度のもっとも高い分野となっている。一方，漢訳洋書の『地学浅釈』から語彙を吸収する『英和和英地学字彙』（1914）との関連を考えれば，鉱物語彙の形成に上記漢訳2書の影響を無視することはできなくなる。

　この『鉱物字彙』は1931（昭和6）年の『英和・和英鉱物辞典』（木下亀城

等編，総合科学出版協会出版，1931）へと発展した。

【諸本】森岡健二編『明治期専門術語集Ⅵ鉱物字彙』（塩澤和子担当，有精堂，1985）に影印があり，国立国会図書館デジタルコレクションでも公開されている。

【図版解説】オランダ語からの音訳「越歴」と中国からの意訳「電気」を並べ，英独の語に対訳している。

```
'ELA—FAH                              24

Elasticität. Dansei. Elasticity...............彈性
Elasticitätaxe (Optische). Hakyūjiku. Axis
   of Elasticity (Optical) ..................波及軸
Elasticity. Dansei. Elasticität ...............彈性
Electricität. Ereki. Electricity ............越歴(電気)
Electricity. Ereki. Electricität ............越歴(電氣)
Emerald. Ryoku-chūgyoku. Smaragd..........綠柱玉
Emery. Kōgyokuseki. Smirgel ..............鋼玉石
Enantiomorph. Sayūtai, Enantiomorph ......左右體
Enstatite (Chladnite). Gankaseki. Enstatit
   (Chladnit) ...........................頑火石
Epidote. Ryoku-ronseki. Epidot ...........綠簾石
Epsomit (Bittersalz). Sharien. Epsomite
   (Epsom Salt) .........................金利鹽
Epsom Salt (Epsomite). Sharien. Epsomit
   (Bittersalz) ..........................金利鹽
Erbsenstein. Mameishi Pisolite(Erbsenstein).豆石
Erdkobalt. Kobaruto-do. Earthy Cobalt......コバルト土
Erdöl (Steinöl). Seki-yu. Petroleum ...........石油
Erdpech (Asphalt, Bergpech). Chirōkisei.
   Asphaltum (Asphalt) ...................地瀝青
Erdwachs (Ozokerit). Chirō. Ozocerite
   (Paraffin) ............................地蠟
Ergänzungszwillinge. Hosōtai. Supplemen-
   tary Twins ...........................補襞體
Erythrine (Cobalt Bloom). Kobaruto-ka. Ko-
   baltblüthe (Erythrin) ..................コバルト華
Etched Figure. Shoku-shō. Der aetzfigur......蝕像
Eulysite. Tetsu-kanranseki. Eulysit. (Eisen-
   olivin) ...............................鐵橄欖石
Extinction-direction. Shōkō-i. Auslöschungs-
   richtung .............................消光位


              F.


Face. Men. Fläche ........................面
Fahlerz. Yūdōkō. Tetrahedrite (Gray Copper
   Ore) ................................黝銅鑛
```

鉱物字彙　国立国会図書館デジタルコレクション

97 日用舶来語便覧 _{にちようはくらいごべんらん}

【概観】日本初の外来語辞書。

【成立】棚橋一郎・鈴木誠一編。1912（明治45）年，光玉社刊。

【内容】扉に英語書名 *The Japanized Words* とある。序に「新聞に雑誌に将た平素社交の常套語として，慣用せらるる舶来語を解せざる時は，社交上遜色あるを免れざるべく，コモンセンスを養ふ上にも事欠くに至るべし。」とみえ，編纂の趣旨としては，後に量産される新語辞書と同様に，一種の社会常識や教養の涵養を目的としたものと思われる。収録語数は約 1,500 語。構成は，片仮名で外来語の見出しを立て，端的な言い換え語や事物の概要を記す。その直下に原語のアルファベット表記と言語名の略称を記して，詳細な解説をする。通常の対訳だけではなく，「アイス…氷／ Ice（英）　我が国にては高利貸のことにも用ふ，英語アイスクリームの訳語なる氷菓子と其音似通ふを以てなり。」のように，日本語でどのように用いられるかに重点を置く記述も少なくないので，まさしく外国語ではなく外来語の辞書として編纂されたことがわかる。時に「エレキテル……電気／ Electricity（英）〔エレクトリシチー〕を読み誤りしなるべし」。のように原語の誤認などもあるが，エレキテルは『＊言海』にも誤記が見えるので，本書のみの瑕疵とも言えない。本編に続いて「舶来語分類索引」があり，「被服・飲食・器具・商用語・交通機関…学用語・印刷用語・雑の部」のように 23 分野に整理している。学用語には「アクセント・アリスメティック・アルジェブラ・アルファベット・イーコール・イヂオム・インキ・インク・インクスタンド」など，学校生活に関わる語が並ぶ。また，手帳サイズの小型本ながら，付録も多彩で，アルファベットの書体，ローマ字の綴り方はもとより，簡便な英会話の文例や英文書簡の文例，野球用語，飛行機用語などほかにも，商用略語，記号，英語による掲示，英語の看板，英語の広告，洋服着用の心得や洋食宴会に関する心得，などがあり，欧米文化に関する基礎知識をまとめた便覧の様相を呈している。

【諸本】1912 年版の後，大正 5 年 10 月の「再序」を掲げる増補版がある。架蔵本には大正 6 年 6 月 28 日 10 版の奥付があるので，増補版も短期に多数の

刷りを重ねたようである。増補版の巻末に90頁の「増補の部」と20頁の「訂正の部」を加える。

【図版解説】左は本編「コ」の一部。「コップ」に「玻璃盃」の言い換えがみえる。また，右の付録の「英語の広告」の一部を掲げた。

コ　　　〔64〕

ふ、Copy-book〔コッピーブック〕は習字本、又鉛筆にもコッピーと稱せるものあり。

コップ………玻璃盃

Kop（蘭）　玻璃製の盃又は水呑などの稱なり。

コパール………塗料の一種

Copol（英）　堅硬透明なる一種の樹脂、ワニスを製するに用ふるもの。〔コーパル〕

コバルト………金屬の一種

Cobalt（英）　色澤銀に近くして少しく赤色を帶びたる金屬なり、鐵に比すれば稍重くして硬く稍々融解し易し此酸化物はガラス又は陶磁器の着色顔料に供せらろ。〔コボルト〕

コバルト　ブリュー………青藍色の一種

Cobalt-blue（英）　色の名稱なり。

コヒラー

Coherer（獨）　細き硝子管に細かき金屬の粉を入れ其兩端に電極を附したるものにしてマルコニ式無線電信機の主要部なり。

コンクリート………混凝土

Concrete（英）　セメントと砂とを水に練りて製したる漆喰に砂利又は割栗を混じたるものなり之を搗き固めて多量に土木工事に使用す。略言してコンクリとも呼べり。

コンソル公債

Consols（英）　三分利附の英國公債、整理公債其

〔302〕　英語の廣告

第十四章　英語の廣告

齒科醫
AMERICAN DENTIST
（アメリカン　デンチスト）

DR. SAITO,
（ドクトル　サイトー）

Right opposite the Imperial Hotel.
（ライト　オポヂット　ザ　インペリアル　ホテル）

Telephone: Shimbashi No. 1515.
（テレホーン　シンバシ）

新聞
萬朝報

The "Yorodzu Choho"
（ザ　ヨロズ　チョーホー）

The Leading Independent Daily in Japan.
（ザ　リーヂング　インヂペンデント　デーリー　イン　ジャパン）

LARGEST CIRCULATION.
（ラーヂェスト　サーキュレーション）

WIDELY READ IN EVERY CIRCLES.
（ウアイドリー　リード　イン　エヴェリー　サークルス）

Absolutely best Medium for Advertisement.
（アブソリュートリ　ベスト　メヂアム　フォアー　アドヴァータイズメント）

TERMS MODERATE.
（タームス　モヂレート）

OFFICE: YUMI-CHO, KYOBASHI-KU, TOKYO.
（オッフィース　ユミチョー　キョーバシク　トーキョー）

舶来語便覧

98 外来語辞典 がいらいごじてん

【概観】外来語の歴史的研究の成果を取り入れた用例付の外来語辞書。

【成立】荒川惣兵衛著。1941（昭和16）年，冨山房刊。

【内容】冒頭に紹介を石黒魯平が，序を市河三喜，金田一京助，斉藤静，保科孝一，森正俊という当時斯界を先導する5名が執筆し，高く評価している。本書は岡倉賞を受賞した。著者は東京高師卒業後，中学などの教師を務めながら外来語研究をライフワークとした在野の研究者である。遠藤（2002）によれば，「上海日本人実業学校長在任中の1937年（昭和12），第2次上海事変勃発による待機命令で帰国，2年間休職中毎日，名古屋市鶴舞図書館に通い外来語の文献渉猟，その蓄積から出典・文献付き外来語辞典が誕生した。荒川が，愛知県立小牧中学校在任中，42歳のときのことである。」という経緯で生まれたという。自序に「国語としておしもおされもせぬていの外来語を，なるべくもれなくおほくあつめ，その輸入年代をほゞしめしうる文献を附した，言語学的にも国語史的にもオードックスの外来語辞典をつくりたい」というもくろみで作られたという。支那語は紙幅の関係で割愛したが固有の日本語と思われがちな支那語は収めたという。そのため，「ウマ（馬）・ウメ（梅）・ゼニ（銭）」などは立項されている。構成は，外来語を片仮名見出しとして，五十音順で配列している。原語の綴り，日本語に入るまでの経由地の記述，転訛した語形なども示す。各項末には例文・引用文献を示し，外来語の歴史的変遷をたどるのに有効な情報を記載する。引用文献は巻末に，外来語をふくむ文献，あるいは研究に重要な文献が［刊行年・著者・文献名］の形式で掲げられる。仏典，日本の古典作品，古辞書なども引用される。著者は自序「わが古今の文献無慮2-3万巻，300万ページ以上をけみし」と述べ，最終的には見出し語約1万，引用例5〜6万を取捨選択したというから，いかに用例による実証主義によって辞書を作成したかがわかる。

【諸本】本書の増補版『角川外来語辞典』（1967）は約25,000語，さらにその増補版の『角川外来語辞典』第2版（1977）は約27,000語を収録。第2版は荒川外来語辞典の決定版となった。

【図版解説】本編「カ」の一部。「ガムマ」のように，原語に近い片仮名表記

で見出しを立てる。ガムマを含む混種語「ガムマ線」も見出し語に立つ（1967年版、1977年版では「カンマ」「ガンマ」のように表記を改めている）。Come here からの疑似英語「カメ」もみえる。「カメラ」は〔L＞E camera, D Kamera〕＝キャメラとあり、これはラテン語から英語、ドイツ語を経由して日本語へ、との意味。英語経由だと、「キャメラ」となる。

228　　　　　　　　**カムマ――カメラ**

黄色(ガムボージ)――1912, 同：世界山水図説 18；1928, 同：世界の奇観 33〕

カムマ 〔A comma〕＝コムマ(，). 〔岡田英津：女子英語教育論 p. 40；J. F. スタンバーグ：日本の顔〕

ガムマ 〔G＞D, E, F gamma〕ギリシャのアルファベットの第3字 γ (g). 〔1884, 百科全書 下, p. 792；岡倉：新英和；日下部重太郎：ローマ字の研究〕

ガムマ線 〔D γ-Strahlen, E γ-rays〕【化】〔＝放射性元素から發する放射線の 1.――理化〕

カムレット 〔(Ar＞) F＞E camlet〕【織】〔吳羅(ゴロ)――岡倉：新英和〕〔1887, 小野梓：條約改正論 4〕

カメ 〔E Come here!〕原意は‘こい’, 日本語では‘洋犬’. それは, 英米人がいぬにむかって‘こい, こい’といったのを, いぬの意味に誤解したのにもとづく. はじめは〔kʌmia〕カメヤであつたが, 〔カメヤが‘ポチャ’‘タマヤ’等の呼び方の聯想から‘ヤ’を脱落して‘カメ’となつた. ――楳垣實：國語に及ぼした英語の影響〕〔異國の犬をカメカメといふ事と心得, 其犬をもてカメカメと呼ぶものあれども, 左には非ず, 彼方にて都て目下の者を呼招ぐの言葉にて, 犬の惣名には非ず. ――1863, 横濱奇談〕〔なんだカメヤ(西洋人犬を呼ぶに來々といふ詞なり. 邦人謬傳へて犬の名と思ふ者なり. 今共謬語を用ふ). 何が欲い. カメヤ. 何處へ行くのだ. ――1873, 渡邊溫譯：通俗伊蘇普物語 IV〕〔カメ曰, さてわしもとふくの國からはるばると此日本へまいりましたが, これからはこちの犬とおぼしめして, お心やすくして下さいませ. ――1873, 戯道具くらべ〕〔諺不云乎, 爲大寧爲豪家犬. 謂視彼龜子(カメ)富貴. (稻洋犬曰加兒, 蓋來之原語也). ――1874, 東京開化新繁昌記〕

カメオ 〔I＞E cameo〕 **1.** 〔浮彫を施した玉石又は貝殼. ――岡倉：新英和〕〔吉村冬彦：旅日記から；中河與一：愛戀無限〕 **2.** 外國タバコの 1 トレード・ネーム. 〔カメオをくゆらせ. ――尾崎紅葉：猿枕〕〔カメオを環に吹く. ――1894, 內田魯庵：文學者となる法〕

カメラ 〔L＞E camera, D Kamera〕＝キャメラ. 〔暗筺――1891, 化學譯語集〕〔＝(1) 暗函. (2) 寫眞機.――理化〕〔1897, 尾崎紅葉：金色夜叉；1906, 夏目漱石：草枕；高等小學讀本 IV, p. 134〕

カメラ アイ 〔E camera eye〕〔＝カメラのレンズを通じて見る様に, 被寫物像に對して撮影の條件を判別し得る能力.――寫眞百科〕

外来語辞典
冨山房

99　新しい言葉の字引　あたらしいことばのじびき

【概観】20世紀初頭の新語・流行語辞書。

【成立】服部嘉香・植原路郎共編。1918（大正7）年，実業之日本社刊。

【内容】初版の序に，「時勢の進歩に伴ひ，新しい意味を与えられて復活した旧時代語，新事物の発現のために新しく生れた新時代語」などを「新しい言葉」ととらえ，多方面にわたって収集したとし，内容は各種辞典を兼ねるものだと言う。すなわち，「外来語辞典（キネマ・カラー，タングステン，カムゥフラージ）・俗語辞典（成金，一六銀行，帝劇美人），通語辞典（五色の酒，鞄屋，万年床），文学語辞典（科学の破産，鑑賞，観照）・科学語辞典（生物化学，射空砲，コンクリート船）・哲学語辞典（意義，感覚，自我）・新時代語辞典（安全地帯，乙種興業，土地錯誤）」

などという性格付けである（例語は抄）。当時見られた「尖端」「常識」を尊重する風潮に支えられ，刊行4か月で11版（＝刷），第12版からは訂正増補版となり，初版359頁の本編に143頁の「追加」を巻末に加えて刊行される。訂正増補版が115版となったことを機に，「追加」を本編に繰り込み，新語を加えて本編795頁の大増補改版を刊行した。この改版の序には，「上田万年・松井簡治両氏の『国語大辞典』（『＊大日本国語辞典』か）の一資料」としたとの伝聞も紹介され，広く世に迎えられたようである。構成は，全体を五十音順に配列し，意義分類はしていない。【　】内に見出し語を入れ，外来語の場合は直下に原綴と原語を表記し，語釈を続けるだけで，位相表示等の記号，略称も使用しない。外来語表記のゆれに配慮し，増補改訂版までは「ウ」の冒頭は「ウ・ヴ」と併記，大増補改版では，「▼ウィ（ウヰ），ウェ（ウヱ）ウォ（ウヲ）もこの部に。／▼但し，ヴァは「バ」に，ヴィは「ビ」に。▼ヴェは「ベ」に，ヴォは「ボ」に」といった指示がある。語釈は語による精粗が見られるが，新旧の版を比較すると，見出し語の出入りもあり，外来語等の代表的表記の変化もある。付録がなく，新語解説に徹した点で，同時代の『＊や，此は便利だ』とは差異化ができていたのかもしれない。

【諸本】初版以降，1919年訂正増補版，1925年大増補改版，いずれも実業之日本社刊。架蔵の大増補改版は奥付に1928（昭和3）年28版とある。

【図版解説】右は訂正増補版の本編「イ」冒頭部分。これは，初版と同じ。また，左には大増補版「ウ」冒頭部分を併せて揚げる。

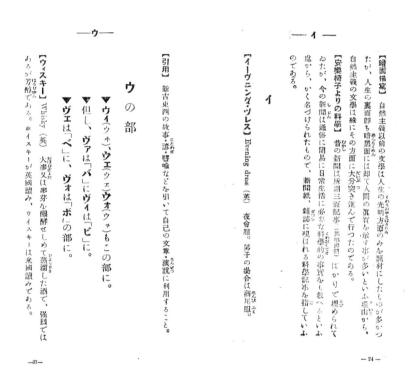

新しい言葉の字引（1919 版）　　　同（1925 版）

実業之日本社

100　<ruby>顧問<rt>ポケット</rt></ruby>や，此は便利だ　<ruby>ぽけっとこもん<rt></rt></ruby>や，これはべんりだ

【概観】新語辞書を兼ねた総合的実用書。

【成立】下中芳岳編著。1914（大正3）年。成蹊社刊。のちに平凡社刊。

【内容】ポケット顧問とあるように，新書サイズの実用書である。「例言」にあるように，「新聞・雑誌に現はるゝ新意語・流行語・故事熟語等の中，やゝ難解なものを蒐めて簡明に解説を試み」たもので，友人に示したところ，「や・此は便利だ！」と言ったところから，命名したとのことである。また，「本書は，一種の社会語・常識語の辞書といふを得べきも，素より普通索引附の辞書にはあらず，目次を索りて，何れの項を繙くも，よく興味を以て読了し得るやう組織したるを特色とす。」とあるように，知的興味を満たす簡便な読み物としての側面も持っている。この頃から，「常識」を書名に掲げるものが多くなった。構成は，全体を，「第一編新聞語解説〔其一〕最新の術語並に流行語〔其二〕常用の翻訳語・外来語・新意語〔其三〕正面からでは意味のとれぬ現代式転用語」，「第二編実用熟語成句便覧〔其一〕故事を解しないでは意味不明なるか又は興味深からぬ語・句〔其二〕出典・用例を知らないでは十分意義を解することのできぬ語・句〔其三〕別語・異名の故事・出典」，「第三篇実用文字便覧〔其一〕読み誤り易い熟字〔其二〕書き誤り易い熟字《略》〔其廿三〕外国の地名人名に当てた漢字〔廿四〕各国度量衡貨幣と我国のとの比較」とする。「第一編新聞語解説」が，いわゆる新語・流行語辞書の形式で，五十音順配列になっている。この「新聞語」は，後に新聞語辞典というジャンルを生むが，『＊日本国語大辞典』第2版では，本書の「新聞語」を初出例として掲げている。第2編，第3編はいわゆる便覧で，規範的な用字，用語の要点をコンパクトにまとめている。本書は「や便」の略称で親しまれ，編著者下中芳岳（弥三郎）は，最初，成蹊社から出版したが，版権を取得，その資金で百科事典等の一大出版社となる平凡社を創業した。

【諸本】1914年初版，成蹊社刊。1919年3月訂正増補版，平凡社刊。1919年7月増補改版，平凡社刊。1930年大増補全部改版，平凡社刊。

【図版解説】左の訂正増補版までは一語の語釈が比較的詳しく，読み物風の

書きぶりで,「アイコノクラズム・新しい女・阿片問題…」と,外来語,流行語,社会的トピック,と多様な話題を扱っていることがうかがえる。右の大増補全部改版になると,語釈が簡潔になり,見出し語も多数補われていることがわかる。

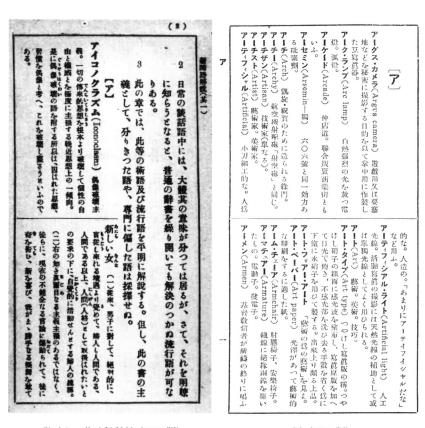

ポケット顧問や,此は便利だ (1919版)　　　同 (1930版)

平凡社

101　日本隠語集　にほんいんごしゅう

【概観】明治以降，日本で最も古いまとまった隠語辞書。

【成立】稲山小長男（広島県警部）編。検事阿部義彰序。1892（明治25）年刊。後藤待賓館蔵版。

【内容】「例言」には，「此書ハ素余カ職務上必要アルヲ感シ犯罪ノ捜査被告人ノ尋問及ヒ良民保護用ニ供セン為メ編纂セリ」として，隠語収集の目的が記され，「此書ノ材料ハ全国各監獄本支署ニ求メ囚徒ニ就キ常用ノ隠語ハ既往現今ノ別ナク悉皆調査シ其註解ノ如キハ文体精粗始終一貫セスト雖トモ補綴点竄ヲ加ヘサル所以ノモノハ各地皆異ナルハ勿論其実ノ誤ルノ恐レアルヲ以テナリ」という収集方法と，編纂態度が記されている。本書は，当初，内部資料として謄写印刷にしていたものが，反響が大きく，内部での印刷が間に合わないため，版権を後藤待賓館に託して刊行したという経緯も記されている。構成は，大きく隠語の意義分類を行って「第一類　言語及ヒ動作／第二類　金銭器具物品ノ名称／第三類　飲食物ノ名称／第四類　衣服ノ名称／第五類　官吏ノ言行官署ノ名称／第六類　人身ニ関スル名称／第七類　家屋及ヒ建造物ノ名称／第八類　天然ニ関スル名称／第九類　動物ノ名称」の9類に分けて，それぞれの類を当時の行政区画にしたがい，3府38県に地域を分け，上段に隠語，下段に註解を記す形式をとっている。地域によって，隠語採集の語数に多寡はあるものの，調査が全国に渡っている点で，貴重な資料である。ただ，地域内の隠語の配列は必ずしも五十音順などの規則性がなく，検索には不便を感じる。松井栄一によって語彙索引が作成されており，地域間の隠語の共通性や訛形などを知ることもできる。たとえば，茶の隠語となる「ウジ（宇治からか）」は，岡山県では「ウジ」，福島県では「ウヅ」となっている。また，隠語に限らず，「タンカキル　人ニ対シテ誇ルコトヲ云フ」（東京府）のような俗語や，「ナラビヲ引ク　通行人ト並ヒ行キ其人ノ物ヲ取ルコトヲ云フ」（東京府）のように句形式も多く掲げられている。警察関係者がまとめた隠語資料の嚆矢として知られるもので，後続の隠語文献に与えた影響も大きく，以後，警察関係者の隠語資料の基となる文献となった。

【図版解説】扉（左）と本文冒頭（右）。本文は，上段に隠語，下段に註解と分ける。隠語は片仮名書きになっているが，「例言」には「仮字遣ノ如キハ皆法ニ準拠セス紛糾錯綜毫モ定様ナシ」とある。隠語の性質からして，妥当な判断だと思われるが，漢字で表記される隠語にはルビがなく，たとえば，「頰冠」と見える語で，ホオカブリかホホカムリかの読みが決定できない場合もあることは惜しまれる。

第一類　言語及ヒ動作之部

◎
東京府管内ニ通スル語

隠　語	註　解
チャウチン	在監人ノ買物スルコヲ云フ
ツヤ（又ハトシ）	賍品ヲ故買スル者ノコヲ云フ
ツゲ（又ハソソヲシタ）	捕縛サレテ入監スルヲコ云フ
スイタ	察知サレタルコヲ云フ
タカギ	人ニ罰シテ誇ルコヲ云フ
ノル	遠方ノ田舎ヘ行クコヲ云フ
ボッチリ	監視執行者警察署ヘ認印ヲ受クル爲メ出頭スルコヲ云フ
デクル	何事モ自分ノ思ヒ通リニ行クコヲ云フ
ホケ（又ハホチナス）	虚言ノコヲ云フ
スイタ	猫ノ汗則チ盗人社會ノ恩ム言葉ナリ
ヒツシヘテクル	西京大坂等ヘ行クコヲ云フ

日本隠語集

102　隠語輯覧　いんごしゅうらん

【概観】隠語辞書。

【成立】富田愛次郎（京都府警保安課長）監修。永田秀次郎（京都府警警察部長）序。高芝羆著。1915（大正4）年。京都府警察部刊。非売品。

【内容】序に続く「編纂ノ梗概」にあるように，「曠古ノ大典（＝大正天皇の即位式と大嘗祭）ニ際シ」警備に周到を期すことと，日常的な犯罪捜査に当って，全国の警察，監獄，および朝鮮総督府，台湾，関東都督府にも委嘱し，45,000語の隠語を収集し，重出，俗諺を整理して，6,300語を収めた旨が記されている。構成は，全体を「第一類天文事変・第二類人物風俗・第三類犯罪行為・第四類言語動作・第五類一般建物・第六類器具植物・第七類雑纂」に分け，本編とは別に，「特殊隠語（朝鮮人隠語，台湾人隠語，支那人隠語）」，「暗号（＝犯罪捜査上のジェスチャーやサインの説明）」，「類語一覧」の項を設ける。「暗号」を除いて，これらの分類の中にある見出し語の配列は，仮名の文字数によってグループ分けし，それぞれのグループの中の1文字めを五十音順とする，いわば*早引節用集の応用となっている。その結果，『*日本隠語集』よりは検索の便が向上し，かなり辞書としての体裁が整っている。語によっては使用される地方や集団が付記してある。本書成立の時代背景から「朝鮮」「満州」「支那」の隠語がまとめられるが，「だあ（打）　答刑」（台湾人隠語）なども見え，必ずしも隠語ばかりではなく，日本人が理解できない現地俗語とその発音を仮名によって転写したものなども含まれているようである。「類語一覧」は「日・月・暁・…警察署長・一般警察官吏・警部…贋造通貨・財布紙入類…」といった190のテーマから類義の隠語を整理しており，収録語の全体像把握に役立つ。また，後続の樋口栄『隠語構成の様式並其語集』（警察協会大阪支部，1935）などとも語釈を比較すると，本書の影響は大である。著者の高芝羆については，詳細は不明だが，京都府警の警察官で，大本事件に際しては，教団の内偵者として潜入を命じられ，内通文書（「高芝羆文書」）を作成した人物のようである。

【諸本】高芝羆『隠語辞典』と改題した異版がある。1921年刊。

【図版解説】左は本編「第一類天文事変　あ」の冒頭，右は「類語一覧」の

冒頭。「類語一覧」では，たとえば，（日）という非隠語に対応する隠語が「あか・かさ・をほてら・がん…」のような類語がある，ということを示す。

類語一覧

（日）
あか
かさ
をほてら
がん
からす
がん
きくのはな
けぶ
ごび
すいせう
だいやもんど
てんかい

あかい

てりたか
ななさま
にち
にちたか
にちりん
にツさん
にちやま
ひろぎょうじ

（月）
あけじょう
がす
かため
かがみ
けッほ
こうさろ
し
すねてら
しらてでら
すいばり
すいせい
たたまぐれ
てくや
なち
にらみ
はんしや

（曉）
まご
まがり
まごがあいてる
らんぷ
あけば
あけ
おやぢり
きび
ごい
きはり
しょうじん
ちりも
にほせり

第一類　天文事彙（あ）

あ

あ　天空
あの　同上
あち【赫】太陽
あま　夜半
あけ【明】黎明
あか【赫】火災
あけぼ【切端】拂曉
あけに　午前十時頃ノ時刻——（關東地）

方

あがり【上り】朝方——日影上ルノ意
あぶら【油】二田ヅ
あをら　快晴ノ日——日射ノ烈シ
あなり　疾風
あをり　暴風
あかい　昆明リ——明月
あぶら【油】隂雨（京阪地方）
あをばれ【晴晴】天氣晴朗
あからな【赤馬】火災

隠語輯覧

103　東京語辞典　とうきょうごじてん

【概観】東京地方の方言・俗語辞書。

【成立】小峰大羽編。1917（大正6）年，新潮社刊。

【内容】序を徳田秋声が記す。「此の著の如きは，君が江戸通たる一面の射映で，小冊子に過ぎずとはいへ，色々の意味で最も興味の深い珍書である。」というのは，的確な評価であろう。凡例に「東京市民が江戸の昔より現今に至る迄に産出したる新語」を集めた一冊であるというように，江戸東京方言辞典の性格ももつが，江戸語・東京語は，話者の人口，文学や芸能との歴史的関わりなどから，単に一方言としてではなく，著者が粋人の目で東京の口頭語のほかに，固有名詞も含め，2,184語を立項する。用例は主に東京を舞台とする小説から採集していると言い，語釈中に出典は示されないが，しばしば例文を掲げている点は参考になる。形式は五十音順で歴史的仮名遣いに準じる表記で，ワ行の仮名で始まる項目もある。仮名見出しの下に漢字表記が与えられ，規範的表記の意識はなく，時に，〔死〕（「死語」か），〔形〕（「形容詞」か）という語の性格を注記する場合もある。続けて語釈を記すが，小冊の割に語釈は丁寧だと言える。中には，「あら（骨）　骨といふことの<u>下等語</u>。」「あら・しゃば（新娑婆）　素人が初めて俳優の群に入り，未だ初級にあるときを云ふ。<u>劇場語</u>。」「いぬ（戌）　数の百と云ふこと。<u>古本商の符牒</u>也。」など，文体，位相等の言及があり，有益な情報を提供する。また，「あか・もん（赤門）　本郷区本郷六丁目東京帝国大学の通用門をいふ」のような異称や，横町の通称も多く見える。編者小峰大雨は東京の人。1873（明治6）年神田に生まれ。画家，俳人として活躍し，硯友社の紅葉，眉山，柳浪らとも親交があった。飛騨高山に移り住んだ時期もあったが，1945（昭和20）年東京で没（前越（1996））。

【諸本】日本文章学院の通信教育教材『文章講義録』（刊行時期は不詳だが、1898（明治31）～1901（明治34）年頃か。団体は後に新潮社につながる）に雑録として連載された「東京語辞典」がもととなっている。連載第1回冒頭には「本講義録二十余巻に亘りて「東京語辞典」を連載し，特殊のものは洩らさず改めて解釈を下すつもりである。」とするが、『文章講義録』の終刊にとも

ない、第17回ナ行までで中断する（788語掲載）。この中には冊子版に引き継がれなかった語も154語ある（木村（2023））。連載記事を合冊にしたものが、慶應義塾大学三田メディアセンターに『東京語辞典』として所蔵される。

【図版解説】本文冒頭。「あ・あら・わが・きみ（上品振女性）」は，漢字表記が見出し語の語釈の要約となっている。本来，口頭語を集めたものなので，漢字表記は参考程度に考えるべきであろう。

（あ）　　東京語辞典　　1

東京語辞典

【あ】

あ・あら・わが・きみ（上品振女性）　身分不相應なる遊びせ言葉を使ひて、殊更に上品振る女性を嘲けりていふ語。「———だ」。

あいす（高利貸）　高利貸。アイスクリームの譯語氷菓子の音似通ふより稱す。

あいそ・づかし（勘定書）　花柳界又は料理店等の計算書を云ふ。「おい———を出して呉れ」。

あいッ・くるし（可愛）　あいくるしの轉化。あいさうありて、かはゆきこと。又容貌。「———い娘」。「———い顔」。

あい・まい・や（曖昧屋）　表面、料理店銘酒屋又は普通商家の如く装ひ、若き女を抱へおき、密かに客を呼びてこれに淫を鬻がしむる家。（淫賣屋）

あえび（附馬）　附馬になりて行くこと、附馬仲間の隠語。附馬とは遊廓にて無錢遊興をなしたる者に従ひ行きて、其の費用を取り立つる者を云ふ。

あか・いわし（錆刀）　（一）錆びたる刀を嘲りていふ語。（二）総て刃物の錆びて、ものに用に立たざるをいふ。鰯にこねかたまぶせ、鹽漬となして乾したるもの、節分の日柊に貫き戸口に挿し・お

東京語辞典
新潮社

104　口語辞典　こうごじてん

【概観】文語を口語に改めるための，ローマ字表記による日本語辞書。

【成立】岩倉具実・福永恭助編。1939(昭和 14) 年刊行。Kamakura Kōgo Ziten Syuppanakai 刊。

【内容】岩倉も福永も日本式ローマ字による日本語表記を標準化しようとして力を尽した人で，岩倉は言語学者，福永は海軍退役後に小説家となり，日本語の書きことばが漢字に寄りかかりすぎて，耳で聞いてわからない語が多くなったことに危機感を抱き，書きことばの平易化を目指していた。「MAEGAKI─私たちの考え─」に「この辞典は文語を手掛かりとして，それにあたる口語を引くためのものです。つまり Hanasikotoba o hiku Zibiki なのです。《略》たとえば，Kōdo（高度）というところを引くと Takasa という口語が出てくるといったアンバイです。」とあり，〈文語から口語を引くためのもの〉と位置付け，明治以来の言文一致運動を完成させることが目的だという。山本有三がふりがなの廃止論の実践が 1938 年であるから，日本語にわかりやすさを求める気運が高まりつつあったことは想像できる。辞書の構成は，訓令式ローマ字で文語を掲げ，対応する漢字表記を示し，ローマ字によって言い換える候補の口語を提示する。さらに，その語を用いた例文もローマ字で表記している。

　たとえば，「 Sessaku　拙作　tumaranai Mono; watakusi no tukutta Mono. 」「Settaku　拙宅　Uti; Watasi no Sumai 」のような体裁である。見出し語の総数は，17,462 語と明記している。結果として，漢語を和語，混種語で言い換えることが多い。編者も断っているが，言い換え語は必ずしも完成度が高いとばかり言えないが，ことば直しを継続することが重要だという主張は傾聴に値する。しかし，戦後の漢字制限，現代仮名遣いの浸透により，ローマ字国字論が下火になったこともあり，本書は忘れられた存在となってしまった。

【諸本】1939 年版，1940 年版，1951 年版の 3 種類がある。1939 年版，1940 年版は口語辞典出版会刊。1951 年版は，森北出版刊。1939 年版の誤植等を改め，1940 年版として増刷した際に，「Nidono Suri を出すについて」として初版 1,200 部が五か月で売り切れ, 500 部増刷する旨を記している。また，柳田

国男等が初版に寄せた批評，批判に対する，反論も掲載する。1951 年版は，付録等を削除しているので，40 年版が最善本となろう。本編はいずれの版も，928 頁からなる。

【図版解説】1940 年版 K の冒頭。同音語「Kagaku（Kwagaku）科学, Gakumon; Rigaku.」「Kagaku（Kwagaku）化学, Kegaku」の言い換えが見える。

kadaina	271	Kagen

kadaina (kwadaina) 過大な, ōki-sugita; ōki-sugiru; de-sugita. § 過大に見積る:— *ōkiku* mitumori-*sugiru*; kaikaburu. § 過大な要求:— *de-sugita* 要求. § 過大な希望:— Takanozomi. § 過大評價:— Taka-zumori; Takamitumori. 「to *Hanabatake*.

Kadan (Kwadan) 花壇, Hanabatake. § 菜園と花壇:— Yasaibatake

kadanna (kwadanna) 果斷な, omoikitta; tekipaki[-to] sita. § 果斷な處置を要求する:— *omoikitta* Sabaki (Torisabaki) を要求する.

Kaden (Kwaden) 瓜田, Uribatake. § 瓜田に履を入れず:— uta-gurareru yōna Mane wa sinai ga yoi.

Kaden (Kwaden) 訛傳, § それは訛傳だった:— sono Hanasi (Uwasa) wa Matigai datta. 「Takaramono.

kadenno 家傳の, Ie ni tutawaru. § 家傳の寶物:— *Ie ni tutawaru*

kadono (kwadono) 過度の, Do no sugita ; yari-sugita ; yari-sugosino. § 降雨過度のため:— Ame no Huri-sugi de ; Ame ga huri-sugita node. § 勉強が過度にわたると:— 勉強が sugiruto. § 過度に頭を使うな:— 頭を tukai-sugiruna!

Kadō 歌道, Uta [no Miti]. § 歌道の俊才:— *Uta* no Meizin.

Kadō (Kwadō) 華道, Ohana; Ikebana. § 華道を學ぶ:—*Ohana* o narau.

kadōno 可動の, ugokaseru. § 可動裝置:— *ugokaseru* Sikake.

Kaen (Kwaen) 火焰, Honoo § 火焰につつまれる:— *Honoo* につつまれる.

Kaen (Kwaen) 花園, Hanazono; Hanabatake. 「つまれる.

Kagai (Kwagai) 禍害, Wazawai; Sainan.

Kagaisya 加害者, § 加害者と被害者:— yatta mono (Hito) to yararareta mono (Hito); Yattukete to Yararete.

Kagaku 下顎, Sitaago. § 上顎と下顎:— Uwaago to *Sitaago*.

Kagaku (Kwagaku) 科學, Gakumon; Rigaku. § 科學的な態度:— *gakumontekina* 態度. § 科學者の考え:— *Rigaku*sya の考え.

Kagaku (Kwagaku) 化學, Kegaku. § 科學と化學との別:— Rigaku

Kageki 歌劇, Opera. 　　　 Lto *Kegaku* no Kubetu.

kagekina (kwagekina) 過激な, [totemo] hagesii; [totemo] hidoi; ranbōna; kyokutanna. § 過激な言辭:— *hagesii* Kotoba. § 過激に失する:— *hido*-sugiru.

Kagen 加減, Tasikata to Hikikata; Tasizan to Hikizan. § 加減乘除:— *Tasikata, Hikikata*, Kakekata, Warikata (Tasi, Hiki, Kake, Wari). § 加減が惡い:— Karada no Guai が惡い.

Kagen (Kwagen) 過言, Iisugi; Iisugosi; Iitigai; Iisokonai. §……

105　国民百科辞典　こくみんひゃっかじてん

【概観】芳賀矢一主編，長谷川福平主幹によって編集された。1,672 頁からなり，4 万項目を収録した四六判の 1 冊本百科辞典。原色版や銅版単色版が 41 枚，細密銅版画の挿し絵が本文に豊富に添えられている。

【成立】1908（明治 41）年 12 月，富山房刊行。

【内容】文部省翻訳出版の『百科全書』（1873 ～ 1883）は分冊の単科分野の概説として知られる。項目を中心とした『日本社会事彙』（経済雑誌社，上下 2 巻本，初版 1890 ～ 1891）と冨山房『日本家庭百科事彙』（1906）が嚆矢とされる。後者をベースに発案から僅か 3 年半ほどかけて内容拡充したのが『国民百科辞典』である。内表紙には「専門諸大家執筆／国民百科辞典／東京／合資会社／富山房發行／（明治四十一年十一月）」とある。五十音順で並べられた執筆者・校閲者 91 人，画家 5 人で，人文関係には，哲学倫理教育 井上哲次郎，日本文学 芳賀矢一，国語 上田万年，言語学 龜田次郎，東洋歴史 白鳥庫吉（閲），政治 高田早苗，支那現代制度及人名 服部宇之吉などの名前が挙げられている。出版前の 1908 年 11 月 1 日，「朝日新聞」に広告を掲載し，謳い文句の「最新式百科辞典」として「最新知識を国民一般に普及」させることを目的とする。キャッチフレーズとして「現社会に最も緊要の書」「博士諸大家百余名執筆」「精巧艶麗の挿絵」「上下国民共通の精神的食物」などが掲げられる。半年後の広告（「朝日新聞」1909.7.27）には「一挙十万部を売尽して出版界の記録を破る本書は国民教育の普及者として出現せる者，宇宙万有の秘鍵常識の源泉たり。本書を知らざる者は竟に文明国人の資格なし。」と，売れ行きの凄まじさを宣伝する。

　そして中国で出版された『普通百科新大辞典』（黄摩西編，15 冊，収録語数 11,883，上海国学扶輪社，1911）もこの辞書から多くの項目を翻訳し，術語などそのまま使い，中国における近代知の確立に寄与した。

【諸本】初版の後，版を重ね，学生用の改版もある。1908（大正 2）年に増補版『国民百科辞典訂正増補』があり，最終的には 14 巻本の『国民百科大辞典』（1934 ～ 1938）へと拡充した。

【図版解説】左は『国民百科辞典』，右は『普通百科新大辞典』。（1）は日本

語「ネルチンスクじょうやく」から中国語「尼布楚條約」へと訳され，外国
語の原表記 Nertchinsk も踏襲されている。西暦 1689 年を康熙 25 年，用語
「支那」を「我国」へ変える。日本語の内容釈義をそのまま中国語へと訳し
ている。(2) の「半影」は同じく，日本語版から中国語版へ挿絵を含めて内
容や用語まで引き継がれている。

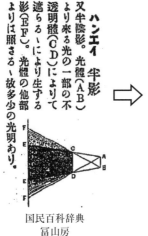

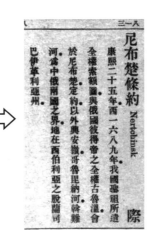

(1)

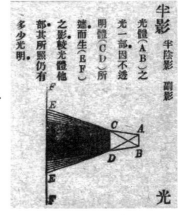

(2)

国民百科辞典
冨山房

普通百科新大辞典
上海国学扶輪社

参考文献

〈複数の章，もしくは全般にわたるもの〉

　　　＊ 以下，編，監修，編著，解説・解題などについては記載しない。

荒木伊兵衛（1931）『日本英語学書志』創元社

安藤正次（1907 〜 1908）「国語学上における欧米人の貢献」1 〜 6『國學院雑誌』
　　13-6，9 〜 12，14-2

飯田晴巳（2002）『明治を生きる群像―近代日本語の成立―』おうふう

沖森卓也（2008）『図説 日本の辞書』おうふう

沖森卓也（2017）『図説 近代日本の辞書』おうふう

沖森卓也・木村義之（2021）『日本語ライブラリー 辞書の成り立ち』朝倉書店

沖森卓也・倉島節尚・加藤知己・牧野武則（1996）『日本辞書辞典』おうふう

大阪女子大学附属図書館（1962）『大阪女子大学蔵日本英学資料解題』

大阪女子大学附属図書館（1991）『大阪女子大学蔵蘭学英学資料選』

亀田次郎著・雨宮尚治（1973）『西洋人の日本語研究―亀田次郎先生の遺稿―』風
　　間書房

川澄哲夫（1978 〜 1998）『資料日本英学史』1 上・下，2 大修館書店

川瀬一馬（1955）『古辞書の研究』大日本雄辨会講談社（増訂再版 1986 雄松堂書店）

倉島節尚（2006）『日本語辞書学の構築』おうふう

月刊しにか編集室（2000）「特集 日本の辞書の歩み―最古の辞書から『言海』まで―」
　　『月刊しにか』11-3

今野真二（2013）『日本語学講座 6　明治期の辞書』清文堂

斎藤精輔（1991）『辞書生活五十年史』図書出版社

境田稔信（2012 〜）「三省堂辞書の歩み」http://dictionary.sanseido-publ.co.jp/wp/table_
　　of_contents/ 境田稔信さん三省堂辞書の歩み /

佐藤武義・前田富祺（2014）『日本語大辞典』上・下 朝倉書店

山東功（2013）『日本語の観察者たち―宣教師からお雇い外国人まで―（そうだっ
　　たんだ！日本語）』岩波書店

重久篤太郎（1941）『日本近世英学史』教育図書株式会社

辞書協会（1996）『日本の辞書の歩み』辞書協会

杉本つとむ（1989）『西洋人の日本語発見―外国人の日本語研究史 1549 〜 1868 ―』創拓社

杉本つとむ（1998 〜 1999）『杉本つとむ著作選集』（全 10 巻）八坂書房

シドニー・I. ランドウ，小島義郎・増田秀夫・高野嘉明訳（1988）『辞書学のすべて』研究社出版

惣郷正明（1970）『図説 日本の洋学』築地書館

惣郷正明（1973）『辞書風物誌』朝日新聞社

惣郷正明・朝倉治彦（1977）『辞書解題辞典』東京堂出版

惣郷正明・飛田良文（1986）『明治のことば辞典』東京堂出版

惣郷正明（1999）『目で見る 明治の辞書』辞書協会

陳力衛（2019）『近代知の翻訳と伝播―漢語を媒介に―』三省堂

佃実夫・稲村徹元（1975）『辞典の辞典』文和書房

鶴岡八幡宮悠久事務局（2015）「特集 古辞書」『悠久』139

鶴岡八幡宮悠久事務局（2015）「特集 外国人が作った日本語辞書」『悠久』143

永嶋大典（1970）『蘭和・英和辞書発達史』講談社

西崎亨（1995）『日本古辞書を学ぶ人のために』世界思想社

豊田實（1939）『日本英学史の研究』岩波書店

日本語学会（2018）『日本語学大辞典』東京堂出版

日本の英学 100 年編集部（1968 〜 1969）『日本の英学 100 年』（明治編・大正編・昭和編・別巻）研究社

飛田良文ほか（2007）『日本語学研究事典』明治書院

古田東朔（2010 〜 2014）『古田東朔近現代日本語生成史コレクション』1 〜 6 くろしお出版

文化庁（1997）『辞書 (新「ことば」シリーズ　5)』大蔵省印刷局

松村明（1970）『洋学資料と近代日本語の研究』東京堂出版

森岡健二（1969）『近代語の成立―明治期語彙編―』明治書院（改訂版（1991））

山田忠雄（1967）『本邦辞書史論叢』三省堂

〈主要複製書シリーズ〉

大空社（1993 〜 1996）『節用集大系』大空社

古辞書叢刊刊行会（1973 〜 1978）『古辞書叢刊』雄松堂書店

古典研究会（1969 〜 1977）『唐話辞書類集』汲古書院

築島裕（1978 〜 1986）『古辞書音義集成』汲古書院

天理図書館善本叢書 和書之部 編集委員会（1971 〜 1986）『天理図書館善本叢書和書之部』八木書店

中田祝夫ほか（1974 〜 1982）『古辞書大系』勉誠社

飛田良文ほか（1997 〜 2016）『明治期国語辞書大系』大空社

松井栄一ほか（1994 〜 1996）『近代用語の辞典集成』大空社

松井栄一ほか（1995 〜 1997）『明治期漢語辞書大系』大空社

松井栄一ほか（1996 〜 1997）『隠語辞典集成』大空社

森岡健二（1985）『明治期専門術語集』有精堂

龍溪書舎編集部（1988 〜 1994）『近代日本学術用語集成』龍溪書舎

Kaiser, Stefan（1995）*The Western Rediscovery of the Japanese Language* Curzon

天理大学附属天理図書館（2016）新天理図書館善本叢書 第 2 期『古辞書』

〈各章に関わるもの〉

＊各章に関わる一部のものを示す（第 1 章と第 2 章については，本書の掲出順に配列した）。また，複数の章にあがるものは，最初の章に記した。〈各辞書の複製・翻刻・索引など〉も参照のこと。

第 1 章 古代の辞書

岡田希雄（1962）『新訳華厳経音義私記倭訓攷』京都大学国文学会

池田証寿（1987）「新訳華厳経音義私記成立の意義—慧苑音義を引用する方法の検討を中心に—」『訓点語と訓点資料』77

貞苅伊徳（1998）『新撰字鏡の研究』汲古書院

池田証寿（1982）「玄応音義と新撰字鏡」『国語学』130

吉田金彦（2013）『古辞書と国語』臨川書店

大槻信（2019）『平安時代辞書論考』吉川弘文館

宮澤俊雅（2010）『倭名類聚抄諸本の研究』勉誠出版

馬淵和夫（1973）『和名類聚抄古写本・声点本本文および索引』風間書房

沖森卓也（2010）「史料・文献紹介『和名類聚抄』」『歴史と地理』635

不破浩子（1997）「古辞書で調べる―『和名類聚抄』を中心として―」『日本語学』16-12

峰岸明（1964）「前田本色葉字類抄と和名類聚抄との関係について」『国語と国文学』41-10

内田賢徳（2005）『上代日本語表現と訓詁』塙書房

岡田希雄（2004）『類聚名義抄の研究 手沢訂正本』勉誠出版

築島裕（1959）「訓読史上の図書寮本類聚名義抄」『国語学』37

山本秀人（1986）「改編本類聚名義抄における新撰字鏡を出典とする倭訓の増補について―熟字訓を対象として―」『国語学』144

山本真吾（1991）「慶応義塾図書館蔵性霊集略注出典攷－類聚名義抄からの引用を中心に－」『鎌倉時代語研究』14

池田証寿（1995）「図書寮本類聚名義抄と類音決」『訓点語と訓点資料』96

沖森卓也（1982）「観智院本類聚名義抄の和音の声調」『白百合女子大学研究紀要』18

山田健三（2000）「類聚名義抄―その構造と歴史性―」『日本語学』19-11

藤本灯（2016）『色葉字類抄の研究』勉誠出版

小林雄一（2014）「『名語記』と『色葉字類抄』」『国語国文』83-6

佐藤喜代治（1995）『色葉字類抄略注』上・中・下 明治書院

原卓志（1983）「色葉字類抄における掲出語の増補について―和名類聚抄との比較を通して―」『国文学攷』102

山田俊雄（1961）「三巻本色葉字類抄の中の漢字の清濁一，二について」『成城文藝』25

第2章 中世の辞書

鈴木功眞（2014）「字鏡集と倭玉編の境界と継承に就いて」『国語語彙史の研究』33

伊藤智弘（2022）「『字鏡集』における「和訓化」方針について」『訓点語と訓点資料』149

大熊久子（1989）「夢梅本倭玉篇と元版大広益会玉篇―夢梅本の編纂補綴資料に就いて―」『國學院雑誌』90-9

鈴木功眞（2004）「延徳本倭玉篇と大広益会玉篇 音訓篇立・第四類本との関係に就いて」『国語学』217

前田富祺（1967）「『延徳本倭玉篇』について」『本邦辞書史論叢』三省堂

高橋久子（2015）「下学集所収語彙の性格 言辞門」『国語国文』84-9

木村晟（2002）「『下学集』の漢籍典拠攷」『駒澤国文』39

寺島修一（1992）「注釈と古辞書─『温故知新書』を中心に─」『国語国文』61-4

福島邦道（1959）「『日本寄語』語解」『国語学』36

谷峰夫（1987）「『日本寄語』音韻研究のために」『海上保安大学校研究報告第 1 部』33-2

中野美代子（1964）「日本寄語による 16 世紀定海音系の推定─および室町末期国語音に関する若干の問題─」『東方学』28

森田武（1953）「落葉集本篇の組織について」『国語学』13・14

小島幸枝（1978）『耶蘇会板落葉集総索引 字訓索引・字音索引』笠間書院

村井宏栄（2003）「『落葉集』小玉篇の部首立て」『三重大学日本語学文学』14

白井純（2003）「『落葉集』と活字印刷」『訓点語と訓点資料』110

鈴木功眞（2017）「落葉集小玉篇の和訓に於ける第四類本倭玉篇との関係に就いて」『語文』158

森田武（1993）『日葡辞書提要』誠文堂出版

今泉忠義（1971）『日葡辞書の研究』桜楓社

岸本恵実（2015）「日葡辞書の優劣注記を通して見た羅葡日辞書の日本語訳」『国語国文』84-5

中野遙（2021）『キリシタン版 日葡辞書の解明』八木書店

岸本恵実・白井純（2022）『キリシタン語学入門』八木書店

第 3 章 近世の辞書
第 1 節 近世の辞書の広がり

岡田希雄（1942）「俚言集覧伊部上巻の発見」『国語国文』12-9

木村義之（2015）「近世の辞書─『倭訓栞』『雅言集覧』『俚言集覧』─」『悠久』139

関根正直（1935）『からすかご』六合館

陳力衛（2001）『和製漢語の成立とその展開』汲古書院

陳力衛（2022a）「『訓蒙図彙』の海外流布と利用」『経済研究』236

平井吾門（2018）「『雅言集覧』に見られる『倭訓栞』への意識—百人一首歌および『倭名類聚抄』の扱いを通して—」『国語と国文学』95-2

山本真吾（2011）「国語学史上の谷川士清」『士清さん—谷川士清生誕三百年記念誌—』

藁科勝之（1979）「『増補俚言集覧』〈小説語〉の出典考察—国語辞書と唐話辞書との一交渉—」『国文学研究』67

　　　　第 2 節 節用集

木村一（2015）「近世の辞書—節用集—」『悠久』139

今野真二（2012）『日本語学講座 5　『節用集』研究入門』清文堂

佐藤貴裕（1990）「近世後期節用集における引様の多様化について」『国語学』160

佐藤貴裕（1993）「書くための辞書・節用集の展開」『しにか』4-4

佐藤貴裕（2005）「一九世紀近世節用集における大型化傾向」『国語語彙史の研究』24　和泉書院

佐藤貴裕（2006）「一九世紀近世早引節用集における大型化傾向」『近代語研究』13　武蔵野書院

佐藤貴裕（2017）『節用集と近世出版』和泉書院

佐藤貴裕（2019）『近世節用集史の研究』武蔵野書院

佐藤貴裕（2021）『節用集史の諸問題』汲古書院

杉本つとむ（1989）「J. J. ホフマンとその日本語学の背景— 19 世紀ヨーロッパの日本語学素描—」『国文学研究』97

鈴木博（1985）「蘭例節用集」『日本古典文学大辞典』6　岩波書店

高梨信博（1978）「『和漢音訳書言字考節用集』の考察—版種を中心として—」『国文学研究』64

高梨信博（1980）「『和漢音訳書言字考節用集』の考察—註文の検討—」『国文学研究』71

高梨信博（1987 ～ 1991）「近世節用集の序・跋・凡例（一）～（五）」『国語学研究と資料』11 ～ 15

高梨信博（1994）「早引節用集の成立」『国文学研究』113

高梨信博（1996）「『真草二行節用集』の版種」『国文学研究』119

高梨信博（1997）「『真草二行節用集』諸版の本文と性格」『早稲田大学大学院研究科紀要 第 3 分冊』42

高梨信博（1998 〜 2010）『改編・早引万代節用集』（全 6 冊）私家版

高梨信博（2001）「近世節用集の序・跋・凡例 早引節用集」『早稲田大学大学院文学研究科紀要 第 3 分冊』47

高梨信博（2015）「近世節用集の項目検索法と仮名遣い」『国文学研究』176

高梨信博（2018）「近世節用集の作者について」『国文学研究』184

高梨信博（2019）「近世語資料としての近世節用集」『国語と国文学』96-5

前田富祺（1985）「語彙研究資料としての節用集」『国語語彙史研究』明治書院

米谷隆史（1992）「合類節用集」の編纂をめぐって—「字彙」からの引用を中心に 掲載誌—」『語文』59

米谷隆史（1996）「『合類節用集』の編纂資料について」『国語語彙史の研究』15 和泉書院

第 3 節 唐話辞書とその周辺

荒尾禎秀（1974）「「雑字類編」と「名物六帖—人事門（箋）を中心に—」『東京学芸大学紀要』25

岩本真理（2011）「唐話資料概観」『清代民国漢語研究』学古房

大橋敦（2005）「『俗語解』の伝本と『雅俗漢語訳解』—森島中良・太田全斎・蒲阪青荘との関わりから—」『立正大学国語国文』44

岡田袈裟男（1991）『江戸の翻訳空間』笠間書院

岡田袈裟男（2008）『江戸異言語接触—蘭語・唐話と近代日本語—』（第 2 版）笠間書院

奥村佳代子（2007）『江戸時代の唐話に関する基礎研究』『関西大学東西学術研究所研究叢刊』28

小田切文洋（2008）『江戸明治唐話用例辞典』笠間書院

杉本つとむ（1978）「『雑字類編』小考—その成立と影響—」『国文学研究』64

常盤智子（2004）「J・リギンズ『英和日用句集』の成立過程—『南山俗語考』との関連を中心に—」『国語と国文学』81-10

鳥居久靖（1954）「秋水国主人「小説字彙」をめぐって」『天理大学学報』16

第 4 節 蘭和和蘭辞書

辛島詢士（1979）「中津辞書の穿鑿」『ビブリア』44

国立国会図書館「江戸時代の日蘭交流」http://www.ndl.go.jp/nichiran/index.html

杉本つとむ（1978）『江戸時代蘭語学の成立とその展開』早稲田大学出版部（第 3 巻）

陳力衛（2015）「メドハースト『英和和英語彙集』（1830）の底本について」『日本語史の研究と資料』明治書院

陳力衛（2022b）「『英和和英語彙』（1830）の編集に用いられた近世日本の辞書類——メドハーストの書簡に基づいて——」『成城大学経済研究』235

陳力衛（2023）「『ドゥーフ・ハルマ』のもう一つの流れ——フィッセルのローマ字本の位置づけ——」東京大学国語国文学会『国語と国文学』100-1

松田清（1998）『洋学の書誌的研究』臨川書店

第 4 章 近代の辞書
第 1 節 英華華英字典

荒川清秀（1997）『近代日中学術用語の形成と伝播』白帝社

荒川清秀（1998）「ロプシャイト英華字典の訳語の来源をめぐって——地理学用語を中心に——」『文明 21』

遠藤智夫（1996）「『英和対訳袖珍辞書』とメドハースト『英漢字典』——抽象語の訳語比較——A 〜 H——」『英学史研究』29

木村秀次（2003）「『西国立志編』の漢語——「英華字典」とのかかわり——」『新しい漢字漢文教育』36

古賀十二郎（1947）『徳川時代に於ける長崎の英語研究』九州書房

沈国威（2011）『近代英華華英辞典解題』関西大学出版社

杉本つとむ（1967）『近代日本語の新研究』桜楓社

杉本つとむ・呉美慧（1989）『英華学芸詞林の研究』早稲田大学出版部

蘇精（2014）『鑄以代刻—傳教士與中文印刷變局—』臺大出版中心

中央研究院近代史研究所「英華字典」https://mhdb.mh.sinica.edu.tw/dictionary/index.php

陳力衛（2009）「日本におけるモリソンの『華英・英華字典』の利用と影響」『日本近代語研究』5 ひつじ書房

陳力衛（2012）「英華辞典と英和辞典との相互影響─20世紀以降の英和辞書による中国語への語彙浸透を中心に─」『JunCture 超域的日本文化研究』3

陳力衛・倉島節尚（2006）「19世紀英華字典5種 解題」『或問』11

陳力衛（2023）『英華字典・華英字典と日本語研究─データベースを生かして─』『日本語学』夏号（42-2）

那須雅之（1995）「W. Lobscheid 小伝─《英華字典》無序本とは何か─」『文学論叢』109

那須雅之（1997）「W. Lobscheid の《英華字典》について（1）」『文学論叢』114

飛田良文・宮田和子（1997）『十九世紀の英華・華英辞典目録』『国語論究6　近代語の研究』明治書院

森岡健二（1959）「訳語の方法」『言語生活』99

宮澤真一（1997）「解説 主として日英文化交流史から見た『薩摩辞書』」『薩摩辞書』高城書房出版

宮田和子（2010）『英華辞典の総合的研究─19世紀を中心として─』白帝社

八耳俊文（2005）「入華プロテスタント宣教師と日本の書物・西洋の書物」『或問』9

楊慧玲（2012）『19世紀漢英詞典傳統』商務印書館

吉田寅（1985）「プロテスタント宣教師メドハーストとギュツラフの中国文著作について」『歴史人類』13

第2節 英和和英辞書とその周辺

井上太郎（2012）『辞書の鬼─明治人・入江祝衛─』春秋社

伊村元道（2003）『日本の英語教育200年（英語教育21世紀叢書）』大修館書店

岩井憲幸（1988）「『和魯通言比考』序文─訳ならびに注─」『明治大学教養論集』207

岩堀行宏（1995）『英和・和英辞典の誕生─日欧言語文化交流史─』図書出版社

斎藤兆史（2000）『英語達人列伝─あっぱれ，日本人の英語─』中公新書

遠藤智夫（2001）「『英和対訳袖珍辞書』とカションの『仏英和辞典』」「英学史研究」34

木村一（2015）『和英語林集成の研究』明治書院

木村一・大野寿子（2017）「明治初期の独和辞書と和独辞書─序文の翻訳と解説を

中心に—」『文学論藻』91

木村一（2022a）『国語辞書の項目中の挿絵—明治期と現代における—』『文学・語学』234

木村一（2022b）「辞書における挿絵の展開——一九世紀の英和辞書，国語辞書，和英辞書を資料として—」『近代語研究』23 武蔵野書院

小島義郎（1989）『英語辞書物語—時代を創った辞書とその編者たち—』ELEC

小島義郎（1999）『英語辞書の変遷—英・米・日本を併せ見て—』研究社

坂本浩一（1985）「「和独対訳字林」について」『語文研究』60

櫻井豪人（2014）『開成所単語集 I 英吉利単語篇・法朗西単語篇・英仏単語篇注解・対照表・索引』港の人

肖江楽（2021）『『英和対訳袖珍辞書』の研究』武蔵野書院

杉本つとむ（1990）『長崎通詞ものがたり—ことばと文化の翻訳者—』創拓社

田中梅吉（1968）『総合詳説 日獨言語文化交流史大年表』三修社

田中貞夫（2014）『幕末明治初期フランス学の研究』改訂版 国書刊行会

富田仁（1975）『佛蘭西學のあけぼの—佛學事始とその背景—』カルチャー出版社

富田仁（1983）『フランス語事始—村上英俊とその時代—』NHK ブックス 441 日本放送出版協会

中村喜和（1986）「『和魯通言比考』成立事情瞥見」『国語史学の爲に』笠間書院

早川勇（2001）『辞書編纂のダイナミズム—ジョンソン，ウェブスターと日本—』辞游社

早川勇（2006）『日本の英語辞書と編纂者』春風社

早川勇（2007）『ウェブスター辞書と明治の知識人—』春風社

早川勇（2014）『英語辞書と格闘した日本人』テクネ

飛田良文・多田洋子（2015）『英語箋 前編 村上英俊閲 研究・索引・影印』港の人

飛田良文・田口雅子（2016）『佛語箋 研究・索引・影印』港の人

町田俊昭（1981）『三代の辞書—英和・和英辞書百年小史—』改訂版 三省堂

南出康世（1998）『英語の辞書と辞書学』大修館書店

村山昌俊（2015）「E・M・サトウ，石橋編『英和口語辞典』—もう一つの近代日本語資料—」『悠久』143

明治学院大学図書館「和英語林集成デジタルアーカイブス」https://mgda.

meijigakuin.ac.jp/waei

八木英正（2006）『英和辞典の研究―英語認識の改善のために―』開拓社

ル・ルー，ブレンダン（2014）「仏人宣教師メルメ・カションの『仏英和辞典』について」『帝京大学外国語外国文化』7

第 3 節 漢語辞書・漢和辞書

沖森卓也（2011）「漢和辞典と現代生活」『立教大学日本語研究』18

今野真二（2011）『漢語辞書論攷』港の人

土屋信一（1995）「『新令字解』の版種」『明治期漢語辞典大系』1 大空社

松井利彦（1990）『近代漢語辞書の成立と展開』笠間書院

松井利彦（1997）「明治期漢語辞書の諸相」『明治期漢語辞書大系』別巻 3 大空社

松井利彦（1993）「特集―漢和辞典の歩み―」『しにか』4-4

松井利彦（2012）「特集―漢和辞典の新展開―」『日本語学』31-12

第 4 節 国語辞書

石山茂利夫（1998）『今様こくご辞書』読売新聞社

石山茂利夫（2007）『国語辞書 誰も知らない出生の秘密』草思社

岡島昭浩（2003）「「言海採収語…類別表」再読 」『国語語彙史の研究 22』和泉書院

木村義之（2015）「山田美妙『日本大辞書』の外来語―国語辞書から見た外国語―」『悠久』14

倉島節尚（1995）『辞書は生きている―国語辞典の最前線―』ほるぷ出版

倉島節尚（2002）『辞書と日本語―国語辞典を解剖する―』光文社新書

倉島長正（2003）『日本語一〇〇年の鼓動―日本人なら知っておきたい国語辞典誕生のいきさつ―』小学館

見坊豪紀（1976）『辞書をつくる―現代の日本語―』玉川大学出版部

見坊豪紀（1977）『辞書と日本語』玉川大学出版部

田鍋桂子（2022）「第四章 大槻文彦と『言海』編纂―新資料「言海跋」と「ことばのうみ の おくがき―」を通して」『「文明開化」と江戸の残像― 1615-1907 ―』岩下哲典 ミネルヴァ書房

柴田武・武藤康史（2001）『明解物語』三省堂

松井栄一 (1983)『国語辞典にない言葉―言葉探しの旅の途上で―』南雲堂

松井栄一 (1985)『国語辞典にない言葉 続』南雲堂

松井栄一（2002）『出逢った日本語・50万語—辞書作り三代の軌跡—』小学館

山田忠雄（1981）『三代の辞書—国語辞書百年小史—』改訂版 三省堂

山田忠雄（1981）『近代国語辞書の歩み』上・下 三省堂

湯浅茂雄（1997）「『言海』と近世辞書」『国語学』188

湯浅茂雄（2021）「『言海』『日本大辞書』の収録語数をめぐって」『實踐國文學』100

第5節 特殊辞書・専門語辞書

秋永一枝（2004）『東京弁辞典』東京堂出版

秋永一枝（2005）「『東京弁辞典』覚え書」『早稲田日本語研究』14

市古健次（2008）「シーボルトからホフマンへ—シーボルトとの邂逅パート2—」『MediaNet』15

遠藤智夫（2002）「荒川惣兵衛の外来語研究—英語・英学人脈を中心に—」『英学史研究』35

岡田希雄（1934）「コロップ原語孜」『外来語研究』2-1

木村義之・小出美河子（2000）『隠語大辞典』皓星社

木村義之（2016）「話しことばのわかりやすさ—ローマ字で引く口語辞典の分析—」『わかりやすい日本語』野村雅昭・木村義之 くろしお出版

木村義之（2023）「『文章講義録』連載の『東京語辞典』について」『ことばと文字』16

前越静二（1996）「小峰大羽—その業績—」『高山の文化を高めた人々』6

牧野富太郎（2004）『牧野富太郎自叙伝』講談社学術文庫

松井栄一・曾根博義・大屋幸世（1996）『近代用語の辞典集成 別巻 新語辞典の研究と解題』大空社

松井栄一・渡辺友左・武藤康史（1997）『隠語辞典集成』別巻 大空社

南博・槌田満文（1985）『近代庶民生活誌』三一書房

米川明彦 (1989)『新語と流行語』南雲堂

米川明彦 (2009)『集団語の研究』上 東京堂出版

米川明彦（2021）『俗語百科事典』朝倉書店

米川明彦 (2022)『集団語の研究』下 東京堂出版

〈各辞書の複製・翻刻・索引など〉

　　　＊以下，本文中に [　　] で記載のある複製・翻刻・索引などを中心に刊
　　　行年順で示す（一部，本文中に記載のないものも含めた）。なお，〈主
　　　要複製書シリーズ〉に収録されるものについては，個々に記載して
　　　いないものがある。〈各章に関わるもの〉も参照のこと。

　　1 新訳華厳経音義私記

貴重図書影印本刊行会（1939）『新訳華厳経音義私記』便利堂

古辞書音義集成（1978）『新訳華厳経音義私記』汲古書院

　　2 新撰字鏡

京都大学文学部国語学国文学研究室（1967）『天治本新撰字鏡』臨川書店

　　3 本草和名

正宗敦夫（1926）『本草和名』日本古典全集刊行会

　　4 和名類聚抄

山田孝雄（1926）『倭名類聚鈔』古典保存会

正宗敦夫（1930）『倭名類聚鈔』日本古典全集刊行会

京都大学文学部国語学国文学研究室（1968）『倭名類聚鈔 諸本集成』臨川書店

天理大学出版部（1971）天理図書館善本叢書和書之部 2『和名類聚抄 三宝類字集』
　　八木書店

古辞書叢刊刊行会（1973）『和名類聚抄 20 巻本』雄松堂書店

古辞書叢刊刊行会（1975）『和名類聚抄 10 巻本』雄松堂書店

　　5 類聚名義抄

正宗敦夫（1954）『類聚名義抄』風間書房

尾崎知光（1965）『鎮国守国神社蔵本 三宝類聚名義抄』未刊国文資料刊行会

天理大学出版部（1971）天理図書館善本叢書和書之部 2『和名類聚抄 三宝類字集』
　　八木書店

宮内庁書陵部・築島裕（1976）『図書寮本類聚名義抄』勉誠社

天理大学出版部(1976)天理図書館善本叢書和書之部32〜34『類聚名義抄 観智院本』
　　八木書店

尾崎知光（1986）『三宝類聚名義抄』勉誠出版

倉島節尚（2002）『類聚名義抄 宝菩提院本』大正大学出版会

築島裕・橋本不美男・宮澤俊雅・酒井憲二（2005）『図書寮本類聚名義抄』勉誠出
　　版

　　　6 大般若経字抄

築島裕・沼本克明（1978）古辞書音義集成 3『大般若経音義 大般若経字抄』汲古
　　書院

　　　7 法華経単字

貴重図書影印本刊行会（1933）『法華経単字』

古辞書叢刊刊行会（1973）『法華経単字』雄松堂書店

　　　8 色葉字類抄

與謝野寛・正宗敦夫・與謝野晶子（1928）『伊呂波字類抄』日本古典全集刊行会

山田孝雄（1932）『節用文字』古典保存会

中田祝夫・峰岸明（1964）『色葉字類抄研究並びに総合索引』風間書房

古辞書叢刊刊行会（1975）『色葉字類抄 2 巻本』雄松堂書店

東京大学国語研究室（1985）『倭名類聚抄 世俗字類抄』汲古書院

前田育徳会尊経閣文庫（1999）尊経閣善本影印集成 18・19『色葉字類抄』八木書店

　　　9 字鏡集

貞苅伊徳（1967）「注文から見た字鏡鈔 字鏡集の考察」『本邦辞書史論叢』三省堂

古辞書叢刊刊行会（1977）『字鏡集』雄松堂書店

中田祝夫・林義雄（1977・1978）『字鏡集 白河本寛元本研究並びに総合索引』1・2
　　勉誠社

秋本守英（1988）『字鏡集』上・下 思文閣出版

前田育徳会尊経閣文庫（1999 ～ 2001）尊経閣善本影印集成 21-24『字鏡集 二十巻本』
　　八木書店

　　　10 聚分韻略

奥村三雄（1972）『聚分韻略の研究―付古本四種影印慶長版総索引―』風間書房

　　　11 倭玉篇

中田祝夫・北恭昭（1966）『倭玉篇 研究並びに索引』勉誠社

中田祝夫・北恭昭（1976）『倭玉篇 夢梅本篇目次第 研究並びに索引 影印篇・索引篇』
　　勉誠社

中田祝夫・北恭昭（1981）『倭玉篇（慶長十五年版）研究並びに索引 影印篇・索引篇』勉誠社

北恭昭（1994・1995）『倭玉篇五本和訓集成 本文篇・索引篇』汲古書院

　　12 下学集

近世文学史研究の会（1967）『増補下学集』文化書房博文社

中田祝夫・林義雄（1971）『古本下学集七種 研究並びに総合索引』風間書房

古辞書叢刊刊行会（1974）『下学集』雄松堂書店

　　13 温故知新書

侯爵前田家育徳財団（1939）『温故知新書』尊経閣叢刊

白帝社（1962）『温故知新書』白帝社

中田祝夫（1971）『中世古辞書四種 研究並びに総合索引』風間書房

前田育徳会尊経閣文庫（2000）尊経閣善本影印集成 3『温故知新書 童蒙頌韻』八木書店

　　14 塵添壒囊抄

仏書刊行会（1912）大日本仏教全書『塵添壒囊抄』

浜田敦（1979）『塵添壒囊鈔・壒囊鈔』臨川書店

　　15 日本寄語

京都大学文学部国語学国文学研究室（1965）『日本寄語の研究』京都大学国文学会

　　16 落葉集

京都大学文学部国語学国文学研究室（1962）『落葉集 慶長 3 年耶蘇会板 本文・解題・索引』京都大学国文学会

福島邦道（1977）勉誠社文庫 21『キリシタン版落葉集』勉誠社

小島幸枝（1978）『耶蘇会板落葉集総索引 字訓索引・字音索引』笠間書院

杉本つとむ（1984）『ライデン大学図書館蔵落葉集 影印と研究』ひたく書房

天理図書館善本叢書和書之部編集委員会(1986)天理図書館善本叢書和書之部 76『落葉集二種』八木書店

　　17 日葡辞書

土井忠生（1960）『日葡辞書』岩波書店

亀井孝（1973）『日葡辞書』勉誠社

石塚晴通（1976）『日葡辞書 パリ本』勉誠社

土井忠生・森田武・長南実（1980）『邦訳 日葡辞書』岩波書店

森田武（1989）『邦訳 日葡辞書索引』岩波書店

大塚光信（1998）『エヴォラ本 日葡辞書』誠文堂出版

タシロ，エリザ・白井純（2020）『リオ・デ・ジャネイロ国立図書館蔵 日葡辞書』
　　八木書店出版部

　　　18 片言

近代語学会（1972）『近代語研究』3 武蔵野書院

佐藤武義ほか（1998）『近世方言辞書集成』1 大空社

　　　19 訓蒙図彙

中村惕斎著・杉本つとむ（1975）『訓蒙圖彙』早稲田大学出版部

小林祥次郎（2012）『江戸のイラスト辞典 訓蒙図彙』勉誠出版

　　　20 和字正濫抄

築島裕ほか（1973）『契沖全集 語学』10 岩波書店

　　　21 和漢三才図会

島田勇雄・竹島淳夫・樋口元巳（1985 〜 1991）東洋文庫『和漢三才図会』平凡社

和漢三才図会刊行委員会（1995）『和漢三才図会』東京美術

　　　22 俚言集覧

ことわざ研究会（1992 〜 1993）『俚言集覧 自筆稿本版』クレス出版

　　　23 物類称呼

古典資料研究会（1972）『物類称呼』藝林舎

京都大学文学部国語学国文学研究室（1973）『諸国方言物類称呼 本文・訳文・索引』
　　京都大学文学部国語学国文学研究室

佐藤武義ほか（1998）『近世方言辞書集成』3 大空社

　　　24 和訓栞

尾崎知光（1984）『和訓栞』勉誠社

近思文庫古辞書研究会（1998）古辞書影印資料叢刊『版本 和訓栞』大空社

三澤薫生（2008）『谷川士清自筆本『倭訓栞』影印・研究・索引』勉誠出版

　　　25 雅言集覧

木下正俊・久山善正（1965）『増補雅言集覽』上・中・下・索引 臨川書店

　　　26 節用集（古本節用集）

與謝野寛ほか（1926）『節用集 易林本』日本古典全集刊行会

中田祝夫（1968）『古本節用集六種研究並びに総合索引』風間書房

室山敏昭（1968）『正宗文庫本 節用集』ノートルダム清心女子大学古典叢書刊行会

中田祝夫（1970）『文明本節用集研究並びに索引』風間書房

東洋文庫（1971）東洋文庫叢刊 17『天正十八年本節用集』東洋文庫

貴重図書影本刊行会（1973）『節用集』貴重図書影本刊行会

中田祝夫（1974）『印度本節用集古本四種研究並びに総合索引』勉誠社

安田章（1974）天理図書館善本叢書和書之部 21『節用集二種』八木書店

前田育徳会尊経閣文庫（1999）尊経閣善本影印集成 20『節用集 黒本本』八木書店

東洋文庫（2015）『天正十八年本節用集』勉誠出版

　　　28 合類節用集

中田祝夫・小林祥次郎（1979）『合類節用集研究並びに索引』勉誠社

　　　29 和漢音釈書言字考節用集

中田祝夫・小林祥次郎（1973）『書言字考節用集研究並びに索引』風間書房

　　　30 早引節用集

高梨信博 (1998 〜 2010)『改編・宝暦新撰早引節用集』私家版

　　　31 蘭例節用集

鈴木博（1968）『蘭例節用集』臨川書店

　　　34 唐音和解

古典研究会（1972）『唐話辞書類集』8 汲古書院

　　　35 雑字類編

藁科勝之（1983）『雑字類編 影印・研究・索引』ひたく書房

　　　36 南山俗語考

岩本真理（2017）『『南山俗語考』翻字と索引』中国書店

　　　37 俗語解

古典研究会（1972・1974）『唐話辞書類聚』10・11 汲古書院

　　　38 中夏俗語藪

古典研究会（1969）『唐話辞書類聚』16 汲古書院

　　　39 小説字彙

古典研究会（1973）『唐話辞書類聚』15 汲古書院

41 波留麻和解（江戸ハルマ）

ゆまに書房（1997）『近世蘭語学資料』ゆまに書房

42 類聚紅毛語訳（蛮語箋）

櫻井豪人（2005）『類聚紅毛語訳・改正増補蛮語箋・英語箋（Ⅰ解説・対照表・索引編　Ⅱ影印編）』港の人

43 蘭語訳撰

鈴木博（1968）『蘭語訳撰』臨川書店

45 訳鍵

朝倉治彦（1981）蘭学資料叢書 5『訳鍵 附蘭学逕』青史社

47 和蘭字彙

杉本つとむ（1974）『和蘭字彙』早稲田大学出版部

48 英華字典［モリソン］

ゆまに書房 (1996)『華英辞書集成 華英字典』ゆまに書房

50 英華字典［メドハースト］

千和勢出版部（1994）*Chinese and English Dictionary: containing all the Words in the Chinese Imperial Dictionary, arranged according to the Radicals* 東京美華書院

51 英華字典［ロプシャイト］

ゆまに書房（1995）『近代日本英学資料』8 ゆまに書房

千和勢出版部（1996）*English and Chinese Dictionary: with the Punti and Mandarin Pronunciation* 東京美華書院

53 諳厄利亜語林大成

井田好治・永嶋大典（1976）『諳厄利亜語林大成』雄松堂書店

日本英学史料刊行会（1982）『長崎原本『諳厄利亜興学小筌』『諳厄利亜語林大成』研究と解説』大修館書店

日本英学史料刊行会（1982）『諳厄利亜語林大成 草稿』大修館書店

54 英和和英語彙

W. H. メドハースト（1970）『メドハースト 英和・和英語彙』キリスト教資料刊行会

加藤知己・倉島節尚（2000）『幕末の日本語研究 英和・和英語彙 複製と研究・索引』三省堂

55 英和対訳袖珍辞書

惣郷正明（1973）『英和対訳袖珍辞書』秀山社

杉本つとむ（1981）『江戸時代翻訳日本語辞典』早稲田大学出版部

名雲純一（2007）『英和對譯袖珍辭書原稿影印　文久二年江戸開板慶應二年江戸再版』南雲書店

56 和英語林集成

松村明・飛田良文（1966）『復刻版 和英語林集成』（初版）北辰

松村明（1970）『復刻版 和英語林集成』（再版）東洋文庫

松村明（1974）『復刻版 和英語林集成』（第 3 版）講談社

飛田良文・李漢燮（2000・2001）『和英語林集成 初版・再版・三版対照総索引』港の人

木村一（2013）『美国平文先生編訳 和英語林集成』（初版（ロンドン版））雄松堂書店

木村一・鈴木進（2013）『J. C. ヘボン和英語林集成手稿 翻字・索引・解題』三省堂

57 An English-Japanese Dictionary of the Spoken Language

松村明（1970）An English-Japanese Dictionary of the Spoken Language（初版・再版）勉誠社

松村明・出来成訓・武内博（1985）『英和口語辞典（第 3 版）』名著普及会

ゆまに書房（1995）『近代日本英学資料』6，7 ゆまに書房

58 附音挿図英和字彙

惣郷正明（1975）『附音挿図英和字彙』国書刊行会

60 詳解英和辞典

永嶋大典（1985）『詳解英和辞典』名著普及会

62 袖珍コンサイス英和辞典・袖珍コンサイス和英辞典

石川林四郎（2001）『復刻版 袖珍コンサイス和英辞典』三省堂

神田乃武・金沢久（2001）『復刻版 袖珍コンサイス英和辞典』三省堂

63 三語便覧

富田仁・西堀昭（1976）『復刻版 三語便覧』カルチャー出版社

櫻井豪人（2009）『初版本影印・索引・解説 三語便覧』港の人

64 和魯通言比考

河合忠信（1974）天理図書館善本叢書洋書之部　第5期　語学篇Ⅱ『和魯通言比考』
雄松堂書店

65 仏英和辞典

富田仁（1977）『仏英和辞典』カルチャー出版社

66 和独対訳字林

鈴木重貞（1981）『和独対訳字林』三修社（『字和袖珍辞書』『和訳独逸辞典』『独和
　　字典』の複製もある）

71 童蒙必読漢語図解

浅野敏彦（1990）『漢語図解―索引と複製―』（非売品）

80 言海

山田俊雄（1979）『私版　日本辞書　言海』大修館書店

武藤康史（2004）『言海』筑摩書房（ちくま学芸文庫）

81 日本大辞書

山田美妙（1978）『日本大辞書　復刻版』ノーベル書房

山田美妙（1979）『日本大辞書　復刻版』名著普及会

89 明解国語辞典

金田一京助（1997）『復刻版　明解国語辞典』三省堂

94 哲学字彙

飛田良文（1979）『哲学字彙訳語総索引』笠間書院

飛田良文・琴屋清香（2005）『改定増補哲学字彙訳語総索引』港の人

索引

書名索引

人名索引

事項索引

編者
沖森卓也（おきもり　たくや）　立教大学名誉教授
執筆者
木村　一（きむら　はじめ）　東洋大学教授
木村義之（きむら　よしゆき）　慶應義塾大学教授
陳　力衛（ちん　りきえい）　成城大学教授
山本真吾（やまもと　しんご）　東京女子大学教授

図説 日本の辞書 100 冊

2023 年 9 月 20 日 初版第 1 刷発行

編　　者：沖森卓也
執 筆 者：木村　一・木村義之・陳　力衛・山本真吾
発 行 者：前田智彦
装　　幀：武蔵野書院装幀室

発 行 所：武蔵野書院
〒101-0054
東京都千代田区神田錦町 3-11 電話 03-3291-4859　FAX 03-3291-4839

印刷製本：三美印刷㈱

ISBN 978-4-8386-0660-3　Printed in Japan